講談社文庫

天《てん》子《し》蒙《もう》塵《じん》

第３巻

浅田次郎

講談社

目次

天子蒙塵《てんしもうじん》 第3巻

天子蒙塵《てんしもうじん》

第3巻

第三章　漂泊

三十九

遥か遥かな昔、女真《ジュルチン》の諸部族がいまだ耕作を知らず、蛮野に獣を追うていたころの物語です。

東北の森林に境界はなく、巻狩りの陣が重なれば獲物を奪い合う戦《いくさ》となり、その戦がそちこちでくり返されるうちに、やがて山河が人を養うのではなく、戦が人を養う世の中となりました。

長白山《チャンパイシャン》は高く険しく、干戈《かんか》の及ぶところではないので、熊も狼も、鹿も貂《てん》も、鳥たちもみなそこに逃れて暮らしおりました。

長く白い山。その頂《いただき》からは清らかな水が溢《あふ》れて、ヤル、フントゥン、アイフ、の三筋の川となり、それぞれが南と北と東の海に注いでおりました。澄んだ流れの底には明珠が石くれのように敷きつめられ、淡やかな真珠色の気が、あまねく岸辺を被《おお》っておりました。

夏も盛りのある日、風景に魅せられた三人の天女が、山ぶところのブルフリという湖のほとりに、絹の羽衣を曳いて舞い降りました。エングレン、ジェングレン、フェクレンという名の、それはそれは美しい三姉妹の天女です。

緑なす森の中の水辺で、三人の天女が素肌に明珠を零《こぼ》し散らして沐浴するさまは、夏の陽光さえも羞《はじ》うて退《しりぞ》くほどでありました。

そうして天女たちが時を忘れて戯《たわむ》れているうちに、いずこからともなく一羽の鵲《かささぎ》が飛んできて、嘴《くちばし》にくわえた赤い実を、末の妹のフェクレンの羽衣の上に落としました。

姉妹が遊び疲れてそろそろ天に昇ろうかと岸に上がりましたところ、見も知らぬ鮮かな赤い実が、フェクレンの純白の衣の上に置かれていたのです。

余りの輝かしさに払い落とすこともためらわれて、フェクレンは赤い実を唇《くちびる》にくわえて身仕度をいたしました。

「さあ、陽の傾く前に飛び立ちましょう」

「さあ、月の昇る前に天に帰りましょう」

姉たちに促されて、「はい、そうしましょう」と答えたとたん、フェクレンは唇の赤い実を呑《の》みこんでしまいました。

するとたちまち体が重くなり、天に向かって飛び立つどころか、歩むことさえままならなくなってしまったのです。

宙《なかぞら》で羽衣を翻《ひるがえ》しながら、上の姉のエングレンが言いました。

「妹よ、怖れてはなりませぬ。わたくしたちは不老不死なのですから」

続いて飛び立った、下の姉のジェングレンが言いました。

「妹よ、体が軽くなったら天へと戻りなさい。心配は何もありません」

姉たちが茜色《あかね》の雲居《くもい》に消えてしまうと、湖のほとりに残されたフェクレンは、心細くてたまらなくなりました。

やがて陽が沈み、月が昇り、長白山はめくるめく星空に被われました。

いったいあの赤い実は何だったのだろう、何やらもわからぬのに、どうして呑みこんでしまったのだろうと、フェクレンは夜空を見上げながら悔やみました。

そうこうするうちにも、体はいよいよ重くなるのです。けっして死にはしないとわかってはいても、死なぬ分だけの限りない苦しみがあるように思えて、フェクレンは咽《のど》をからして嘆きました。立っていることもままならずに座りこみ、とうとう座ることさえできなくなって、草の褥《しとね》に身を横たえました。そして長白山の頂が曙《あけぼの》に染まるころ、苦しみに泣き叫びながらひとりの男の子を産み落としたのです。

あたりの木々は一斉に梢《こずえ》を揺すって歓喜し、鳥や獣はそれぞれの言葉で祝福してくれました。そこでようやくフェクレンは、これが不幸な出来事ではなく、天の恵みを授かったのだと気付きました。

天の御子は乳を欲し、飲んだ分だけ膨れるように大きくなるのです。だからフェクレンの与える乳だけでは足りなくて、森に棲《す》む狼やら鹿やら猪やらが、かわるがわる現われては乳を与えました。

子供には名前を付けねばなりません。しかし、飲んだ乳の分だけどんどん育つので、赤ん坊の名は呼びかけるそばからそぐわなくなり、子供らしい名もたちまち似合わなくなるのです。

そうして幾日かが経ったころ、すっかり成長した男の子は大地に足を踏みしめて立ち上がり、みずから名乗りを上げました。

「わが姓はアイシンギョロ。わが名はヌルハチ。文殊菩薩《マンジュシュリ》の大御心《おおみこころ》により、満洲《マンジュ・グルン》の国を統《す》ぶるために生まれた」と。

フェクレンは畏《おそ》れおののき、ひれ伏して訊《たず》ねました。

「勇者ヌルハチよ。ならばそなたの母なるわたくしは、どうすればよいのでしょうか」

すると少年は、長白山の頂に目を向け、指先でぐるりと天空をなぞって答えました。

「天女は天に帰るがよい」

いずれ国を統ぶるほどの勇者ならば、母の情けなど要らないのだろうと思いはしても、わが子と別れるのがつらくて、フェクレンは羽衣をしとどに濡らして嘆きました。

「勇者ヌルハチよ。それでは仰せの通り天へと帰りましょう。しかし、いまだ歩みもおぼつかぬそなたを置き去るわけには参りませぬ。母なるわたくしに、希《のぞ》むことはありますか」

少年はまた潔《いさぎよ》く答えました。

「木の皮にて籠を編み、われを乗せて東の川に流すがよい」

　そこでフェクレンは、泣く泣くあたりの樹木の皮を剝いで籠を編み、わが子を抱き入れて湖に浮かべました。

　湖水が豊かに溢れ出る河口には、白い蘭の花と黄色い菊がいっぱいに咲いており、勇者の門出を寿《ことほ》ぐようでありました。木々の梢は矛《ほこ》を掲げて喝采《かっさい》を送り、明珠の気は水面《みなも》に満ち、鳥獣の歓呼の声が森を響動《とよ》もします。

　たった幾日かの母と子であったけれど、金輪際の別れがつらくてならず、フェクレンはひとつだけ希《ねが》いました。

「わが子ヌルハチよ。わたくしを母と呼んでおくれ」

　すると少年は、母なる人のおもざしをじっと見つめて、ただひとこと、しかしきっぱりと言うたのです。「マアマア」と。

　媽媽《マアマア》。

　それは天の言葉ではなく、少年がやがて統ぶるであろう満洲の言葉でした。

　そもそも不老不死を約束された天界では、母という言葉すら虚しいものでありました。さしあたって、子供を産み育てる必要がないからです。

　しかし、あまたの苦楽があり、おのおのの命にも限りがある人界では、たとえ血を分けた親子といえども生き別れ、また死に別れなければなりません。

ママ、という言葉の温かさは、フェクレンの与《あずか》り知らぬそうした人界の、悲しみと喜びそのものでありました。

やがて、天女の指先に押しやられた籠は、湖の面《おもて》をたゆたい流れて、東の川へと向かいます。水辺に咲き乱れる夏の花々が茎をもたげて、行手を開きます。そのうしろかげが木洩れ陽の彼方《かなた》に消えてしまうと、あたりには何ごともなかったかのように、光と風が帰ってきました。

フェクレンもまた、何ごともなかったかのように羽衣をまとい、光と風に満ちた天へと昇ってゆきました。

陽が沈み、また昇り、まん丸の月も次第に欠けて眉《まゆ》のかたちになったころ、少年を乗せた籠はようやく険しい渓《たに》を抜けて、平らかな流れに入りました。

オモホイの森と草原には獣が多く棲み、また野生の人参も掘りつくせぬほど育ちます。いきおい、ジュルチンの諸部族はこの地を奪い合って、戦が絶えませぬ。

大地は蹄《ひづめ》の音に揺れ、烽火《のろしび》は遥かに列《つら》なり、干戈の鬩《せめ》ぎが空を蓋《おお》っておりました。

そうした夕まぐれの戦場で、血にまみれた矛や剣を洗《あろ》うていたのは、ジュルチンの勇者たるメンテムの裔《すえ》、スクスフ部族の将軍たちです。

「見よや、わが子らよ。われらがスクスフの川を、何かが流れてくる」

兜《かぶと》に手庇《てびさし》をかざして、大将軍のギオチャンガが申されました。

「見よや弟らよ。籠の中に子供がある」

副将軍のリドゥンバトルが、川面に松明《たいまつ》をかざしました。

すると四弟の勇者タクシがたちまち流れに躍りこみ、重い鎧《よろい》をものともせずに泳いで、籠を岸辺に引き寄せたのです。

スクスフの将軍たちには、みなそれぞれに子がありましたが、籠の中にある少年は誰にもまして賢《さか》しげで、勇ましげに見えました。

兄弟は口々に申します。

「災厄を招くやも知れぬ」

「かかわってはなるまいぞ」

「流してしまうがよい」

しかし勇者タクシは、子供を籠から抱き上げて申されました。

「わが父よ、わが兄弟たちよ。もしこの子供が文殊菩薩《マンジユシユリ》の申し子ならば、いずれはわれらを仇として滅すであろう」

将軍たちがふと見上げれば、眉月《まゆづき》をおののかせて赤く巨《おお》きく熒星《けいせい》が耀《かがよ》うているではありませんか。将軍たちは思わず声を失って立ちすくみ、やがて大将軍ギオチャンガが足元に跪《ひざまず》くと、みな打ち揃って兜を脱ぎ、剣を擱《お》きました。

勇者タクシの胸に抱かれたまま、少年は小さな指先で天の星ぼしをなぞり、昴《すばる》の六連星《むつらぼし》をきつかりと示して名乗りを上げたのです。

「わが姓はアイシンギョロ。わが名はヌルハチ。文殊菩薩の大御心により、満洲《マンジュ・グルン》の国を統ぶるために生まれた。これよりは勇者ギオチャンガを祖父とし、勇者タクシを父と思い定めようぞ」

それだけを言うと、少年は長旅の疲れが出たものか、気を喪《うしな》うように眠ってしまいました。

勇者たちはおのおのの徽《しるし》たる八色《はちいろ》の軍旗を解いて少年の体を八重《やえ》にくるみ、鎧の肩に負ってヘトアラの砦《とりで》へと還《かえ》りました。

それらは黄白紅藍の無地四色と、縁取りをした鑲《じょう》四色の旗印で、わけても表にくるんだ正黄旗は、大将軍ギオチャンガの軍旗でありました。

のちにヌルハチ公はジュルチンの諸部族を服《まつろ》わせて満洲の国を打ち立てたばかりか、その孫にあらせられるフーリン公は長城を越えて中原《ちゅうげん》の覇王となりました。

よって、その裔《すえ》たる大清皇帝はとこしえに、黄緞《おうどん》の龍袍《ロンパオ》を召され正黄旗のもとにましまして、世界を統べるのです。

時がいかほど過ぎようと、天の尽きるところ、地の涯《は》つるところまで。

四十

肇国《ちょうこく》の神話を語りおえると、私は冷えた茶で咽を潤し、椅子から立ち上がってベッドのかたわらに倚《よ》った。

銀の吸い口がついた長煙管《ながギセル》は、すでに卓上の道具入れに収められており、阿片係の太監《タイチエン》は退室していた。

妻は背を向けて横たわっていた。眠ってしまったのか、酩酊しているのかはわからなかった。だが、どちらでもよい。私は妻にせがまれたから語ったのではなく、語りたかったのだから。

肇国の神話は物心ついたころから、ずっと親しんできた。夜が更けて私が養心殿の牀《とこ》に就くと、当番の太監が灯火を消し、枕元に蹲《うずくま》って語り始めるのである。

話はあれこれたくさんあったが、とりわけ好きであったのは、神話の冒頭にあるこの物語だった。

私の祖先は当たり前の人間ではなく、天女の腹から生まれ落ちた。よって天命を戴く貴種なのである。

むろんそんなはずはないのだが、満洲の野に起こって中原に至った征服者であるよりも、ずっとよかった。

「面白《おもしろ》かったわ――」

横向きで身じろぎもせぬまま、妻が唇だけで呟《つぶや》いた。

「続けようか」

「もういいわ。少し眠らせて」

立ち去ろうとする私の手を、妻は握り止めた。どこにも行かないで、と細い指が言っていた。私はベッドに腰を下ろした。退屈でたまらぬが、ともかく平穏なひとときが訪れた。骸骨のように痩《や》せた手を握り合って、私は大きく開かれた南向きの窓越しの、澄み渡った秋天を見上げた。

時おり、背と腹を黒白にきっぱりと色分けした鵲が窓をよぎった。冬に備えて巣作りを始めたのであろうか、このごろ繁く飛びかう鵲は、嘴に草や枯枝をくわえている。

私はメガネの底で目を瞠《みは》った。赤い実をくわえた鵲がいはしないかと思ったのだった。

天から遣わされた一羽が、もし窓辺に赤い実を置いて飛び去ったなら、私はそっと妻の手をほどいてひそかにそれをつまみ取るだろう。そして妻の寝息を確かめて、夢見ごこちの口移しに、それを与える。

妻は朝な夕なに接吻を希み、私は拒み続けているのだから、まさか吐き棄てるはずはあるまい。そうして、妻が天の子を身籠ればよい。誰よりも猛く賢しい、天の御子を。

面白かった、と妻は言ってくれた。

その評価にはひとつの意味がある。これまでに百ぺんも語ったはずの物語が、今さら面白いはずはない。つまり、話すたびに物語の細部は変わるのである。だから正しくは面白かったのではなくて、きょうの話は出来がよかった、と妻はほめてくれたのだった。

日ごろ私の発言や行為を諫《いさ》める者はない。だが妻は、話がつまらなければ何も言わず、面白ければほめてくれる。それはけっして臣下が口にするお追従の評価ではないから、私は嬉しく思う。わがままであろうと、阿片中毒であろうと、やはり婉容《ワンロン》は私にとってかけがえのない伴侶である。

神話は大筋をたがえることはないが、そのつど私の想像によって変わる。たとえば天の御子がヌルハチ公ではなく、どなたかべつの祖宗であったり、天女の姉たちが意地悪であったり、母なる妹の心理がまちまちであったりする。きょうの話の中では、「媽媽《マアマア》」の言葉についてのやりとりが初めての試みであったが、実はその語源が漢語であるのか満洲語であるのか、私は知らない。

話すたびに必ず変わるのは、川辺に集う将軍たちの言動である。肇国の英雄たちについてはよく知っているので、この部分は千変万化に想像が膨らむ。父君のタクシ公に光を当てたのは当たり前にすぎたが、正鑲八旗の軍旗で玉体を包みこむという次第は、思いつきにしてもなかなかであった。

このようにして、私の語る肇国神話はそのつど変わるのである。

むろん、他の誰にも語れはしない。愛新覚羅《アイシンギヨロ》の祖先に対して毛ばかりの敬意も抱かず、今や何事にも興味を示さなくなった、廃人同然の妻のほかには。

では、紛うかたなき愛新覚羅の裔《すえ》であり、大清の復辟《ふくへき》をかくも熱望し、けっして阿片を口にせぬ私が、どうして神話の改竄《かいざん》などという大それたことをするのかというと、それには必然の理由がある。

そもそも寝物語に聞いた太監《タイチエン》たちの話が、みなそれぞれに異なっていたのだった。卑しき宦官《ホアンクワン》とはいえ、御前《ごぜん》太監にまで出世する者は一通りの読み書きぐらいはできるが、役人たちのように達者なわけではない。すなわち物語のおおよそは口伝なので、語り部によって適当に変わってしまうのである。

もっとも、だからこそ夜ごと聞いても飽くことがなかったのだが。

太監たちは教養がなくとも、みな賢くて世知に長《た》けている。いきおい、ある者は怪談めかしておどろおどろしく語り、ある者はまことに教育的な英雄譚に仕立て、またある者は奇矯な声色を使って喜劇に変えた。

のちに知ったことだが、こうした一連の肇国神話は、第二代皇帝ホンタイジ公の御代に書かれた「満洲実録」に拠る。すなわち皇統の正しさを示すために、祖先を神格化したのである。

しかし、長じてその原典を読み、正直のところつまらないと思った。太監たちの間で口伝され、あれやこれやと脚色された物語のほうが、遥かに面白かったせいである。

彼らは賢くて世知に長けているばかりではなく、つまらぬ話をして天機を損ってはならぬと、工夫を凝らしていたのであろう。

ただし今の私は、まさか妻の機嫌を伺《うかが》って話を面白くしているわけではない。いかんともしがたい昨今の現実に引き比べ、物語はいかようにも変えることができる。そのうえ唯一の観客である妻がほめてくれるのなら、満足このうえない。

もし私が庶人と同じ立場にあって、自由に職業を選択しうるとしたら、たとえば映画監督などはどうであろう。無から何かを創造することは無理にしても、既成の物語を脚色したり、演出したりする才能は持っているように思える。ましてや人に指図はされないが、指図することには慣れている。

それが叶《かな》わぬのなら、庭師だろうか。花や樹木は好きだし、多少の知識もある。あんがいのことに、愛新覚羅《アイシンギヨロ》の眷族《けんぞく》は手先が器用であり、私もまたその例に洩《も》れない。ただ、そうした才能を発揮する機会がないだけである。細かな手仕事など、私には許されない。

伯父にあたる先帝光緒陛下は、瀛台《インタイ》の離れ小島に幽閉されている間、西洋時計やオルゴールを分解したり組み立てたりして、無聊《ぶりよう》を慰《なぐさ》めておられたと聞く。そこまではできぬにしろ、花を咲かせ、枝を剪《き》り、庭をこしらえる人生は、私に似合っているような気がする。

しかし、私の人生は二つない。映画も庭園も造れぬのならば、せめて御前太監たちがそうしたように、肇国の神話を面白おかしく改竄して、妻に語り聞かせるだけである。

百人百様の肇国神話の中で、とりわけ記憶に残るものといえば、私が幼いころに大《ダア》総管太監《ツオンクワンタイチエン》を務めていた、李春雲《リイチユンユン》の寝物語である。まことに秀逸であった。景色は目に見えるようであり、驚きや怖れや、悲しみや歓びが私の心を慄《ふる》わせた。

闇の影絵になった身ぶり手ぶりは舞うがごとく優雅で、三人の天女と十人の武将の声は、それぞれの魂魄《こんぱく》が語るかのようだった。

そして、話の内容はやはり毎度変わるのだが、そのどれもが新鮮で、真に迫っていた。

今にして思えば、千人の太監を支配するいわば愛新覚羅《アイシンギヨロ》家の家令が、御前太監に代わって私を寝かしつけるはずはない。しかしたしかに彼は、少くとも旬日に一度は御前太監の身なりをして養心殿に現われ、幼い私に寝物語を聞かせてくれた。

話があまりに面白くて、かえって目が覚めてしまうこともあった。そんなときは牀《とこ》から抜け出して温床《オンドル》に腰かけ、君臣の礼も忘れて語り合った。私と同じ目の高さに並んで座り、のみならず肩まで抱き寄せてくれたのは、後にも先にも彼ひとりだった。

「ねえ、春児《チュンル》はどうしてそんなにお話が上手なの」

「それは、役者だったからでござります」

彼はいくつになっても、「春児」という徒弟のような愛称で呼ばれていた。むろん皇族のほかは、いかな大臣顕官といえども「老春児《チュンルさま》」と呼んだ。

李春雲はかつて、宮廷劇団の立役者だったらしい。

「ねえ、どうして大人になっても春児なの」

「それは、老仏爺《ラオフオイエ》様がそのようにお呼びになっていらしたからですよ」

西太后《シータイホウ》様は、私を玉座に据えるとじきに亡くなられた。そして亡くなられたとたんに神となった。遺されたお定め事はゆるがせにしてはならぬ法となった。政《まつりごと》から宮中の作法に至るまで、「老仏爺がこのようにお定めになった」と言えば、議論の余地はなくなった。

つまり、西太后様が李春雲を「春児」とお呼びになっていらしたから、それは愛称ではなくて一種の称号に変わったのだった。

私は気がかりであったことを、そっと訊ねた。

「太監たちの話はいつもちがうのだけれど、祖宗のご偉業を勝手に改めてしまってもいいのかな」

「はい、よろしゅうございますとも。人の力で変えられぬ運命などひとつもございませぬ。人生ですらそうなのですから、誰かがでっち上げた昔話など、どうして頑《かたく》なに語り伝える要がございましょう。つまらぬ話ならば、面白く変えなければなりませぬ」

そのとき李春雲《リイチュンユン》は、とても大切な訓《おし》えをこめたのだと思う。すなわち、不幸に甘んじてはならぬ、と言ったのである。

幼心にはそこまでの意を汲《く》み取れなかったが、何かとても大切な、私の存在自体にかかわるほどのことを、聞いたような気がしたのはたしかだった。

役人でも師傅《しふ》でもない彼は、太監《タイチエン》の分限を弁《わきま》えていたのだろう。だからそののち二度と、たとえ私から訊ねても、説諭のたぐいを口にすることはなかった。

私はずっと考え続けていたのだと思う。つまらぬ話を面白く変える方法について。そしてあれこれ考えながら齢を重ね、ようやくその言葉の真意に思い当ったのである。

不幸に甘んじてはならぬ。運命を受容してはならぬ。理不尽に屈してはならぬ、と。

次第に会う機会が少くなっていった李春雲が、とうとう職を辞して城から出たのは、私が算《かぞ》え十歳の年のことだった。

養心殿に伺候した彼に対し、私は椅子轎《かご》に乗って紫禁城《ツチンチヨン》を出る恩典を授けた。それはそれでたいそうな名誉にはちがいないが、内心はそんなことでしか師傅の恩に報いられぬ自分を、悲しく思った。

李春雲の去った城は、たとえば蟬が羽化したあとの脱け殻のように虚しく思えた。私はしばらくの間、何も考えられず何をする気にもなれずに、ただぼんやりと院子《ユアンツ》の石段に腰をおろして、四角く切り取られた都の空を見上げていた。

不幸に甘んじてはならぬ。運命を受容してはならぬ。理不尽に屈してはならぬ。だが、幼い私には何ひとつできなかった。その訓えをいただいた人を見送ることすらも。別れを嘆くことさえも。

私は膝《ひざ》を抱えたまま、小さな獣のように唸《うな》り続け、そしてとうとう辛抱たまらなくなって自転車に跨《また》がった。

養心殿を出て、乾清宮の西側の道を走れば先回りできると思い、追いすがる太監たちを振り切ってペダルを漕《こ》いだ。

神武門の前で自転車を投げ出したとき、ちょうど李春雲を乗せた椅子轎が、大勢の見送りと惜別の声に囲まれて東の道からやってきた。

行列は私を認めて止まり、人々はみな背を向けて膝をついた。皇帝を直視してはならないからだった。

轎から下りて叩頭《こうとう》する李春雲《リイチユンユン》の前に私は蹲《うずくま》った。

「ねえ、春児《チユンル》。お願いがあるんだけど」

「はい。何なりと」

「僕はもういっぺん、本物の皇帝になりたいの。それが、ご先祖様やおばあちゃまの願いだと思うから。だから、おまえからお願いしておくれよ。僕がそう望んでいると知れば、きっと孫文《スンウエン》も張作霖《チヤンヅオリン》も、ほかの将軍たちも、賛成してくれるからね」

言い終わらぬそばから、李春雲は磚《せん》をかきむしって泣き始めた。

廃帝が不憫《ふびん》でならなかったのだろうが、当の私はそこまで思い至らずに、彼が玉音を拝し、勅命を賜《たまわ》って感激しているのだろうと考えていた。

だから励ますつもりで、さらに言った。

「つまらない話は、面白く変えなくちゃ」

ひとしきり嘆いたあとで、李春雲は泣き濡れた目を上げ、私をきっかりと見据えた。そして、いかにも天に誓うように答えてくれた。

「天子《テイエンヅ》。たしかに承《うけたまわ》りました」と。

私が命ずれば、誰もが即座に「是《シィ》、遵命《ツンミン》」と奉答する。だが、それは一種の儀礼であって、必ずしも私の納得できる結果がもたらされるわけではない。そして、そのちさまざまの困難を経て、大清皇帝の権威が失墜してゆくほどに、それはいっそう無意味な、儀礼上の返事にすぎなくなっていった。

しかし、李春雲の天に誓うような返答は今も忘れがたい。私はあの日あのとき、初めて大清復辟の希望を口にし、彼は応《こた》えたのだった。

そう、天に誓いを立てたのは私自身だったのだ。

不幸に甘んじることなく、運命を受容せず、理不尽に屈してはならぬと、私はあの日あのとき、誠実なひとりの太監《タイチエン》の体を依代《よりしろ》として、天に誓ったのである。

待てど暮らせど、鵲は赤い実を運んではこない。

妻の寝息を聞いているうちに、私まで睡《ねむ》たくなってしまった。

こうしたとき、ふつうの夫婦は添い寝をするのだろうが、私にはとうていできない。妻の安息のために手を握り続けるのが、せいぜいなのである。

婉容《ワンロン》は美しい。おそらく世界中の誰よりも。これほど自堕落な暮らしをし、心は不安と恐怖に苛《さいな》まれているであろうに、あらゆる負の要素が彼女の美しさを毫《ごう》も損わぬのは、奇跡と呼ぶべきである。

世の男どもはこう考えるにちがいない。かくも美しきものを、なにゆえ欲せざるか、と。理由はない。したがって、この疑問に応ずる解答もない。そもそも私は、欲心を知らぬからである。

欲望を持たなければ世継ぎができぬ、という理屈はわかっている。だが、見も知らぬ欲をかき立て、ふがいないおのれに鞭当ててまで、世継ぎを得ようとは思わない。

同治帝も光緒帝も世継ぎを得なかった。よって親王家から養子を迎えて皇統を繋《つな》いだ。そのことに、何の不都合があるだろう。むしろ愛新覚羅《アイシンギヨロ》の血を享《う》けたあまたの皇子の中から、健康で聡明な者を選《え》り抜いて世継ぎとするほうが、理に適《かな》っていると思うのだが。

婉容《ワンロン》は美しきけだものだ。その琺瑯《ほうろう》の肌の奥深くに穿《うが》たれた暗渠《あんきよ》には獰猛《どうもう》な牙が隠されており、芳香と蜜でいつか私を誘いこみ、宦官《ホアンクワン》のように断ち切るつもりでいるにちがいない。

仮に婉容には悪意がないにしても、肉体には魔性が宿っている。私がいっこうに靡《なび》かぬものだから、妻の内なる獣は苛立ちが昂じて、阿片に頼らざるをえなくなった。

ふいに寝息が止まった。

さては魔性の獣め、心を読んだのかと思い、あわてて手を振り払った。

「私、いつまでも執政夫人は嫌よ」

今し目覚めたとは思われぬ、低く瞭《あきら》かな声で妻は言った。

「共和制はもうじき帝制に変わる。今しばらく辛抱しなさい」

約束の期限までは、残すところ三ヵ月である。建国から一年以内に帝政が実現しなければ、執政の地位も下りると宣言した。もっとも、意地を張って下野したところで、私の行き場所はなく、むろんそのとたんに命の保証もなくなるのだが。

悪く考えるのはやめよう。板垣《いたがき》や土肥原《どひはら》の口約束などあてにはできないが、武藤《むとう》大将が約束してくれたのだ。関東軍司令官と関東長官と駐満全権大使を兼務する彼は、ただの将軍ではなく、日本国天皇の名代である。

「もうじきね」

「そう、もうじきだよ」

「仕度を始めなければ」

妻はしどけなく身を起こした。とたんに器を覆したように女の匂いが溢れた。

仕度。そう、仕度だ。帝政施行はすなわち大清の復辟なのだから、私は龍袍《ロンパオ》を着て天壇に昇らなければならない。

光緒先帝のお召しになられた龍袍は、どこに行ってしまったのだろう。あのきらびやかな黄緞の、中華皇帝の龍袍は。

復辟を狂おしいほど希みながら、龍袍のありかを気に留めなかったおのれを、私は訝《いぶか》しみ、嫌悪した。

四十一

ヴィクトリア・テラスの窓からは、朝凪《あさなぎ》のイギリス海峡と、左右に何十マイルも続く海岸が一望だった。

窓、というべきではないだろう。正しくは壁も天井もガラス張りなのである。

「グランド・ホテル」はヨーロッパのどこにでもあるが、ブライトンの海岸に古くから建っているこのホテルは、「ザ・グランド」と称していた。

ドア・マンもさすがは目端《めはし》が利《き》いていて、海岸通り《バンド》をぶらぶらと歩いてくる私を発見するなり、「おはようございます、将軍《ゼネラル》」と声をかけてきた。

「アフタヌーン・ティーにはまだ早いね」

私が冗談めかして言うと、ドア・マンはシルクハットの庇に指を添え、テールコートの腰を屈めて、「ご随意に《アズ・ユー・プリーズ》」と答えた。

ザ・グランドのヴィクトリア・テラスはアフタヌーン・ティーのひとときを過ごす場所で、午前十一時半にならなければ開かないはずだった。秋風が立つとともに、避暑客の多くはロンドンに帰ってしまった。

建物の大きさに較《くら》べて玄関は慎《つつ》ましく、その造作はいかにも、姓名のほかに何らかの称号を持つ人物でなければ足を踏み入れがたいように思えた。

だから小さな回転扉を抜けるとき、ふと考えたのだった。今の私には、その資格があるのか、と。

この数ヵ月の間、行く先々で国王や国家元首の饗応を受け、ローマ教皇の謁《えつ》も賜わった。私自身からは一度たりとも望んだわけではないのに、すべてが用意されていた。しかしどう考えても、私にはそうした礼遇を享けるにふさわしい称号がないのである。

東北軍閥の領袖《りょうしゅう》。国民革命軍の副総司令官。ただし、すべての権威を蔣介石《ジャンジエシイ》に譲り渡して下野したからには、それらの上に「元」の一字がつく、ひとりの中国人でしかない。

ヴィクトリア・テラスに招き入れられ、空や海の色よりなお青い椅子に腰をおろした。どこから吹き入ってくるものやら、ここちよい海風が私を慰めた。思い悩んではならぬ、何も考えてはならぬ、と。

そう、私は病人なのだ。

病は篤《あつ》く、薬石効なくて転地療養を余儀なくされた病人。たとえば夏が過ぎてもロンドンに帰ろうとせず、ブライトンの冷たい海水に震えながら身を沈めて恢復《かいふく》を祈る、老いた貴族たちとどこも変わらない。

しかし、彼らと明らかにちがうことには、私がホテルに入るやいなや、何人もの私服護衛官とイギリスの騎馬警官が、海岸通りのあちこちに立った。礼遇はさておくとしても、こうまで厳重に護《まも》られる理由が、私にはわからなかった。

南イタリアのブリンディジに入港してヨーロッパの大地を踏んだとき、私はすでに阿片の禁断症状から解放されていた。

カルバート博士の戦術は的確だった。阿片の吸引をモルヒネの投与に代え、その薬量も航海中に少しずつ減らして、ついにはワインと葉巻が私の体を制御するまでになった。だから五月の陽光は常人と同様に眩《まばゆ》かったし、咲き乱れる花の色も鮮かだった。博士の腕前は、まことおみごとというほかはない。

幼いころから、父と父の部下たちによって鍛え上げられた体は、もともと頑健である。わずか四ヵ月の間に、体重は二十八ポンドも増えた。

カルバート博士の説によると、生れつき酒に強い体と弱い体があるように、阿片への耐性にも個人差があるらしい。つまり、そもそも阿片に弱い体質であった私は、そうとは知らずに吸引し続けたあげく、骨と皮ばかりに痩せ衰えて、明日の命をも知れぬ病人になってしまっていたのだった。

しかし、体重が元通りになったとはいえ、すべての健康が恢復したわけではなかった。体力が戻っても精神はずっと不安定なままで、さしたる理由もなく癇癪《かんしゃく》を起こしては周囲に当たり散らした。

わけても私の癇癪の犠牲になったのは、二人の妻たちである。ただし、暴力をふるったためしはない。弱きを扶《たす》け強きを挫《くじ》く任侠の心は、唯一と言ってもいい父の訓《おし》えだった。

そのかわり私は、二人の妻を執拗に罵《ののし》った。夢見が悪ければ同衾したどちらかのせいにし、コックの作った食事が気に入らなければ、やはり妻たちの責任を問うた。ズボンの筋目にわずかな誤りがあっても、シャツの袖に一点のしみを見つけても、二人を足元に座らせて叩頭させた。

第一の妻はおとなしい性格で、けっして口答えはしない。それをよいことに私は涙を流すまで叱《しか》り続けた。

一方、気丈な第二の妻はしばしば正妻を庇《かば》い、ときには私の非道を詰《なじ》った。むろんそれはそれで、私の癇気に油を注ぐ結果になった。

妻たちに泣かれようが説かれようが、私はみずからの行いを省《かえ》りみようとはしない。東北王《トンペイワン》の世子に生まれついた私にとって、反省と後悔は同義だからである。

しかしあるとき、子供らがひどく怯《おび》えていることに気付いた。思えば自分も幼いころ、母たちを殴らずに罵る父を畏怖したのだった。執拗に言葉を振り回すときの父は、拳銃で問答無用に人の命を奪う父よりも、ずっと怖ろしかった。

子供らが怯えていると知ったときから、私は虫の居所が悪くなると散歩に出た。それはいつも突然なので、護衛の部下たちはあわてふためいた。

けさもそうだった。まだ夜が明けきらぬうちに目覚めて寝室のカーテンを開けたとたん、たまらなく憂鬱な気分になった。

海辺の保養地とはいえ、イギリスの空はイタリアのそれのように澄んではいない。

けさもまた、暗い海をそのまま鏡に映したような雲が頭上を蓋《おお》っていた。

そこで、瑣末《さまつ》な言いがかりをでっち上げて妻たちを叱りつける前に、家を出ようと決めた。厄介なことには、たった一マイルの散歩をするときでさえ、私は背広を着てタイを締めなければならなかった。だから当番の使用人は、いつ声がかかってもいいように私の出仕度を整えて、寝室の前で待っていた。

家を出れば付かず離れず、私服の侍衛が従ってきた。そのうしろからは自宅を警護するイギリスの警察官、しばらく歩くうちに緊急連絡を受けた騎馬警官が追ってきた。

ブランズウィック・スクエアの周囲は、ブライトンで最高級のアパートメントが繞《めぐ》っている。それらはみなヴィクトリア様式の四階建てで、蜜色の壁を長く列《つら》ねたまま海岸に向かって居流れていた。中心のスクエアは広く、なだらかな勾配《こうばい》になっているから、おそらくアパートメントの窓までのどこからも海が望めるのだろう。そのたたずまいの豪華さ、窓や玄関の多さといったら、英国貴族のすべてがここで一夏を過ごすのではないかと思えるほどだった。

自宅には三つの玄関があった。私自身と、家族と、部下や使用人たちの住居である。つまりアパートメントのそっくり一棟が自宅だった。

海に向かって歩くうちに、少しずつ気分が鎮まってきた。草原と曠野《あれの》しか知らずに育った私にとって、どうやら海は永遠の憧れであるらしい。いかなる過ちに対しても寛容であり、常に私を庇護して弛《たゆ》まざるもの。たとえば神。たとえば母。私は神も母もよくは知らないが、きっと海に似ているのだろう。ブライトンの海岸は砂浜ではなかった。赤い小石に埋めつくされていて、散歩には適さなかった。

波打ち際は急激に落ちこんでいるから、実は海水浴にも適さない。そのかわり、海はいつも穏やかで、耳に障《さわ》るほどの波音もなかった。たとえば神。たとえば母。そうと信じて病を癒そうとする老人たちが、一夏に何人も深みに嵌《は》まって死ぬのは皮肉な話だが。

晴れた朝には、水平線の彼方にフランスの陸《おか》が見えるという。だが私はついぞ、晴れ上がったブライトンの朝を知らなかった。

海岸通りを歩き、堤防に刻まれた階段を下りてボードウォークをまた歩み、なるべく物を考えずに私の散歩は続く。

海岸から沖に向かって、二本の桟橋が突き出ている。それらはレジャー・ピアと呼ばれる娯楽施設で、プロムナードの先にはガラスのドームを冠したダンスホールや、千四百人もの観客を収容する劇場がある。夏の夜は満艦飾のネオンに彩られた社交場になった。

かつての私ならば、夜ごと通い続けて飽かなかっただろう。だが、もうダンスを踊るほど若くはないし、護衛官たちも許さない。

海岸通りにはヴィクトリア様式のホテルが建ち並び、ベランダから喜捨された朝食をめざして鷗《かもめ》が群れ飛ぶ。

ヨットの帆を操るのは、夏の終わりを信じない放蕩息子たちだろう。ロンドンの南、たった五十マイルしか離れていないのに、ブライトンには英国流の厳格さが少しも感じられなかった。

ホテル・メトロポールとザ・グランドの中間に、バスの停留所があった。

さすがにブライトンのバス・ストップはただものではない。優雅な鋼鉄の花紋様で象《かたど》られ、屋根はガラス張りで、ベンチにはオーク材が惜しげなく使われている。

その停留所には、年老いた隻腕《せきわん》の浮浪者が棲みついていた。

彼と言葉をかわしたのは、けさが初めてである。神だか母だか海だかに、私のすさんだ心はすっかり慰められて、通りすがりに一本の葉巻と、一ポンドの紙幣を喜捨する気になったのだった。

バス・ストップは海を背にしている。風の抜けぬ、ころあいの棲《すみか》にちがいなかった。

「おはよう。ご機嫌はいかがかね」

私が声をかけると、浮浪者は顔まで被った毛布の中で、「ファイン」と答えた。

どうしたわけか私の耳には、おざなりの返答に聞こえなかった。実に上機嫌の、満足しきった「ファイン」だった。

ベンチの下には、彼のわずかな財産を包んだ麻袋がていねいに収納されており、草色の毛布は軍隊の装具にちがいなかった。しかも彼は、まるでハンモックの中にいるかのように、姿勢を正して寝ていた。

私は彼に興味を抱いた。その始末のよさは、軍隊仕込みにちがいなかったからである。

「始発のバスはまだだよ」

毛布から髭面《ひげづら》を覗《のぞ》かせて、浮浪者は言った。それはたぶん、私をバス待ちの客だと思ったからではない。彼は始発のバスが来る前に停留所の棲をあけ渡し、最終のバスが行ってしまったあとで、ふたたび戻ってくるのである。つまり、始発のバスまではまだ間があるから、ここは自分の塒《ねぐら》だと、彼は主張したのだった。

何と始末のよい浮浪者だろう。昼間はどこでどうしているか知らないが、ともかくこの棲に関しては誰に迷惑をかけているわけでもない。それどころか、停留所の周囲には塵ひとつ落ちてはいなかった。

護衛官たちは私の背うしろに立って、背広の裏の銃嚢《じゅうのう》に手をかけていた。

まさかここまで手の込んだまねをする刺客がいるはずもなし、また戦場で傷ついた男ならばことさら怯えるだろうと思って、私は護衛官たちを遠ざけた。

毛布の腹の上に葉巻と一ポンド札を置くと、浮浪者はようやく身を起こして簡潔な謝意を述べた。

「日本人かね」

私の差し向けたライターの火を受け、うまそうに煙を吐き出しながら彼はそう訊ねた。

「いや。中国人だ」

イタリアに上陸してから半年たらずの間に、この不快なやりとりをいったいいくど交わしただろう。

白人たちは、いくらか様子のいい東洋人を見れば、日本人だと思うのである。自分が親の仇にまちがわれる屈辱など、体験する人間は私のほかにいないだろうが。

やり返すつもりで私は訊ねた。

「名誉の傷を負った英雄が、どうしてこんな暮らしに甘んじているのだね」

ロンドンでは、陸軍病院や軍の養老院を慰問した。ここからさほど遠くない、ポーツマスの軍港も見学した。戦で傷つき、あるいは長い軍務をおえた老人たちはみな英雄だった。その英雄たちの中でも、神のように崇《あが》められるネルソン提督は、浮浪者と同じ隻腕だった。

葉巻をくわえたまま、煙に目を細めて浮浪者は苦笑した。

「英雄だと？　冗談はよせ。本物の英雄はみんな死んじまった。生き残った兵隊は、運がよかったか、腰を抜かして逃げ回っていたかの、どっちかだぜ」

おそらく、世界大戦に従軍したひとりなのだろう。悲惨な戦場から生還した兵隊ならば、みずからを英雄とすることはできまい。

男の潔癖さに、私は怖気《おじけ》づいた。要するに、戦場で斃《たお》れた戦友たちを思えば、お国ぐるみの優雅な余生など送れるはずはない、というわけだ。

私はそっとバス・ストップを離れた。頑なな男はけっして剛直ではなく、小石に当たってもばらばらに壊れてしまいそうな、ガラス細工のように思えたからだった。

歩き出しながら考えた。いったい私は、みずからが指揮した戦争で、何十万の兵隊を殺してしまったのだろう、と。

今さら考えるのも妙な話だが、私はかつて麾下《きか》の兵員数は常に掌握していたものの、戦死者を数えたためしはなかった。

一会戦において、既定兵力から残存兵力を差し引いた数は、ひとからげに「損耗」とされ、戦死者と戦傷者の区別はなかった。指揮官の戦争とはそうしたものだった。

私は戦場で生まれ、戦場を駆け巡る馬車の荷台で育った。人は貴子のようにいうが、戦争の申し子が貴子とはお笑いぐさだ。

三十二年の人生のうちで、私が戦争と無縁であったときは一瞬もなかった。そして世界一若い指揮官に祀《まつ》り上げられてからは、生と死の認識力を欠いたまま、夥《おびただ》しいとしか表現できぬ数の兵隊を殺し続けてきた。

何十万。いや、兵隊はいくらでも補充されるから、何百万かもしれない。敵味方の戦死者を合算すれば、まちがいなくその桁《けた》になる。

それでもふしぎなことに、私は護られているのである。朝っぱらから家を飛び出した癇癪持ちの亭主を、懐《ふところ》に拳銃を呑んだ部下や、サーベルを提げ馬に乗った外国人の警官が護り続けていた。

バス・ストップを立ち去ってしばらく歩き、柄にもなくうしろを振り返ったのは、あの浮浪者の人生を羨《うらや》んだからだった。

貧しいが、込み入った話などひとつもなく、もし嫌気がさせば振り向きざまに百ヤード走って、いつでも終わらせることのできる人生。手間と言えば、ベンチの下に収納された麻袋と、すり切れた軍隊毛布を、ボードウォークの屑箱に捨てるだけである。そして赤い石くれの浜辺を百ヤード走れば、すべてが終わる。

そうこうあらぬ想像をしながら、ザ・グランドの前を通りかかると、目端の利くドア・マンが声をかけたのだった。

「グッド・モーニング、ゼネラル」と。

ヴィクトリア・テラスの海の色の椅子に腰を落ちつけるとじきに、ボーイが新聞を捧げ持ってきた。

第一面に大きな写真が掲げられていた。自宅の暖炉の前で、第一の妻と十七歳になる長女と私とが寛ぐ一葉である。ザ・グランドが歓待するのも当たり前だ。

〝CHINESE WARLORD MARSHAL CHANG HSUEH-LIANG〟

中国軍司令官張学良《チャンシュエリヤン》元帥、か。そう呼ばれて悪い気はしないが、肩書きはそっくり蔣介石《ジャンジエシイ》に返上した。

〝元帥は三十二歳。極東政治における最も力のある軍人として名を馳せている。だが今の彼は軍服を脱ぎ捨て、さしあたっては家庭人として、ブライトンのアパートメントに腰を落ちつけた〝家庭人《ア・ファミリー・マン》〟。できれば、そうありたい。少くとも新聞記者の目にそう映ったことを、私は嬉しく思った。

しかし次の瞬間、私はヴィクトリア・テラスを繞《めぐ》るガラスに視線を泳がせて、海岸通りのバス・ストップを見つめた。

浮浪者の姿はすでに見当たらなかった。始発のバスが視野をよぎって走り去った。

（英雄だと？　冗談はよせ。本物の英雄はみんな死んじまった。生き残った兵隊は、運がよかったか、腰を抜かして逃げ回っていたかの、どっちかだぜ）

もしや自分自身に対してではなく、私に向けられた辛辣《しんらつ》な言葉だったのではあるまいか。新聞をすみずみまで読むことは、浮浪者の日課だろうから。

海風が私に囁《ささや》く。思い悩んではならぬ、何も考えてはならぬ、と。

運ばれてきた紅茶を音立てて啜《すす》りながら、水平線の彼方の、見えもせぬ大陸を見つめた。

きっとあの浮浪者は、私に悪態をついたあとふと決心をして、百ヤードの海岸をまっしぐらに走ったのだろう。

それでいいではないか。

渡欧してからの月日は夢ごこちに過ぎた。それ以前の出来事は、前生の記憶のように思える。二十日あまりの航海は彼岸《ひがん》と此岸《しがん》を結んでいた。コンテ・ロッソ号の最上階のデッキは私の専有だった。

寄港地では必ず記者会見を求められたが、私自身が応じたのはインドのボンベイだけだった。いずれイギリスに落ちつき、子供らを上等なカレッジに通わせるためには、それくらいのサーヴィスをしておかねばなるまいと思ったからだった。

そのほかの寄港地では、政治顧問のウィリアム・ドナルドが私のかわりに会見をした。私はキャビンの丸窓のカーテンのすきまから、桟橋に群れる新聞記者たちを見下ろしただけだった。

ドナルドが言うには、記者会見は二度するものではないそうだ。同じ通信社や新聞社の記者たちは、緊密に連絡を取り合っているので、会見を重ねれば質問の内容が精度を増すからである。

私の旅行目的は謎だった。彼らが最も知りたかったのは、中国政府代表としての政治的な外遊なのか、それとも蔣介石《ジャンジェシイ》に後事を托して亡命するつもりなのか、ということだった。

その目的の如何《いかん》によって世界は変わる。歴史も変わる。

中国の指導者は蔣介石とされているが、最も強力な軍隊を保持し、なおかつ日本と戦う意志があるのは私だった。

スエズ運河を通過して地中海に入ると、大小の夥しい船舶が追ってきた。欧州各国の情報収集艦と、通信社のボートである。

コンテ・ロッソ号は針路をマルセイユに取ると見せて、シチリア沖で突然回頭するとイオニア海に入った。待ち受けていたイタリア海軍の艦艇が、追いすがる船舶を遮断した。そうしてコンテ・ロッソ号は、ムッソリーニのご威光に庇護されながら、悠然とブリンディジの軍港に向かったのだった。

私は外国を知らなかった。二十歳《はたち》のときに一度だけ日本を訪ねたきり、ついぞ機会がなかったのである。その翌年には直隷軍との内戦が始まり、私は二十歳の将軍として、戦場を駆け巡らねばならなくなった。

幼いころから大勢の家庭教師がついていたおかげで、さまざまの知識はあり、英語にも習熟していた。それでも、軍人になるべく育てられた私の本質は、国内に跋扈《ばっこ》していた軍閥の領袖と、どこも変わらなかった。いや、視野には中国しかないのだから、三国志の登場人物と何も変わってはいなかった。

ブリンディジの軍港で、ムッソリーニの水兵たちの儀仗を受けた私は、劣等感のかたまりだった。訪欧の目的はさておくとしても、私は三国志の昔から二千年間さして変わらぬ、中華世界の軍人だったのである。

しかし、そうしたとまどいとはうらはらに、私の肉体ははしゃいでいた。天上から遍《あまね》く降り注ぐ光。吹き過ぎる風。薔薇《ばら》とブーゲンビリアの鮮烈な色彩。麻薬から解き放たれた私の体は、以前にも増して敏感になっていた。五体のあらゆる知覚から躍りこむそれら風物は、西洋人の家庭教師たちが纏《まと》っていた気そのものであり、父の目を盗んで通った奉天《フオンテイエン》のＹＭＣＡでわずかに触れた、キリスト教社会の情熱と静謐《せいひつ》そのものだった。

父の定めた禁忌に、私はかくも憧れていたのである。

イタリアにおけるこうした歓待の段取りをつけてくれたのは、在中国公使のチャーノ伯爵と、その妻でムッソリーニの娘であるところの、エッダだった。航海中はうっとうしくてならなかった陽気なイタリア人夫妻に、私は初めて感謝をした。彼らがもたらしてくれたこの幸福の対価としてなら、フィアット社の戦闘機の一個編隊を購入することなど、お安い御用だと思った。

二人の妻と四人の子らは、みな口を揃えて、しばらくこの港町にとどまりたいと言った。その思いは私も同じだったが、広大な花園の入口のアーチに、しばらく踏みとどまることなどできまい。

桟橋にはすでに車が用意されており、私たちはロールス・ロイスとメルセデスの窓ごしに、南イタリアの閑《のど》かな風景を眺《なが》めるほかはなかった。

ムッソリーニは私たちのために、ローマ行の特別列車を仕立ててくれていた。列車はアドリア海に沿って北上し、オリーブの畑を抜け、イタリア半島の脊梁《せきりょう》と思える山脈を越えた。

ナポリの街も車窓から眺めただけだった。時刻はちょうどたそがれどきで、丘を走る列車の窓からは、死ぬ前に見よとまでいわれる夜景を望むことができた。

「ご覧なさい、漢卿《ハンチン》。これであなたは、もういつ死んでもかまわない」

身ぶり手ぶりを交えながら、チャーノはひどいイタリア訛りの英語で言った。いったい自分を何様だと思っているのか、彼は周囲のしかめ面を物ともせず、私を字《あざな》で呼び捨てて恥じなかった。

むろん悪気のない冗談なのだが、誰も笑わなかった。

私はいつどこで命を奪われても、ふしぎのない立場だった。いや、そんなことよりも私が不快に感じたのは、その冗談がたちまち父の死にざまを想起させたからである。

北京から父を乗せてきた特別列車は、奉天《フォンテイエン》の街の灯を間近に望む皇姑屯《ホアングートン》で、あとかたもなく爆破された。それは遠い昔のように思えて、実はたった五年前の出来事だった。体が粉々に砕け散る寸前まで、父は車窓からふるさとの灯を見つめていたにちがいなかった。

長城さえ越えなければ、父は今も東北王《トンペイワン》として、大満洲に君臨していたはずだ。おそらく中国からの独立を宣言し、諸外国からも承認されて、けっして傀儡《かいらい》ではない満洲国の皇帝に即位していた。

流民の子に生まれ、馬賊の頭目から身を起こした張作霖《チャンヅオリン》が、どうして東北王の玉座に就かず漢土をめざしたのか、私にはわからない。なおかつ、中原の王者となって北京政権を掌握したあのときに、どうして紫禁城《ヅチンチヨン》の玉座に就かなかったのか、私にはわからない。

いずれにせよ、およそ張作霖らしからぬ蛮勇と逡巡の結果、私は大東北軍を率いて戦場を駆け巡らねばならなくなった。

それでも彼の子供である限り、私は貴子と呼ばれるのである。生まれついての貴公子だから戦わずに兵を引くのだと。道楽者の花花公子《ホワホワコンヅ》だから戦に敗けるのだと。

ヴィクトリア・テラスでしばらく寛いだのち、雲間から薄日がさしてきたのをしおに、私はザ・グランドを後にした。

「ご機嫌いかがですか、将軍《ゼネラル》」

ガラス・ドームから光の降り落ちる螺旋《らせん》階段の下で、支配人が恭《うやうや》しく声をかけてきた。

「ファイン」

いくらか、あの浮浪者の口ぶりを真似《まね》て答えた。

支配人はほんの少しでも、私との対話を欲しているように見えた。身のほど知らずの無礼者ではあるが、私が立ち去れば入れ替わりに新聞記者がやってきて、彼にインタビューをするのかと思うと、無下に扱うわけにもいかなかった。

思いつきの話題を口にした。

「ローマでもグランド・ホテルに投宿していたのだが、こちらとは関係があるのかね」

答えは知っている。支配人がどう答えるかもわかりきっていた。

「いえ、閣下。各地のグランド・ホテルとの関係はまったくございません。わたくしどもは、ザ・グランドでございます」

私からのサーヴィスはこれくらいでいいだろう。彼はきっと新聞記者に対して、私の悪口は言うまい。

「わたくしどもは一八六四年に開業をいたしまして、ヴィクトリア女王陛下も避暑にお出ましの折には、しばしば――」

ザ・グランドとやらの歴史を滔々《とうとう》と語られたのでは、たまったものではない。私は支配人の弁舌を遮《さえぎ》って言った。

「なるほど。グランド・ホテルとは似て非なる、ザ・グランドというわけだね」

「はい、閣下。さようでございます」

「わかりやすくいうと、張《チャン》は中国人で最も多い名前だが、張学良《シュエリャン》はただひとり」

そう言って背広の胸に手を当てると、支配人はようやく無礼に気付いて口を噤《つぐ》み、腰を屈めて後ずさった。

回転扉を通り抜けて、吹き寄せる潮風を胸一杯に吸いこんだ。

帰宅するのはまだ早い。けっして家庭人になれぬ私が不在のときだけ、家族は家庭の幸福を満喫できるのだから。

宮殿を訪ねようと思った。ジョージ四世が建てた夏の離宮は丘の上にあって、私はイギリス王家から、インド風の宮殿と庭園とを随時に見物する特権を与えられている。

海岸通りをしばらく歩き、路面電車の軌道に沿って、宮殿へと向かう坂道を登った。私の足は日ごとに、かつての筋肉を取り戻していた。

鷗は街なかにも飛び回っている。あまり翔《はばた》かずに滑空し、帆柱の先やら煙突やらに留まれば、置物のように動かない。下品な鳴声はいただけないが、彼らは完璧に美しい生き物だった。

ふと、鷗たちの中に、べつの鳥を発見した。白と黒のきっぱりとした色は、鵲《かささぎ》にちがいなかった。

私のふるさとでは、神の遣いとされる鳥である。母が夜ごと語ってくれた神話を、私は忘れない。鵲の運んだ赤い実を食べて、天女が満洲族の祖を産んだ。

母は私が十歳のときに死んだ。それは父がまだ出世をとげる前であったから、形見の品すら遺されてはいない。今では顔さえ思い出せぬのだが、柔らかな肌の温もりと、巻舌の東北訛りでとつとつと語る満洲族の神話だけは、はっきりと憶えていた。

子供らが眠りについたあと、寝台のかたわらに跪いて語ることができるほどに。

鵲はそうと見定める間もなく、鴎の群に紛《まぎ》れこみ、まぼろしのように消えてしまった。

祖宗の魂が鳥の姿を藉《か》りて現れ、私を叱ったように思えた。おまえはいったい、ここで何をしているのだ、と。

歩み出しながら私は抗《あらが》った。無為徒食でヨーロッパをさすらっているわけではない。ローマに到着したとたん、ムッソリーニに迎えられ、国王ヴィットーリオ・エマヌエーレ三世にも召され、ローマ教皇の謁見も賜わって、祖国の窮状を訴えた。蔣介《ジャンジェ》石《シィ》にはできぬ外交ではないか。

インド風のふしぎな城門の前で私は足を止めた。名乗るまでもなく鋼鉄の門は開かれ、ジョージ五世の衛兵たちが整列して儀仗を捧げた。

とたんに私は、ローマに到着した夜の出来事を、ありありと思い出した。

グランド・ホテルの貴賓室のドアが開けられたとき、私は刺客に出くわしてもそうまでは驚くまいと思えるほど驚いた。

「啊呀《アーヤー》、少爺《シャオイエ》」

胴間声でそう言いながら、馬占山《マーチャンシャン》が私に両手を差し延べたのだった。

東北軍が兵を引いたあと、たったひとりで抗日戦を続けている馬占山将軍が、シベリア鉄道に乗って私に会いにきてくれたのだった。

彼の笑顔は太陽よりも眩《まぶ》しかった。結局、親を殺された恨みを忘れずにいるのは、馬占山だけだった。

「謝謝《シェシェ》、秀哥《シウコオ》」

言葉が思いつかず、私は幼いころに立ち返って、「ありがとう、秀兄ィ」と言った。

たくましい馬賊の腕の中で、私は少年になった。国を奪われ、兵を捨て去った私を、秀芳《シウファン》はけっして責めずに労《いたわ》ってくれたのだった。

四十二

新しき京《みやこ》の空がほのかに明け初《そ》めるころ、亡き母を夢に見た。

この不甲斐ない息子を、叱るなり慰めるなりして下さるのであれば、「夢枕に立った」と言えるであろう。しかし夢の中の母には、声も顔もなかった。ただ、私を産んだにちがいないと思える人が、夢に現れただけである。

私には六人の母がいた。

そのうちの五人までは、声も顔もよく記憶しているのに、肝心の生母だけはどうしても思い出せない。ひとことの呟きさえも、一瞬のおもざしすらも。

手を叩いて当番の太監《タイチエン》を呼んだ。

「万歳爺《ワンソイイエ》におかせられましては、はやお目覚めにござりましょうや」

満洲国という共和制国家の執政であるのに、私の身の回りの世話をするのは、紫禁《ヅチン》城《チヨン》にいたころとどこも変わらぬ宦《ホアン》官《クワン》たちである。

「カーテンを」

私が命ずると、太監は叩頭をくり返してから影のように膝行して、ビロードのカーテンを左右に開いた。窓の外は一面の灰色に塗りこめられていた。秋が深まって急激に気温が下がったせいか、このところ新京《シンジン》の朝はたいがい、暗鬱《あんうつ》な霧に被われている。

まだ目覚めたわけではない。薬の力を借りてようやく眠りについたのは、たぶん真夜中の二時か三時であったと思う。今しばらくまどろんで、もういちど母に会いたい。

灰色の空を薄目で見ながらそう念じていると、記憶に残る五人の母が次々と思い起こされた。今さら会いたくもなく、懐《なつか》しくもない大勢の母たち。彼女らは望みもせぬのに、夜ごと夢に現れる。

五人のうちの最も上位の母は、光緒先帝の皇后であった隆裕《ロンユイ》太后である。算《かぞ》え三歳で即位した私は、「同治を継承し、兼ねて光緒の跡を継ぐ」と定められていた。すなわち、両帝の嗣子《しし》とされたので、光緒皇后の隆裕様が母となった。

考えてみれば妙な話ではある。同治陛下の御名は「載淳《ツアイチュン》」であるから、祖宗の法に則《のっと》れば次の皇帝は「溥《プー》」の排行《はいこう》を持つ世代でなければならぬのに、従弟にあらせられる醇《チュン》親王家の載湉《ツアイテン》様が光緒帝として立たれた。

大清は太祖公より十代にわたり、父子一系の皇統を保ってきた。嗣子がないどころか、歴代の皇帝には少くとも十人、多ければ数十人もの皇子があって、そのうち最も力が強く徳の高い者が父帝に名指されて帝位を継いだのである。

ところが、どうしたわけか九代咸豊陛下には、西太后《シータイホウ》様との間にもうけられた載淳様のほかには皇子がなく、その同治陛下も世継ぎのないまま御齢十九歳の若さで身罷《みまか》られた。

それまで大清の血脈は精気に充ち満ちており、皇子たちの権力闘争はあっても、継嗣に困ったためしなどなかった。よって、次の世代から皇帝が立つという祖宗の法は、まったく意味を持たなかったのである。

西太后《シータイホウ》様は同治陛下を溺愛なされていらしたという。あまたの「溥《プー》」の世代を押しのけて、醇《チュン》親王家の王子であった載湉《ツァイテン》様を玉座に据えたのは、何よりも幼き日の同治陛下と瓜ふたつであったからだと聞く。

それもそのはずで、両帝は十五年の齢のちがいこそあれ、父君がご兄弟、母君がご姉妹という、きわめて血縁の濃ゆい関係にあらせられた。

私は科学について詳しくはないが、こうした従兄弟《いとこ》というのは、遺伝学からすると実の兄弟に等しいのではあるまいか。

いや、そうした理屈はともかくとして、西太后様はわが子の急逝が信じられず、むしろその悲劇はなかったことと思い定めて、すなわち同治帝載淳《ツァイチュン》と光緒帝載湉を同一人物とみなしたのではなかろうか。

かくして、私の伯父にあたる醇親王家の載湉殿下は、十一代光緒皇帝として玉座に昇られた。御齢わずか五歳にあらせられたが、それでも私よりはいくらかましと言えるであろう。算え五歳ならば、母のぬくもりは多少なりとも記憶にとどまったと思う。

愛新覚羅《アイシンギョロ》家の血脈は、かつてのたくましさなど嘘のように衰弱した。光緒陛下は世継ぎを得られなかったばかりか、戊戌《ぼじゅつ》の政変により南海の離れ小島に幽閉され、三十八歳の若さで崩御なされた。そのとたん、隆裕《ロンユイ》皇后はついぞ寵愛を得られぬまま寡婦となった。私が物心ついたとき最上位の母とされたのは、いかにも男女の愛とは無縁の、色黒で顔が長く、笑うと出ッ歯が剝《む》き出る、人間の女性というより牝馬に近い印象を持つその人であった。

以下の四人の母は、同治帝の側妃であった瑜《ユイ》皇貴妃、珣《シュン》皇貴妃、瑨《チン》貴妃、そして光緒帝の妃であった瑾《チン》貴妃である。

隆裕太后が亡くなられたあと、この四人にはそれぞれ、「敬懿《ジンイー》」「荘和《チユアンホー》」「栄恵《ロンフィ》」「端康《ドアンカン》」の尊号が加封され、のみならず「貴妃」であった二名は「皇貴妃」に格上げされた。

母たちに対するそうした処遇は、皇帝の名において定められたのだが、むろん八歳の私が何を考えたわけでもなかった。

いったい私はこれまでに、天子の叡慮《えいりよ》において物事を決定したためしが、一度でもあっただろうか。

記憶にも残らぬ幼いころに皇帝とされ、じきに革命によって廃帝となり、やがて紫《ヅ》禁城《チンチヨン》を追い出されてからは、遺臣たちや軍閥の領袖どものなすがままであった。そして今も、満洲国執政という地位にはあるのだが、字義のごとく政を執っているという自覚は何もない。つまるところ私は、齢相応に肉体の成長こそしたものの、おのれの立場は何ひとつ発展させぬまま流亡して、今ここにかくあるのだと思える。

だとすると、かつて中華皇帝であったという理由のほかには、存在価値がないのではなかろうか。あらゆる文書に異を唱えることなく、ひたすら「満洲国執政」の印璽《いんじ》を捺《お》し続けるだけならば、べつに私ではなくとも、任意の人物でよいのではないのか。

あれこれ考えているうちに、母の夢を見るどころか目が冴えてしまった。

寝台の上になかば身を起こすと、太監《タイチエン》がたちまち禁色《きんじき》の茶碗を捧げ持ってきた。彼らは常に私の挙措に目を光らせ、耳を欹《そばだ》てている。天意に応ずるは下であり、読み取ることが上であると心得ている。

熱くもなく冷たくもなく、咽を潤すにはころあいの茶を啜ると胸が落ち着いた。窓の外には相変わらず灰色の霧が立ちこめており、鳥の声もなかった。虚無の宇宙に浮かぶ匣《はこ》の中に、ぼんやりと座っているような気がした。

紫禁城に住んでいたころは、五人の母をそれぞれの宮殿に訪ねて回ることが、毎朝の日課だった。

順序もたがえてはならなかった。太監の担ぐ椅子轎に乗って、まず隆裕《ロンユイ》太后の住まう永和宮を訪ね、それから紅牆《こうしょう》の道を行きつ戻りつして、瑜《ユイ》、珣《シュン》、瑨《チン》、瑾《チン》、の順に回った。

私が八歳の冬に隆裕太后が亡くなると、順序はくり上がった。ところが、その後ほどなく尊号の加封と皇貴妃への昇格がなされたとたん、この順序に異変が起こった。瑾妃すなわち端康《ドアンカン》皇貴妃が、隆裕太后の住んでいた永和宮の主となり、一足跳びに最上位の母となったのだった。

それぞれの夫であった皇帝は、あくまで十代同治、十一代光緒の順であるから、同じ皇貴妃ならば順序が入れ替わるはずはなかった。もしそうした異変が起こるのなら、ほかでもない十二代宣統皇帝たる私の意志によるのだが、八歳の私が何を決めたわけでもなかった。

むろん、名ばかりの大臣や民国政府に、皇貴妃の序列を変える権限はなく、またそうする必要もない。だが、母たちの順番が変わるのは、ひとり私にとっては大問題だった。

ある朝、大総《ダアツォンクワン》管太監の李春雲《リイチュンユン》が養心殿にやってきて、こう告げた。

「万歳爺《ワンソイイエ》に申し上げまする。端康皇貴妃殿下におかせられましては、昨日、永和宮にお入りになられました。しかるに朝のご挨拶はこれまで通り、まず永和宮からお始め下されませ」

とっさには意味がわからなかった。光緒先帝の側妃であった瑾妃《チンフエイ》は、当然のことながらほかの母たちより齢下で、貫禄も足らない。背が低く丸々と肥えているから「月《ユエ》餅《ピン》」と渾名《あだな》され、太監《タイチエン》たちからもいくらか侮《あなど》られているふうがあった。

皇帝たる私が椅子轎を運ぶ順番は、そのまま母たちの序列になる。

「ねえ、春児《チユンル》。それはとても大切なことだと思うのだけれど、いったい誰が決めたの」

老いた顔にほほえみを湛《たた》えたまま、李春雲《リイチユンユン》はこともなげに言った。

「万歳爺《ワンソイイエ》にお答えいたします。畏れながら、奴才《ヌーツアイ》がそのようにさせていただきました」

私はうろたえた。太監は大臣でも役人でもなく、あくまで愛新覚羅《アイシンギヨロ》家の使用人にすぎぬ。だからおのれを「臣」と称さずに、「奴才」と呼ぶ。歴史に鑑《かんがみ》て、太監が政に口を挟んではならぬという乾隆大帝のお定めを、李春雲が破ったのだと思った。

それでも私は、彼の罪を信じたくはなかった。家庭教師の誰よりも、むろん母たちの誰よりも、私は春児を信頼し、かつ愛していた。

だから、こう考えたのだった。

「そうか。瑾妃様は、亡くなった隆裕《ロンユイ》様のご霊代なんだね」

同じ光緒陛下のお妃様という意味から、喪が明けるまで、隆裕太后のかわりを務める、と考えたのである。

李春雲は私の膝元に礼儀正しく蹲踞したまま、静かに顎《おとがい》を振った。

「万歳爺はたいそうご聡明にあらせられまする。奴才、まことに畏れ入りました」

それから李春雲は、思わず身のすくむほど怖いことを言った。

「瑾妃様は隆裕太后陛下のお身代わりではなく、義和団騒動の折にお命を落とされました、珍《チエンフエイ》妃様のご霊代にあらせられまする」

それは私が生まれる、わずか六年前の出来事だった。西太后《シータイホウ》様と光緒陛下が落城寸前の紫禁城《ヅチンチヨン》を出て、西安《シーアン》へと蒙塵なされるとき、瑾妃様の妹君にあらせられた珍妃様が、楽寿堂の裏にある井戸に嵌《は》まって亡くなられた。

西太后様の勘気にふれて死を賜ったという者もおり、みずから進んで地神の贄《にえ》となられたとも伝えられ、諸説紛々として定まるところはなかったが、紫禁城にまつわる恐怖譚の第一等であることにまちがいはなかった。

さほど古い話ではない。五人の母たちも古株の御前太監も、たぶんその場に居合わせたのだろうと思えば、ほかの怪異譚よりも恐怖は一入《ひとしお》であった。

「わからない。どうして珍妃《チェンフェイ》様の話になるの」

私はべそをかきながら訊ねた。珍妃様の悲劇がことさら怖ろしいもうひとつの理由は、彼女が私の見知らぬ、七人目の母だからだった。私が生まれる前に死んだ母である。

李春雲《リイチュンユン》は少し答えをためらい、ふいに真顔になって言った。

「珍妃様は大清のためにお命を投げ出されました。よってお姉君たる瑾妃《チンフェイ》様が霊代として、永和宮にお入りになられました。万歳爺《ワンソイイエ》におかせられましては、まず珍妃様の霊代たる瑾妃様に孝養を尽くされますよう、奴才《ヌーツァイ》、伏してお願い奉りまする」

私は理解した。私の生まれる六年前に何があったかはともかく、西太后《シータイホウ》様も隆裕《ロンユイ》太后様も亡くなられた今、誰はばかることなく珍妃様の魂を最上位の母として敬うのは、皇帝の務めであると思ったのだった。

李春雲の行いは、乾隆大帝の戒めに反したわけではない。彼の体には祖宗の魂魄が宿っており、その示すところを忠実に実行したにすぎなかった。そうでなければ、あの謙虚な人物が私の頭越しに何かを行うはずはなかった。すなわち、李春雲こそが西太后様の霊代だった。

珍妃様の棺はその年の十一月、歴代の妃嬪と同様に西陵の崇妃園寝に葬られた。改葬の儀は古式に則った盛大さであったらしいが、私は知らない。それもまた、ほどなく隠退した李春雲が、最後の一仕事としてすべて取りしきったのであろう。

「万歳爺にお伺い奉りまする。朝のご進膳はいかがいたしましょうや」

太監《タイチエン》の声で我に返った。

「不要《ブーヤオ》」

一言で斥《しりぞ》けた。空腹を覚えてはいたが、今少し思い出と遊んでいたかった。母たちを懐しむわけではなく、母たちが暮らしていた紫禁城《ツチンチヨン》の風景を懐しんでいた。

太監がそうと訊ねるからには、朝食にほどよい時間なのであろう。しかし、窓の外は相変わらず壁のような灰色であり、メガネはテーブルの上に置かれたままだから、時計の針も見えなかった。

寝室の棚には、金細工を贅沢に施《ほどこ》した置時計がある。それはかつて、ナポレオン三世から同治陛下に贈られた代物で、光緒陛下は南海の離れ小島に幽閉されていたころ、この複雑な機械時計をくり返し分解しては組み立てていたと聞く。オルゴールと時計は、手先の器用な皇帝の奪われた時間を、いくらかでも埋めたのだろうか。

皮肉なことに、その時計の示す時刻は正確無比で、紫禁城《ヅチンチヨン》でも天津《テイエンジン》の静園《ジンユアン》でも、小朝廷の標準時とされていた。だから御前太監《タイチエン》が螺子《ねじ》を巻き忘れて止めてしまおうものなら、軽くても百回の鞭打ちに処せられた。

いや、正しくは標準時を示す時計を止めたからではない。光緒陛下の時間をふたたび止めた罪は、それくらい重いはずだった。私は「同治を継承し、兼ねて光緒の跡を継ぐ」皇帝であった。

その時計の針が示すままに、私の少年時代はゆっくりと移ろっていった。

父の醇《チユン》親王は私の後見人として、監国摂政王に任じられていたから、毎日のように顔を合わせた。むろん父と子ではなく、君臣としてではあったが。

しかし、真実の母——私をこの世に生み出した醇親王夫人瓜爾佳《グワルギヤ》氏とは、長く見《まみ》えたためしがなかった。父の親王が臣下になるくらいなのだから、母は宮中にある母たちにいっそう遠慮しなければならなかったのであろう。

父の口からも、毎日のように醇王府から私の遊び相手としてやってくる弟の溥傑《プージエ》の口からも、母の噂《うわさ》はまったくもたらされなかった。まったく、ということはすなわち、禁忌だったのである。

母という人は、西太后《シータイホウ》様の寵臣である瓜爾佳栄禄《グワルギヤロンルー》の娘であった。つまり李鴻章《リイホンチヤン》や袁世凱《ユアンシイカイ》とともに大清の一時代を画した栄禄は、私の外祖父にあたる。彼は数々の大臣を歴任したうえ、とうとう最高の権威を誇る直隷総督兼北洋大臣の地位にまで昇りつめた傑物であった。

のちに聞いたところによると、そのような大官の家に生まれ育った母は、大変な浪費家であったらしい。

むろん一品親王家には潤沢な収入があるのだが、かの栄禄の娘にとってはたかだかのあてがい扶持に過ぎなかった。それも買物にとどまるならまだしも限度はあろうけれど、慈善事業への寄付だの大清復辟のための工作資金だのという話にもやすやすと乗ってしまうものだから、しまいには家伝の骨董品やら土地田畑までも手放すはめになったという。

光緒と宣統の二代にわたって皇帝を出しながら、醇親王家の暮らし向きがほかの王家よりも慎ましかったのは、ひとえにこの母の浪費癖が祟《たた》っていたせいである。

そう、結果はたしかにその通りだったのだが、私はけっして身びいきではなしに、母を弁護しなければなるまい。

母は心を病んでいた。日ごろともに生活する家族にはむしろわかりづらかったであろうが、数えるほどしか会っていない私には、はっきりそうと知れた。

そのつど私の中の血が囁いたのである。おまえのかあさんは壊れているのだよ、と。

血脈のない母たちや、生まれる前に死んだ母にまで孝養を尽くしていた私が、どれほど真実の母を恋い慕っていたかは誰も知るまい。たとえば養心殿の夜のしじまにふと目覚め、心細くてたまらなくなったときなど、もしここで首をくれれば魂が什刹後海《シーシャホウハイ》の醇王府に飛んで、母の褥《しとね》にもぐりこめるのではないかと思った。

物心ついて以来、母と初めて対面したのは十一歳のときであった。

皇貴妃たちの許しを得たということで、祖母と母が養心殿を訪れたのだった。

こんなに小さな人だったのかと思った。想像の中の母は大柄でふくよかで、常に笑みを絶やさないのに、実物は両把頭《リャンパトウ》の髪を翼のように結い上げ、高鞋《たかぐつ》をはいていてもなお少女のように小さかった。のみならず、私の膝のあたりを見つめたまま、けっして顔を上げようとはしなかった。語りかけても、肯《うなず》くか顎を振るばかりで、声といえば「是《シイ》」「不是《プーシイ》」「好《ハオ》」「不好《プーハオ》」、いやそれらもほとんど口にせず、臣下が皇帝に対してまず答えねばならぬ「嗻《チョー》」という意味のない敬句がほとんどであったと思う。

だから、夢の中の母には顔も声もないのである。

そのとき直感した。母は物おじしているのではなく、宮中の高貴な母たちに遠慮しているわけでもなく、心をばらばらに壊してしまったのだと。それも、手放した子供を恋い慕うあまりに。

私が今少し成長していたならば、その白い掌《てのひら》を握りしめ、肩を抱き寄せていたにちがいない。しかしそうするにはまだ私は幼なすぎ、対面は唐突にすぎた。

俯いた両把頭の向こうには、光緒陛下の遺品の置時計が据えられており、奪われた時間を取り戻そうとでもするように、正確な時を刻んでいた。

私は胸に誓った。ばらばらになってしまった母の心を、いつかこの手で治してさし上げよう、と。私が壊してしまったのだから、私が治さねばならない、と。そしてそれは、喪われた国家を取り戻すことよりも、あるいはフランス製の複雑な機械時計を組み立てることよりも、ずっとたやすいように思えた。真実の母に孝養を尽くすことの、難しかろうはずはなかった。

ところで、永和宮に移徙《いし》してからの端康《ドアンカン》様は、内廷の支配者となっていた。

誰もがその権勢に怖れをなした。太監《タイチエン》たちの噂によれば、端康様は珍《チエンフエイ》妃様の霊代などではなく、西太后《シータイホウ》様の霊に取り憑《つ》かれているらしかった。

むろんそんなはずはない。端康皇貴妃は年齢を重ねるとともに、西太后様を手本としてふるまうようになっただけである。ただし、革命後の小朝廷は政治と無縁であり、それに伴う権威などなかったから、西太后《シータイホウ》様を真似ようとすれば、筋の通らぬ訓戒と陰湿な説教と、暴力だけがきわだった。

彼女の専横を止めることができるのは、十五歳になっていた私のほかにいなかった。同治陛下の三人の妃はすっかり年老い、しかも光緒年間を中に挟んだ、太古の化石のようなものだった。それら老母たちに比べれば端康《ドアンカン》様は意気軒昂で、「月餅《ユエピン》」どころか「小慈禧《シャオツーシー》」の渾名まで付けられていた。私は生ける西太后様を記憶しないが、写真を拝見する限り、そのころの端康皇貴妃はたしかに、寸足らずで不細工な、「小さな西太后」だった。

万歳爺《ワンソイイエ》がお諫め下さい、とみなが言った。王公大臣、皇貴妃たち、御前太監《タイチエン》、家庭教師までもが。

しかし、政に関与せぬ小朝廷の中では、なるたけ波風を立てたくなかった。そこで私はしばらくの間、「母と子の分限」を楯にして問題を避けていたのだが、とうとう端康様が養心殿の太監を私の頭越しに解任したり、はては息のかかった永和宮の太監を後任に送りこんだりするに及んで、さすがに黙っていられなくなった。

いよいよ諫言の決心をさせたのは、小平《シャオピン》という古株の太監が、泣く泣く上奏した一言であった。

「奴才《ヌーツァイ》は万歳爺に光緒陛下の轍《てつ》を踏んではほしくはございませぬ」

私は慄《ふる》え上がった。瀛台《インタイ》の囚人《めしうど》になるのは御免だった。

そこである朝、いつも通りご機嫌伺いに永和宮を訪ね、挨拶もせずにいきなり端康皇貴妃を叱りつけた。

「私はあなた様を母と思い定めて参りましたが、あなた様が私を産んだわけではありません。嫡庶の分別は弁《わきま》えるべきです」

その台詞《セリフ》は、私に寄せられる多くの苦言を集約したものである。言い争いたくはなかったので、最も真理と思える言葉を刃物のように研《と》ぎ澄まし、大声でそう言い捨てたきり、刺客のように逃げ出した。

「嫡庶の分別」は、みなが主張していた。すなわち、側室の分際で出過ぎた真似をするな、というほどの意味である。西太后様を手本としている彼女に対する、痛烈な批判でもあった。また、母子関係を否定したことについては、いっそう身に応えたはずだった。彼女は子供を産んでいない。光緒陛下が事実上の妻としたのは、馬面の皇后でも月餅の妃でもなく、美しい珍《チェンフェイ》妃様ひとりであった。

実に、刺客が一閃する匕首《あいくち》のごとき一言であったと思う。

そのときの端康様の表情は、今もありありと思い出すことができる。西太后様に憧れるあまり、みずからを西太后様《シータイホウ》だと信じこむようになっていた彼女は、私の揮《ふる》った言葉の刃物によって、仮面を剝がされてしまったのだった。

数日の間は、朝の挨拶にも行かなかった。これ見よがしにふだんより大勢の太監《タイチエン》を引き連れ、永和宮の門前を素通りしてほかの母たちの御殿へと向かった。

皇帝の鹵簿《ろぼ》が進むときは、露払いの太監が「咋ッ《チャー》」と叫び続け、警蹕《けいひつ》が鳴り続ける。椅子轎の上にさしかけられる日傘は、永和宮の塀越しにも見えたはずだった。

日ごろから端康《ドアンカン》皇貴妃の専横を快く思っていなかった母たちは、私の勇気をほめそやした。彼女らの言葉を借りれば、私は「皇上《ホアンシャン》の御稜威《みいつ》を示し、聖徳を顕現せしめた」のである。

どうやら私の台詞はそっくりそのまま、太監たちの口伝《くちづ》てに母たちの耳にも入っていたようだった。だとすると、側妃であった彼女らにとっても、「嫡庶の分別」は厳しい言葉なのだが、あえて言いわけをする必要はないと思った。十五歳の私はそれくらい傲慢で、自分が今、たしかに御稜威を示し、聖徳を顕《あらわ》したのだと信じ切った。

ふたたび意気揚々と養心殿に還り、勇気を揮うきっかけを作ってくれた太監の小平《シャオピン》を呼んだ。彼は出世とは無縁の宦《ホアンクワン》官だが胡弓《こきゅう》の名手であったから、私の耳が欲すればいつでも二人きりになることができた。

むろん胡弓を奏でるときでも、太監が皇帝と同じ目の高さに座ることはできない。大道芸人のように石床に跪いて、音楽を奉《たてまつ》るのである。古くつややかな胡弓の織り成す調べは、美しくも物哀しかった。

一曲をおえたあと、私は小平の進言を嘉《よみ》した。

「おまえのおかげで、二人目の光緒陛下にならずにすんだ」

しかし、小平の顔色はすぐれなかった。

「奴才《ヌーツァイ》、過分のお言葉を賜り、恐懼《きょうく》に堪えませぬ。しかしながら――」

皇帝に対して「然而《ランナアル》」は禁句である。私はぎょっとして、続く声に耳を欹《そばだ》てた。

「しかしながら――悪いことはふいに良くなるものではござりませぬ。むしろ、いよいよ悪くなるほうが多うござりまする。万歳爺《ワンソイイエ》におかせられましては、どうかご油断なさりませぬよう」

そう言ってから、小平はふたたび袖《そで》を翻して、美しくも哀しい調べを奏で始めた。思わずうっとりとして瞼《まぶた》をとじれば、涼風の吹き寄せる極楽の蓮池の風景が思いうかんだ。

湖のただなかには、鸞《おおとり》の舞い降りたかのような御殿があり、胡弓の調べは露台に寄するさざ波の音と重なった。

いったいこの太監《タイチエン》は、これまでの人生に何を見てきたのだろうと思った。悪いことは良くならず、さらに悪くなる。そのように、希望を抱かず生きることの易《やす》かろうはずはなく、また仮にどうにか生きてきたところで、これほど美しい音楽を得られようはずもなかった。

蓮池に浮かぶまぼろしの御殿は、たしかに極楽の景色なのだが、仏の御姿は見当たらなかった。

朝霧の向こうから、くぐもった汽笛が聞こえた。夜行列車が到着したのだろう。しばらくまどろんでいると、執政府の門扉が押し開けられて、自動車の忍び寄る気配が伝わってきた。

関東軍司令官との接見日を除き、私の起床時刻はおおむね正午である。よって居館とする緝熙楼《しゅうきろう》とその周辺は、誰もが足音を忍ばせるほどに静まり返っていた。

やがて御前太監が、おそるおそる声をかけた。

「万歳爺《ワンソイイエ》に申し上げ奉りまする。ただいま北京よりご使者が到着されました。いかがいたしましょうや」

「不要《ブーヤオ》」と、私はすげなく答えた。

このところ、北京や天津からの使者は毎日のようにやってくる。私を見限って勝手に暮らしていた王公や旧臣どもが、満洲国の帝政移行を嗅《か》ぎつけて、臆面もなくすり寄っているのである。

遠からず私は皇帝に復位する。しかし「満洲帝国」が大清の復辟なのかどうかはわからない。むろん国際連盟の加盟国たる中華民国の手前、「大清帝国」とは名乗れまいが、私が皇帝となり、祭祀《さいし》を継承すれば復辟は成ったと見るべきであろう。

そのためには、どうしても必要な儀式がある。大清皇帝の龍袍《ロンパオ》を着て、天壇に昇り、即位の報告をするのだ。

「万歳爺に重ねて申し上げ奉ります。ご使者よりの献上品は、先帝陛下の御物《ぎよぶつ》なる貴き品ゆえ、畏れ多くも手ずからお進め奉らねばならぬと申しております。いかがいたしましょうや」

胸を摑まれた思いがした。

「使者の名を」

「ご使者を遣わされましたるは、前《さき》の大総管太監《ダアツオンクワン》、李春雲《リイチユンユン》にござりまする。ご使者は、かつて紫禁城《ヅチンチヨン》内廷に勤仕《ごんし》しておりました、平仲清《ピンチヨンチン》と申す太監にござりまする」

聞き終わらぬうちに、私は「通せ」と命じた。あの春児《チユンル》が探し出し、小平《シヤオピン》に持たせた品物がいったい何であるか確信したのだった。

寝台から飛び降りるや、衣服を斉《ととの》える間ももどかしく太監《タイチエン》たちを払いのけ、ガウンを羽織って隣室に躍りこんだ。

小平《シャオピン》は薄汚れた旅装のまま、応接室の端にちぢこまっていた。久しぶりの謁《えつ》がよほど嬉しいのか、あるいは使命を果たしおえてほっとしたのか、平伏したまま打ち据えられた科人《とがにん》のようにすすり泣いていた。

そしてその慄《ふる》える背には、革袋に入れられた胡弓がくくりつけられていた。

応接室を見渡して、たとえ寝呆けまなこでも「不要《ブーヤオ》」と言ってしまった自分を恥じた。白絹を敷いたテーブルの上に、黄緞の龍袍《ロンパオ》が拡げられていたのだった。

私は声を失い、しばらくの間そのかたわらに、触れもせで佇《たたず》んでいた。

小平がむせび泣きながら言った。

「光緒陛下の、龍袍にござりまする」

その一言を聞いたとたん、どうしたわけかあのまぼろしの宮殿が胸に甦《よみがえ》った。

蓮池のただなかの、仏のいまさぬ御殿。しかし希望の空に向かって開かれた大扉《おおど》の内には、龍袍を召された見知らぬ伯父が、玉座に腰を据えられて、満足げに私を見つめていた。

「苦労であった。おまえの手で着せてほしい」

小平は叩頭しながら後ずさった。

「めっそうもございませぬ」

「ならば、胡弓を奏でよ」

玉体に龍袍を着せるのは、定めて大総管太監《ダアツオンクワン》の務めとされている。だが、満洲の小朝廷にそうした役職はなかった。どうして李春雲《リイチユンユン》は、その務めを果たすために来てくれなかったのだろうと思った。

そのような務めは、もう二度と御免だと考えたのだろうか。

小平の胡弓を聴きながら、龍袍を着た。

たぶん光緒陛下ばかりが、これをお召しになったわけではあるまい。同治陛下も咸豊陛下も、あるいは乾隆大帝も同じこの龍袍をまとわれたかもしれなかった。

黄緞の耀《かがよ》いはいささかも褪《あ》せてはいないが、それくらい神さびた龍袍であった。

窓の外はまだ霧にくるまれている。

ふと、遠い昔に聞いた小平の言葉を思い出した。

然而《しかしながら》――悪いことはふいに良くなるものではございませぬ。むしろ、いよいよ悪くなるほうが多うございまする。

そう、それはたしかな予言となった。

私の反逆に怒り狂った端康皇貴妃《ドアンカン》は、永和宮に母を呼びつけて叱責した。そして、ただでさえ心を病んでいた母は、その夜のうちに毒を呷《あお》って死んだ。

手を握る間も、肩を抱き寄せる間もなく、真実の母は壊れたまま死んでしまった。ばらばらになった心を、治してさし上げることはできなかった。

夢の中の母には、声も顔もない。

四十三

王宮の外観はマハーラージャの宮殿である。大小いくつものドームと夥《おびただ》しい数の尖塔。しかしブライトンの濁った空は、白亜の宮殿に似合わない。

初めてここを訪れたとき、どうして大英帝国のロイヤル・パヴィリオンがインドふうなのだろうと、首をかしげたものだった。

インドがイギリスの領土であり、イギリス国王はインド皇帝を兼ねている。だからといって本国に、その風土にふさわしからぬ意匠の宮殿をわざわざ建てる必要があるだろうか。

なおおかしなことには、建築の壮大さに比べて妙に控えめな玄関を入ると、その内装はエジプト趣味なのである。

かの国はイギリス領ではないが、事実上の植民地と言えるだろう。しかしあまねく降り注ぐ太陽の輝きと、地中海や大ナイルを渡る風がなければ、エジプト趣味には何の魅力もあるまい。

さらに、エントランス・ホールを抜けると左右にギャラリーが延びるのだが、あろうことかそこは、中国趣味に埋めつくされている。ジョージ四世好みのシノワズリである。

陶器も絵画も調度類も、多少は怪しげなものも含まれてはいるが、おおむねすぐれたコレクションと言える。だがやはり、どれほどの贅をこらそうとも、マハーラージャの宮殿やエジプトふうの内装と同様に、悪趣味にはちがいない。

それらがエキゾチシズムに由来するのであれば、私のとやかく言うところではなかろう。しかし、そこに示されているのは、英国流の覇権主義なのである。インドもエジプトも中国も、ひとからげにイギリスの領土であると自負していなければ、こんな宮殿はとうてい造れまい。

ジョージ四世の時代、すなわち百年以上前にはそのように信じられており、また今もかくあるということは、彼らの世界観は今も改まっていないのである。

ブライトンの滞在生活に飽き始めた子供らは、この宮殿を見たいとせがむ。町の中心の丘の上に威風堂々と建っているのだから、そう思うのは当然だろう。

私の子供らは、望めば何でも手に入るし、またどのような望みでも叶えてやる私の親馬鹿ぶりは、父譲りだった。

だが、これだけはいけない。インドはイギリス領で、エジプトは属国だと説明はしても、宮殿の内部を埋めつくすシノワズリについては、答えようがあるまい。

おまえたちの祖国は、アヘン戦争以来いいようにされて、国土のほとんどはイギリスを始めとする列強諸国に奪われたのだよ。土地も産物も税金も。国民さえも奴隷として売られたのだよ。そして、からっぽになった国土では、売りつけられた兵器を手にした中国人が殺し合っている。長い内戦の果てに中国人が死に絶えれば、やがて国土は瓜でも切り分けるようにして、列強の植民地になってしまうだろう。そのとき包丁を握っているのは、イギリスなのだよ――。

そんな真実を、どうして子供らに伝えられようか。

おとうさんは無益な戦争に嫌気がさして、阿片に溺れたあげく、イギリスに逃げてきたのだよ。そうさ。窮鳥懐《ふところ》に入れば猟師も殺さず、と言うじゃないか。だからもう、おまえたちは中国人であることなど忘れて、イギリス人になりなさい。ジェントルで、リベラルで、センシブルな英国人に。おまえたちの未来は、それしかないのだから。

私にはそこまで説明する勇気がない。たとえ揺るがしがたい真実であったとしても。

すぐれたコレクションであるかどうかはともかく、私にとっては醜悪にちがいないロング・ギャラリーを歩み、「音楽の間《ザ・ミュージック・ルーム》」をめざした。従者たちは二十ヤードもうしろから、いっさい私語をかわさず、足音さえ忍ばせてついてきた。私が故郷を懐しんでいるわけではないと、彼らは知っている。

音楽の間。グラウンド・フロアの北側に位置するその豪壮な大広間に、ジョージ四世は情熱を傾けた。

国王が音楽を愛するのは悪いことではない。だが、その部屋はどうしたわけか、極めつきのシノワズリに彩られている。それも、紫禁城《ヅチンチヨン》や頤和園《イホユアン》にすらありえぬほど過剰な、朱と黄色と、黄金のデコレーションである。

楕円形の天井から吊り下がる九つのシャンデリアは、極楽の蓮華を象《かたど》っており、花びらには神将と天女が描かれている。

陶器や調度類が、輸入したものなのか略奪したものなのかは知らないが、この部屋の内装はおそらく、写真と噂話をもとにロンドンの職人がこしらえたのであろう。よって悪趣味はここに極まる。国土と国民を簒奪《さんだつ》したうえに、四千年の文化までもわがものにしようとする、獰悪な部屋であった。

絹の緞通《だんつう》を敷き詰めた部屋の中央に、紫檀《したん》の椅子が一脚、ぽつんと置かれていた。この宮殿を訪れるたび、私は音楽の間の椅子に腰を下ろして長い時間を過ごす。

王宮の執事は、流離せる貴人のために嘆きの席を設《しつら》えたつもりなのであろう。だが、私の心にはロマンチックな懐旧の情など、毛ばかりもない。

椅子に腰かけて瞼をとざし、私はひたすら呪咀する。

祖国を奪わんとした大英帝国と、歴代の王たちを。そして、彼らの遠大な計画の間隙から突出して、父を殺し、東北の故地を奪った日本を。また、そうした現実に気付かず、同胞相撃って止まぬ、愚かしき軍閥どもを。

もっとも、祈禱師でもない私がいかに呪咀したところで、何が変わるわけもないのだが。

紫檀の椅子に座って背広の脚を組み、私がじっと瞑目している間、護衛の部下たちも宮殿の執事も衛兵も、壁を向いて立っていた。

「漢卿《ハンチン》。俺と一緒に帰ってくれ」

ローマのグランド・ホテルで、馬占　山《マーチャンシャン》は私を待っていた。

「帰れって、いったいどこに帰るんだ」

両手を拡げて言い返した。北京にも上海《シャンハイ》にも、むろん瀋陽《シエンヤン》にも私の居場所はなかった。

「決まってるじゃねえか」

馬占山は私に莨《タバコ》を勧め、ソファに深く沈みこむと、煙を吐き出しながら言った。

「黒《ヘイ》、龍《ロン》、江《ジアン》。東北軍には及びもつかねえが、それでも二万の子分どもが、おまえの帰りを待っている」

黙って顎を振った。その大東北軍をすべて蔣介石《ジャンジエシイ》に譲り渡して、私は野に下ったのだ。今さらシベリア鉄道で満洲に取って返し、抗日義勇軍を率いるなど、どうしてできよう。

「どうやら阿片は抜けたらしいな」

ほの暗い照明に目を凝らして、馬占山は私の顔色を窺った。

そう言う彼の肌は、青黒く燻《くす》んでいた。そろそろ阿片が切れたのであろうか、莨を長いまま揉み消しては、またくわえた。そのつどかたわらに佇立する副官が、マッチの火を向けた。

私は答えをはぐらかして、副官に声をかけた。

「久しぶりだな、薫《シュン》。達者で何よりだ」

鄭薫風《チョンシュンフォン》は馬占山《マーチャンシャン》の倅《せがれ》で、私の幼なじみだった。

二人はゆえあって姓を異にするから、親子の関係を知る者は少いだろう。よほど若いころの子供であるし、馬賊上がりの父と、奉天《フォンティエン》の講武学堂で近代兵学を修めた息子は、身にまとう空気がちがった。

「少帥《シャオシュアイ》もお元気そうで、安心しました」

椅子を勧めても、薫風は座ろうとしなかった。灯火のグローブを遮るようにして、父親の背後に立っていた。

似ている、と初めて思った。もともとあまりに顔かたちがちがうので、血縁はないのだという噂もあったくらいなのだが、こうして並べてみると、やはり紛れもない親子である。

年を食えば、子は誰しも父親に似てくるのだろうか。しかし私自身はいまだに、どこが父に似ているとも思えない。

馬占山は藍色の長袍《チャンパオ》を着ており、鄭薫風は背広姿だった。

「必要なものがあれば、ムッソリーニに用意させよう。むろん、代金は私が払う」

馬占山がシベリア鉄道に乗ってヨーロッパを訪れた理由は、抗日戦に使う武器の調達だろうと、私は考えていた。彼は私にかわって戦っているのだから、軍費を出すのは当然だと思った。

また、私の財産のほとんどはイギリスとスイスの銀行に預託してあるから、この武器調達の方法は現実的で、賢明だった。

ファシズム政権下で大増産中の兵器を、ムッソリーニは私に売りたがっているのだし、蔣介石《ジャンジエシイ》も欲しがっている。しかし私は、共産軍との内戦に軍費を出すつもりはない。

そのあたりの事情をソ連が理解すれば、シベリア鉄道を使った大がかりな武器輸送も可能である。数ヵ月後には、フィアット社の軍事車輌もチェコ製の機関銃も、クルップ社の大砲も黒龍江《ヘイロンジアン》の対岸に集積されるだろう。

ところが、私が協力の意思を述べると、馬占山はふと悲しげな顔をした。

また莨をくわえ、ほんの二口か三口、いらいらと煙を吐き出してから揉み消した。

「漢卿《ハンチン》。喧嘩の道具はこいつだけで十分だ」

そう言って馬占山《マーチャンシャン》は、長袍の懐から拳銃を取り出して、ごとりとテーブルの上に置いた。馬賊たちが愛用したモーゼル。常に劈頭《へきとう》にあって、大前門《ダアチエンメン》を投げ撃ちに振る若き日の雄姿が、ありありと思い出された。

「戦車も大砲もいらねえよ。みんながおまえひとりを待っている。満洲に帰ってくれ。俺と一緒に」

ローマの夜は静まり返っていて、ときおり石畳を踏む車の気配が伝わるだけだった。

私は窓辺に倚《よ》って、夜露に濡れた街路を見下ろした。粋な黒シャツの軍服を着たイタリア兵が銃を構えて、あちこちに立っていた。貴賓室の窓はすべて、ワイヤーの入った防弾ガラスに入れ替えられていた。

ムッソリーニの配慮は万全だった。グランド・ホテルが私たち一行の専用であるばかりか、居室が射界に入るアパルタメントの住民たちも、私の滞在中はしめ出されているという話だった。

たしかに窓という窓に灯りはなく、漆黒のカンバスの中に馬占山のうしろかげだけが映し出されていた。

「なあ、漢卿《ハンチン》。おかしいとは思わねえのか」

「何がだね。世の中、おかしなことだらけだが」

「蔣介石《ジャンジエシイ》のくそったれだよ。なかなかの戦上手だが、肚《はら》の底は読めねえ。どうにもおかしな野郎だ」

私たちは何十フィートも離れて背を向けたまま、抜き差しならぬ対話を続けた。

「いいか、漢卿。蔣介石は日本を憎んじゃいねえぞ。留学したやつらはみんな同じだ。日本の水を飲み、日本の米を何年も食えば、情も移ろうってものさ」

「いや。抗日の意志は強い。軍閥を屈服させ、共匪《きょうひ》を征伐したのちに、日本と戦うつもりだ。今は日本の挑発に乗らず、その行動の不当性を国際世論に訴えるべきであると考えている」

「ほう。本気でそう思っていなさるのかね、少爺《シャオイエ》」

おぼっちゃま、と小馬鹿にするように馬占山は言った。

たしかに私は、世間の悪意を信じぬたちではある。幼いころから、何ごとについても寛容であるべき帝王学を教えこまれてきたせいだった。

「今は辛抱のときかも知らねえ。だが、柳条湖で鉄道を爆破されて因縁を吹っかけられたころは、事情がちがったはずだ。日本の関東軍は一個師団と鉄道守備隊がせいぜいのところで、俺たち東北軍は満洲だけでも二十万の兵力があった。蔣介石がやれというなら、やつらを叩き潰すのはわけもなかった。だが、抵抗はするなと命じられた。まさかおまえの意志じゃあるめえ。蔣介石《ジャンジエシイ》がそう命令したんだ。信じられるか、漢卿《ハンチン》。おまえのおやじさんが手塩にかけて育て上げた大東北軍が、たった一個師団の日本軍に武装解除されたんだぞ。それだけでもずいぶんおかしな話だが――」

「もういいよ、秀哥《シウコオ》」

私は馬占山《マーチャンシャン》の声を遮った。その先は今さら言われるまでもない。蔣介石は東北を放棄したのだ。もともと張作霖《チャンヅオリン》が支配する独立国だったと思えば、日本にくれてやっても惜しくはなかったのだろう。

馬占山は一息ついてから、私の想像を超えたことを言った。

「蔣のくそったれと日本の間では、はなっから話ができてたんじゃねえのか。張学良《チャンシュエリャン》は北京にいて指揮は執《と》れねえ。東北軍には抵抗するなと命じておくから、さっさと占領しちまえ。そのかわり、長城は越えるなよ。いや、その手前だ。錦州を占領しても、熱河《ルーホー》には兵を進めるな――どうだ、漢卿。それくらいの約束がなけりゃ、日本軍もあれほど手際よく事を運ぶことはできめえ。俺はそこまで読んだから戦った。たかだかの恨みつらみじゃねえぞ。兄貴たちは没法子《メイファーツ》だとあきらめたが、どっこい俺様は罠に嵌まって降参するほど安かねえ。わかるか、漢卿。俺様は馬占山だ。我《ウォ》、叫《ジアオ》

「馬、占、山！」

濁《だ》み声は話しながら熱を帯びて、しまいに馬占山は平手でテーブルを叩いた。

たかだかの恨みつらみではない、とは言うものの、軍費や兵器を欲するのではなく私の帰還を熱望するのは、その心の奥底に親と国を奪った者に対する憎しみが、滾《たぎ》っているからにちがいなかった。

馬占山の戦争は、すでに勝ち負けではなかった。

思いもよらぬ馬占山の説に、私はおののいた。もしその通りだとすれば、すべて辻褄が合うからだった。

錦州占領までは不抵抗を命じていた蔣介石は、日本軍が勢いに乗じて熱河をめざすや、一転して抗戦を下令した。しかしすでに国土の多くを奪われた東北軍は、将帥から兵卒に至るまで戦意を欠いていた。湯玉麟《タンユイリン》も張作相《チャンヅオシャン》も惨敗した。

私自身が承徳の前線に赴いて指揮を執れば、結果はちがったかもしれない。だが蔣介石は私の出師《すいし》を許さなかった。

日本軍がかろうじて長城線に兵をとどめたのは、天皇の勅命であったと聞いている。しかし今日のいわゆる満洲国とやらの、版図が確定したのはたしかだった。

そして私は蔣介石と彼の幕僚たちから、熱河失陥の責を問われた。罠に嵌まったのは、ほかならぬ私だったのだ。

　口ではどう言おうが実は親日家の蔣介石《ジャンジエシイ》と、日本との密約。張学良《チャンシュエリャン》を排し、東北軍を奪うかわりに、満洲は放棄するという約束。この謀略ばかりはあまりに大きすぎて、私の視野に入らなかったのだろうか。

　暗い窓ガラスの奥で、馬占山《マーチャンシャン》は溜息《ためいき》まじりに言った。

「薫《シュン》、おまえからも言ってやれ」

　薫風《シュンフォン》が歩み寄り、私の肩を抱いた。それぞれの父がまだ一介の馬賊であったころ、本拠地としていた新民府の町でともに遊んだ朋友だった。母のない身を嘆き合い、騎射の術を競い合い、そして、二人して長城を越えた。

「漢卿《ハンチン》、黒龍江《ヘイロンジアン》に帰ろう。英雄になってくれ」

　にべもなく言い返した。

「体は生きているが、魂は死んだ。できる限りの助力はする。君が英雄になれ」

　薫風の手が一瞬だけこわばるように私の肩を握り、滑り落ちた。

「死人の助けは借りない」

　気の毒なほど生真面目で、誠実で、好漢としか言いようのない友を、私は失ったのだった。

ローマの夜はしめやかに更けていった。何の意味もない野良犬の遠吠えと、ファシストたちの靴音だけを耳に残して。

宮殿を出たあとは、丘の上に延びるヴィクトリア様式の市街地を散策して、ブランズウィック・スクエアの自宅に戻るのが常である。

つまり、自宅から広場を下って海岸通りを歩き、また坂道を上って市街を抜け、帰宅する。その途中で気が向けば、ホテルのティールームに立ち寄ったり、桟橋から海を眺めたり、ロイヤル・パヴィリオンの「音楽の間」で、悪趣味のシノワズリを見物するのである。

子供のころから、騎馬でも徒歩でも同じ道を引き返すのは嫌いだった。また、いつもの行程を逆にたどることもなかった。それは私の気性というよりも、馬賊の習慣なのだろう。満洲の広い縄張りを巡回するとき、馬賊はけっして引き返さず、逆行もしない。

ブライトンの街のかたちは、そんな私にとってまことお誂《あつら》え向きだった。上り下りする二マイル弱の道のりも、衰えた筋肉を恢復するにはもってこいである。

市街の左右には同じ高さのアパートメントが建ち並び、一階は様子のよい商店になっている。仕立屋。宝石店。帽子やステッキや傘の専門店。レストランも数多いが、どれほど上等な店であろうとイギリス人の味覚は理解できない。

しかし、ありがたいことにブライトンには、何軒もの中華料理店があった。それらはロンドンの高級店よりもずっと味がよく、私と家族が長くこの地にとどまる大きな理由になった。

いったいにヨーロッパには、大都市に限らずどこに行こうが中国人の姿があり、彼らのための中華料理店がある。苦力《クーリー》として雇われ、奴隷同然に売り買いされてあちこちに散らばった中国人は、それでも外国の味になじめなかったのだろう。とりわけ港湾荷役の労働者が多い港町には、海鮮の素材を使ったおいしい店が出現し、シーフードといえば鱈《たら》の揚げ物しか思いつかぬイギリス人をたちまち虜《とりこ》にして、ブライトンでは貴顕《きけん》を客とする高級店まで登場した、という筋書だろうか。

そう考えれば悲しいいきさつではあるが、今の私にとっては喜ばしかった。どれほどの健啖家であろうと、中国人である限り中華料理なしでは生きてゆけない。

あちこち寄り道をしたせいで、朝寝坊の商店も開く時刻になっていた。家族としばしば訪れる中華料理店の前を通ったとき、窓から漂い出る香りにふと空腹を覚えたが、まさか散歩の途中で食事をすませてきたとは言えまい。

父はそうした勝手なふるまいをしなかった。外出すると必ず手みやげを携《たずさ》えて帰宅し、家族を呼び集めてともに卓を囲んだ。

新民府を根城にしていたころはむろんのこと、奉天《フォンティエン》に立派な屋敷を建てて家族が増えてからも、その習慣は変わらなかった。

自分自身が食うや食わずの生まれ育ちだったせいか、家族を食わせることについては、それくらい配慮を怠らなかったのである。

だから私は、今日まで何不自由なく食べてはきたものの、家族をさしおいてひとりで腹を満たすことの苛責《かしやく》を、いつも感じている。

きょうはみやげを携えて帰宅し、妻たちと子らを集めて幸福なひとときを過ごすとしよう。そう思って朱色の扉を押すと、私の正体を知っているのかどうか、まったくほかの客と分け隔《へだ》てをしない陽気な中国語がはね返ってきた。

「歓迎《ファンイン》、歓迎、您来了《ニンライラ》！」

扉の外を護衛官が固め、騎馬警官が通りに立っても、店主は意に介さない。ロンドンの王族貴顕がこぞって避暑に訪れるブライトンでは、さほど珍しい光景ではないからである。また、祖国を捨ててたくましく生きる彼らにとっては、私が特別の中国人であることも、すでにどうでもよい話であるらしかった。

ありったけの饅頭《マントウ》が蒸し上がるまで、私は窓際の席で金文字の剝げかけたガラスに頭を預け、濁った空を見上げた。今ごろは北京も瀋陽《シエンヤン》も暑気が去って、秋天が豁《ひら》けているだろう。

心からその青空を見たいと希った。たとえひとめでも。命と引きかえてでも。

私には六人の母がいた。

最も若い六番目の母は、私より五歳も齢下だが、父が囲ったのではなく娶《めと》ったのだから、私の母であることにちがいはない。

その馬月卿《マーユエチン》と父の年齢の差である三十一年を、大勢の母たちが埋めていた。私には同腹の姉と弟のほかに、十一人の弟妹がいる。つごう十四人の兄弟姉妹である。

長男である私が成長する過程で、父は次々と妻を娶り、続々と子をなしたのだった。

だがふしぎなことに、そうした事実にもかかわらず、父には艶福《えんぷく》家の印象がなかった。小柄で肥えていなかったせいもあろうが、父には色恋沙汰が似合わなかった。また、夥しい家族がみな一つ家に同居しながら序列は整然としており、諍《いさか》いは絶えてなかった。

唯一のそれらしい出来事といえば、三番目の母がどうにも父と反りが合わなかったらしく、子供もいなかったことからある日ふいに出奔し、尼寺に入った。しかし、その一件にしても、とりたてて悶着があったという記憶はない。

何年かに一度、わが家では盛大な結婚式が挙行され、新たな母が出現した。そのつど私には、親子の礼を尽くさねばならぬ人が増えた。

また、常に母たちの誰かしらが妊娠しており、毎年のように弟妹が生まれた。そのつど私には、長幼の序を正さねばならぬ人が増えた。

そうしたあわただしさにもかかわらず、愛憎や嫉妬は感じられなかった。だから度重なる婚姻と出産は、たとえば四年に一度のオリンピック開催や、毎年恒例のスポーツ大会に似ていた。

血脈の繁栄は何よりも政治の安定に資すると、父は考えていたのだろう。しかしそれは、公私が不分明かつ未分化であった時代の話であり、そうと信じた父は実に「東《トン》北《ペイ》王《ワン》」であった。

私が十歳のとき、革命によって王朝が倒れ、皇帝の時代は終わった。奇《く》しくも同じ年に、私の生母は三十七歳の若さで亡くなった。父母は同い年だった。

一介の馬賊から身を起こした父とともに苦心惨憺《さんたん》したのは、この母だけだった。戦場をさすらう馬車の荷台で、母は私を産んだ。

慎しい人であった母について、語る人は少ない。だが張景恵《チャンチンホイ》や張作相《チャンヅオシャン》などの古い子分たちは、酒が入るとしばしば思い出を口にした。父やほかの母たちの手前、それは断片でしかなかったが、話の中で彼らは母のことを「春姐姐《チュンジエジエ》」と呼んでいた。

母の名は「春桂《チュンクイ》」といい、親分の妻ならば「春太太《タイタイ》」と呼ぶべきであろうが、彼らにとっての母は「奥様」ではなく、ともに戦った「姐御《あねご》」だったのである。そのことひとつにしても、母の労苦は偲《しの》ぶに余りあった。

いまわの枕辺に私を呼んで、母は遺言した。母亡きあとはほかの母たちを母として孝養を尽くせ、と。弟妹たちはみなこの母の産んだ子と思い定めて、分け隔てなく悌《てい》せよ、と。すなわち母は、死したのちはこの母を忘れよと私に命じたのだった。

十歳といえば齢なりの分別はあろうに、私が生母をほとんど記憶にとどめていないのは、その遺言に忠実であったからだと思う。

目をとじても、おもかげが瞼《まぶた》に甦りはしない。耳を塞いでも、声は聞こえない。私は金輪際の言いつけ通りに、母を忘れてしまった。

「対不起《トエプーチー》、譲您久等《ランニンジウダン》！」

調理場から店主の大声が通って、我に返った。

饅頭《マントウ》の詰まった紙袋を抱えてきたのは、店主の娘と見える器量よしの小姐《シャオジエ》である。

「対不起——」

ごめんなさい、お待たせしちゃって、と言いかけて、彼女は一瞬私の顔色を窺い、続く言葉は英語に変わった。

私の正体を判じかねているのではなく、彼女自身がすでに中国語よりも英語に慣れているのだろう。

「アイム・ソーリー・ゼネラル、トゥ・ハヴ・ケプト・ユー・ウェイティング」

思いがけぬほど上品な英語だった。「将軍《ゼネラル》」と呼びかけたからには、新聞も読んでいるらしい。

年齢を訊ねると、羞《はじら》いながら十七歳だと答えた。

「私の娘と同い齢だ」

え、ほんとうですか、と彼女は驚いたふうをした。私は十五歳で結婚し、十六で長女を授かった。おそらく店主は、私より一回りも上だろう。

妻は子供らをイギリスの学校に通わせるつもりである。何につけても私に従順であるのに、こと子供の話になると自説を譲らなかった。じきに新学期が始まるので、もう議論を重ねている余裕はない。

過分の代金を支払い、「おとうさんには内緒だよ」と言ってポンド紙幣を握らせると、娘は羞わずにほほえみ返した。中国人にはありえぬ、垢抜けたしぐさだった。

まさか私のポーリーンが他人からチップを受け取るようなことはあるまいが、イギリス人の友人を持ち、イギリスの習慣になじめば、いつかは母国語も、中国人らしいしぐさも忘れてしまうのだろう。

ステッキを脇に挟んで饅頭《マントウ》の包みを胸前に抱き、私は店を出た。護衛官が手を差し延べても渡さなかった。

騎馬警官は道路の左右に分かれて私の先を進んだ。両側に建ち並ぶアパートメントの窓を警戒するためだった。

手綱と拳銃を握った二騎の警官が先導し、私服の護衛官に囲まれて、饅頭の包みを胸に抱いた東洋人の小男が歩いている、という奇妙な絵である。それでも俯角からライフルで狙撃されればひとたまりもあるまいが、なぜか私には弾丸で命を落とさぬ自信があった。

何ひとつ根拠のない自信である。ただ、いつかはこのしがらみから解き放たれて、安息のうちに天寿を全うすると信じているだけだった。

いや、さしあたっての問題は私の命ではない。ポーリーンとマーティンとレイモンドを、就学させねばならなかった。子供らの教育を、いつまでも家庭教師に託しておくわけにはゆくまい。

私自身の未来は定まっていない。だが、子供らを学校に入れれば、妻たちもイギリスにとどまることになる。私には家庭を捨ててまで帰国する勇気がなかった。

しかし、だとすると私は、家族のために国を捨てることになりはすまいか。国民の空腹よりも、わが子の教育を重く見たということになりはすまいか。

東北王《トンペイワン》であった父は、公私が不分明であった。時代は移ろい、軍閥も滅び、共和政体の指導者たる者は、何よりもまず公私の別を明らかにしなければならないはずである。

市街地を離れてブランズウィック・スクエアに歩み入ると、私の足は重くなった。公園の緑を中にして、蜜色のアパートメントが建ち並び、なだらかな勾配の先には海が見えた。

六人の妻と十四人の子らが待つ屋敷に帰るとき、父はけっしてこんなふうに逡巡しなかっただろう。

外套の胸いっぱいに熱い饅頭を抱えて、門を潜るやいなや父は大声で号令した。

「喂《ウエイ》、喂！　みんな集まれ、ほかほかの饅頭《マントウ》がさめちまうぞ！」

夜明け前であろうが寝入りばなであろうが、家族はたちまちそれぞれの居室から飛び出て、正房の食堂に駆けつけたものだった。

父には何の思惑も打算もなかった。では、ほかに何の理由があったのかと考えても、私にはわからない。ただひたすら、シンプルで、ナチュラルな人だった。

たとえば、日ごろ上下長幼の序列についてはやかましかったのに、この手みやげの分配のときにだけは、決まってこう言った。

「腹がへって死にそうなのはどいつだ」

小さな弟たちが手を上げれば、父はまず真っ先に饅頭を与えた。冗談にはちがいないのだが、そうとばかりは思えなかった。人間は飢えれば死ぬと父だけは知っており、すべてを救いがたいときは貧者弱者を先にすることが、孔夫子《ふうし》の訓《おし》えにまさる父の道徳だった。父は俠客だった。

たった二人の妻と四人の子供さえ、私は御することができない。日に幾度も癇癪玉を破裂させ、家族を脅えさせる。父に比べれば、ずっとシンプルで、ずっとナチュラルな生活であるのに。

「喂、喂、みんな集まれ、ほかほかの饅頭がさめちまうぞ」

歩きながら父の声色を真似てみたが、情けない呟きにしかならなかった。

四十四

勤民楼の廊下に太監《タイチエン》たちのうろたえ騒ぐ声が響いたと思う間に、扉を撓《たわ》ませて妻が躍りこんできた。

婉容《ワンロン》は私と同様、みずからの手でドアを開ける習慣を持たないから、何か急ぎの用事のときなどは、しばしば体当たりを食らわせるようにして部屋を出入りする。

正気を欠いた妻は、よろめきながら羽毛のストールを振り回した。

「ねえ、ヘンリー。起士林《チーシリン》に行きましょうよ。クリーム・ソーダを飲みたいわ！」

私は妻を抱き止めた。乱れた髪から、噎《む》せ返るほどの阿片の匂いが立ち昇った。

「しっかりなさい。ここは天津《テイエンジン》ではないのだよ」

廊下には太監たちがちぢこまっていた。力ずくで諫めるのはわけもなかろうが、このごろ彼らは、私の勘気に触れることを極度に怖れている。

婉容の阿片癖はたちが悪くなっていた。薬効が切れれば苛立つのは当然だが、目覚めたあとに錯乱するのである。

夢の中の妻は、きまって天津の静園《ジンユアン》にいるらしい。そして夢から覚めてもまだそのつもりで、入念に化粧を施し、ドレスに着飾って私を探す。

ダンス・パーティーに遅れてしまうわ。映画が始まるわよ。急がなくちゃ、もうじきデパートも閉店だわ――。

とりわけ、お気に入りだったイギリス租界の起士林《チーシリン》は忘れがたいのだろう。東北の小都市を急遽改造した新京《シンジン》には、彼女の憧れる西洋の匂いがなかった。

私の腕の中で、妻は少しずつ夢から覚めてゆく。

「蕙心《フェイシン》はどこ?」

「ここにはもういない」

あれほど憎んだ淑妃《シューフェイ》を、なぜ探すのだろうか。婉容《ワンロン》はしばしばその行方を訊ねて、私を困らせる。

「ここにいなければ、どこにいるのかしら」

「さあ、それはわからない。わからないし、知る必要もない」

ほかに答えようはなかった。少くとも、「離婚」と「自由」は禁句だった。そしてその二つの言葉を封禁すれば、「不知道《プーチータオ》」と冷ややかに答えるほかはなかった。その回答が、夫として、また皇帝として、ふさわしからぬものだとはわかっていても。

太監《タイチエン》がおそるおそる扉を鎖《とざ》した。私は妻を胸に抱き寄せたまま、長椅子に腰を下ろした。

ゆっくりと帰っておいで。そしてつかの間でもよいから、ここがどこで、自分がいったい誰なのかを悟っておくれ。

もっともそれは、私自身でさえよくはわからないのだけれど。

小平《シャオピン》が北京から運んできた高貴な荷物には、二着の龍袍《ロンパオ》が納められていた。皇帝と皇后の龍袍である。それをひとめ見たとたん、婉容の表情や動作は威厳を取り戻したのだった。私とともに登極式に臨む晴れ姿を、ありありと想像したにちがいなかった。

添えられていた李春雲《リイチユンユン》からの上奏文によると、二着の龍袍は今も北京に住まっている栄恵《ロンフイ》皇貴妃が保管なさっていたという。

私たち愛新覚羅《アイシンギヨロ》の宗室一家が、着のみ着のままの態《てい》で紫禁城《ヅチンチヨン》を追い出されてから、すでに九年の歳月が過ぎていた。だから龍袍などはとうに売り飛ばされているか、幸運であったにしても故宮博物院に陳列されているはずだった。まさか私の母のひとりが、それらをずっと護っていてくれたなどとは思いも寄らなかった。

同治帝の妃である敬懿《ジンイー》皇貴妃と栄恵《ロンフィ》皇貴妃は、紫禁城《ヅチンチヨン》を出たあと私たちと行を共にせず、麒麟胡同《チリンフートン》の栄寿固倫公主《ロンシユグーリンコンチユ》邸に身を寄せた。

もし私が龍袍《ロンパオ》を持ち出していたなら、その後の度重なる脱出劇のどこかで、喪われていたにちがいない。ありがたいことに二着の龍袍はその間ずっと、かの恭《クン》親王奕訢《イーシン》の娘の屋敷に匿《かくま》われていたのだった。

まさに奇跡である。だが、よく考えてみれば、一概にそうとばかりは言えまい。

実は大清復辟の日がいつか来ると信じて、李春雲《リイチユンユン》が紫禁城からひそかに持ち出し、みずから保管していたのではないか、と私は疑った。そして、栄恵皇貴妃のお手柄ということにした。奇跡とするよりも、そう考えるほうが自然であろう。彼自身が届けようとせず、小平《シヤオピン》を使者に立てたことも、それで説明がつくではないか。皇帝に嘘をつかぬためには、そうするほかなかったのだ。

婉容《ワンロン》は跪いて祖宗の魂に謝したあと、女官たちの手を借りて龍袍を着た。両把頭《リヤンパトウ》を結うひまはなかったから、髪はうなじで束ねた。

ドレスで着飾った妻よりも、ずっと美しかった。どれほど西洋に憧れたところで、彼女が誇り高き満洲族の女であることに、私は満足した。

黄緞の地に、金色《こんじき》の龍と五彩の雲と蝙蝠《へんぷく》を余すところなく刺繡し、袖と裾《すそ》には打ち寄する波濤《はとう》が鮮かであった。上奏文によれば、西太后様《シータイホウ》が慶事に召された龍袍であり、隆裕太后様《ロンユイ》すらも畏れ入って、ご着用になったためしはなかったらしい。

「似合うかしら」

言葉を選びそこねて、羞《はじら》いながら妻は言ったものだ。

寝入ったふりをして、婉容は私の胸に甘え続けている。そうでもしなければ、私が女の匂いに耐えきれず立ち上がってしまうと知っているからである。

わかってはいても、そのささやかな嘘を暴く勇気はない。彼女にはもはや、毛ばかりの自由もないのだから。

武藤将軍は私に帝政の復活を約束してくれた。対外的見地から大清の復辟とするわけにはいかないが、私たちがそのように考えることについては、日本がとやかく言う筋合いではない、と断言してくれた。関東軍司令官と全権大使と関東長官を兼務する武藤将軍は、同時に私の慈父であり、希望であった。

だから私は、これまでの自分の行いを悔い改めようと誓った。将軍の意志にふさわしい皇帝でなければならぬ、と思ったからである。

狭苦しい執政府の、建物のひとつひとつにみずから名前を付けたのも、その決意による。幼いころから詰めこまれた古典の知識が、初めて役に立った。

住居としている緝熙楼《しゅうきろう》の名は、詩経に拠った。

「於《ああ》、緝熙にして敬止せり」

儒家の模範とされる周の文王は、徳政が広く知られているのに、ただ身を敬《つつ》しむだけであった、という警句である。

執務をする勤民楼の名は家訓に基《もとづ》く。

「天を敬い祖に法《のっと》り、政に勤め民を愛す」

また、私がかつて住んでいた紫禁城《ヅチンチヨン》養心殿の西暖閣には、乾隆大帝の御筆が掲げられており、その長文の一節に「家法を敬い勤民を天に及ぼし」とあった。いずれにせよ「勤民」は、歴代の皇帝が心がけた政の基本思想であった。

しかし、私がいかに奮起したところで、現実は虚しかった。緝熙楼には日がな一日、阿片の匂いが立ちこめており、勤民楼で私がなす務めといえば、けっして異議を唱えられぬ書類に執政の印璽を捺すことと、わけのわからぬ来訪者を接見することだけだった。

ましてや、天津《テイエンジン》の張園《チャンユアン》や静園《ジンユアン》に比べて、自由がなくなった。

新京《シンジン》に来て間もないころ、こんなことがあった。

例によって婉容《ワンロン》がむずかるので、ここが天津ではないと教えるために外出をした。執政府には運転手付きの御料車もあるのだから、私たちには天津時代と同様の自由が保障されていると思いこんでいたのだった。

ところが、門を出るとじきに日本軍の憲兵が、オートバイのサイレンを鳴らしながら追いかけてきた。

先導か護衛のためだと思ったのだが、無礼きわまることに、オートバイは御料車を追い抜くや前方に回りこんで行手を塞いだ。そして側車に乗った将校が立ち上がって、敬礼もせずに何ごとかを叫んだ。身振り手振りから、「帰れ」と言っているのはわかった。その口調が懇願でも哀訴でもなく、命令であることに私は驚いた。

同乗していた太監《タイチエン》が、憲兵とちんぷんかんぷんのやりとりをしているうちに、執政府警備処の衛兵をどっさり乗せたトラックがやってきた。そして中国人の警備処長に懇願されて、私はようやく事態を悟ったのだった。

どうやら私は、勝手に外出をしてはならないらしい。もっとも、新京にはカフェもレストランも百貨店もないのだから、外出する目的もないのだが、たとえ気晴らしの散歩にせよ許されないのである。

そう。許されないのだ。

では、いったい誰が、どのような権威をもって私の行為を許したり、許さなかったりするのだろうか。

法律によれば、執政は満洲国を統治し、三権を行使し、緊急教令を公布し、官吏を任免し、陸海空軍を統率するのである。その権限はまさしく全能であり、帝政施行のあかつきには、その主語を「執政」から「皇帝」に変えるだけで十分であるはずなのに、私にはむずかる妻を連れて外出することすらままならなかった。

いったい誰が、私を許したり許さなかったりするのだろう。その誰かしらを考えあぐねると、ひとつのいまわしい言葉に思い当たった。

軟禁《ルアンジン》。

身体を拘束されているわけではないが、外部との接触を禁じられている状態は、それであろう。むろん、そんな私が法律の定めるところの権威を、持ちうるはずはなかった。

三歳から十九歳までを過ごした紫禁城《ヅチンチヨン》での暮らしも、軟禁といえばそうだったのだろうが、こことは比べようもないほど広く、家族も大勢いて、何よりも私は外界を知らなかった。また、七年間を過ごした天津《テイエンジン》の張園《チャンユアン》と静園《ジンユアン》には、かけがえのない自由があった。

しかし、この新京《シンジン》の執政府は、狭いうえに自由もないのである。それでも毎日、勤民楼の執務室に出勤し、夥《おびただ》しい書類に印璽を捺したり、多くの人々を引見しなければならぬ私は、その状態の異常さに気付いてはいなかった。

たぶん妻は、私たちが護られているのではなく、すでに虜囚であると知っていたのだろう。

鳥籠の中に入れられた、このうえなく高貴な番《つがい》の小鳥であると。

アーチ窓の高みから差し入る午後の光に射られて、妻はうっすらと瞼をもたげた。

外出をしないせいか、それとも緯度の高い新京は紫外線が少ないのか、このごろ妻の肌はいっそう白くなった。

うなじに回した私の腕や、長椅子の織柄が透けて見えそうなほどに。

「帰ってきたね」

私が囁《ささや》くと、妻はわずかに肯いた。

「外出したところで、この町にはまだ何もないのだよ。カフェやレストランや、映画館やダンスホールを造る前に、宮殿や役所を建てなければならない」

「起士林《チーシリン》もできるかしら」

「君が望むならば」

婉容《ワンロン》は小さな叫び声を上げて、私の首にかじりついた。

「でも、ことを急いではいけないよ。宮殿と役所が完成したならば、次の工事が始まる。物事には順序というものがあるからね」

都市計画の図面によると、新市街地の南には陸上競技場や野球場が、西の郊外にはゴルフ場と競馬場が造られる。たった一年半の間に、市の中心部には巨大な役所が次々と完成しているのだから、娯楽施設への着手もさほど遠い先ではあるまい。

「きっと甘粕《ガンポー》が造ってくれる」

「そうね。彼は魔法使いだもの」

私たちは抱き合って笑った。接吻はどうしてもできないが、抱擁をかわしながら頰をすり合わせることはできるようになった。夫としてそれくらいの務めは果たさなければ、妻を繫ぎ留められまいと思うからである。婉容は私の、たったひとりの家族だった。

甘粕正彦《あまかすまさひこ》は日本の民間人で、私の天津《テイエンジン》脱出劇を演出した。いや、共演者であったと言うべきだろう。もしその配役が彼以外の誰であっても、たとえゲイリー・クーパーであってもクラーク・ゲーブルであっても、私は命を落としていたはずだった。

あるときは私を車のトランクに詰め、あるときは洗濯籠の底に沈め、またあるときは苦力《クーリー》に化けさせて三等車の通路に屈ませ、どうにか満洲の土を踏ませたのは、彼の機転と強運によるところだった。

その活劇の一部始終を妻に語るうちに、彼には「魔法使い」というニックネームがついた。

すこぶる礼儀正しく、細縁の近眼鏡をかけ、ハンサムな丸顔に笑みを絶やさない。そうした人物があれほど思い切ったことをやってのけたとは今さら信じ難いので、「魔術師《モーシュシイ》」という名がついたのだった。

甘粕はその功績を認められて、のちに満洲国の警務司長に抜擢されたのだが、わずか三ヵ月で離任してしまった。

命の恩人に何かあったのかと、事情を訊《き》くべく召見したところ、彼はいくらかとまどいながらも真顔で、「集合写真に収まりたくないのです」と言った。

たしかに一国の警察長官ともあろう者が、集合写真に収まらぬわけにはゆくまい。そしてよく考えてみれば、私も彼と共にレンズの前に立った記憶がなかった。

ふと思いついたことがあった。私の家来の中にもひとりだけ、どうしても写真を拒む人物がいる。最も恃《たの》みとする老臣の、梁 文秀《リアンウエンシウ》である。彼は公の場にいっさい姿を見せず、文書に署名もせず、無位無官の私的政治顧問という条件で私に近侍していた。

梁文秀の過去については、あらまし知っている。過去を罪として恥じつつも、なお忠を尽くさんとすれば、そうした立場をとるほかはないのであろう。

きっと甘粕にも似たような過去があるのだろうと思い、私はあえて詮索しなかった。望みを叶えてくれる魔法使いを、失いたくなかったからである。

彼は私と妻の欲するものを、たちまち届けてくれた。それこそ魔法のように。ハリウッドの最新作も、フルトヴェングラーのレコードも、起士林《チーシリン》のドイツ・ケーキすらも天津《ティエンジン》から取り寄せてくれた。そして婉容のためには、いっさい混ぜもののない、最上等の阿片を。

それらを携えて執政府を訪れるとき、彼は喜々として夢を語った。

新京《シンジン》を東洋のパリにしよう。アジアのハリウッドを造ろう。

政治や軍事は語らず、文化国家としての未来を説く甘粕の顔は、話すほどに四十二歳の壮年から少年のそれへと戻っていった。

そんなある日、執務室でひとつの事件が起きた。

それが取るに足らぬささやかな悶着であったのか、あるいは国家の土台を揺るがすほどの大事件であったのか、私には今もってわからない。

秋晴れの午後であった。

その日は武藤軍司令官との定例会見日だったが、そうとは知らぬ甘粕がみやげ物を携えて訪ねてきたのだった。

新着のニュース・フィルムが手に入れば、まっさきに届けてくれる。西洋菓子や水菓子には日持ちのせぬものもある。だから甘粕に限っては、いつ何どきであろうと予約なしに執政府を訪ねる特典が与えられていた。

定例会見は午後二時十分からで、まだ一時間ほどの余裕があった。「十分」という半端な時間は、皇帝が出御するまでのしきたりという意味だから、たとえ執政という立場にあっても私は譲らなかった。「会見」という名が付いていても、皇帝にとっては「召見」でなければならなかった。

応接室でいつものように夢を語らいながら、甘粕はしばしば時計に目を向けた。そこで私は、彼が武藤将軍とさほど親しくないのなら、この際に引き会わせておこうと思った。私が仲立ちをすれば、どのような過去があろうとこのさき悪いふうにはなるまい。命の恩人の恩に報いてやろうと思ったのだった。

　ところが、まだ二時前だというのにいきなり扉が開かれて、血相を変えた将軍が入ってきた。何かとんでもない事件でも起きたのかと思った。

　立ち上がって最敬礼をする甘粕に向かって、将軍は厳しい声で何ごとかを言った。

「どうしたのですか」と、私は通訳官に訊ねた。志津《しづ》大尉という若い通訳は、将軍の指示を仰いだ。たぶん将軍は、「ありのままをお伝えせよ」と答えた。

　そもそも武藤将軍は、私の解せぬ日本語の会話を嫌った。満日両国の関係は公明正大でなければならぬ、と信ずるがゆえだった。だから志津大尉が指示を仰いだだけでも、尋常ならざる発言にちがいないとわかった。

「執政閣下にお伝えいたします――君が能力のある人物だということは知っている。開き直りもたいがいにしたまえ」

　とっさに私は、自分が叱りつけられたような気がした。

　甘粕は何ごとか言い返したが、志津大尉は通訳をしなかった。その任務は軍司令官専属の通訳官であるから、甘粕の発言を私に伝える必要はなかった。彼はふしぎなほど冷静な軍人だった。

　将錯就錯《ジアンツオジウツオ》――「開き直り」という言葉が、私への叱責とも思えたのだった。もしや私が執政の立場にあるにもかかわらず、「二時十分」という皇帝の時間割を強要していることを、将軍が責めたのではないかと思った。

しかし、そうではなかった。将軍は卓上に置かれたみやげ物に目を向け、最上等の阿片を納めた木箱を摑むと、甘粕の胸に押しつけて命じた。

志津大尉が物静かに訳した。とっとと帰れ。「快滾出去《クアイグンチューチイ》」と。

将軍は非礼を詫びてから会見の席についた。しかし、すっかり動顚《どうてん》してしまった私は、自分がどうふるまえばよいのか、何を言うべきなのか、まったくわからぬまま黙りこくっていた。

他者の怒りを目前にしたのは初めてだった。皇帝の前では、嘆きこそすれ怒ってはならないのだ。しかも、私の知る限り最も寛大で高潔な日本人である武藤将軍が、ほんの一瞬であれ憤りを露《あら》わにしたのだった。

「御前も憚《はばか》らず、取り乱しました無礼をお許し下さい」

そう言って苦笑しながら、将軍は憤りの理由について語り始めた。志津大尉の通訳は、いつにも増して慎重だった。

あらましはこういうことである。

甘粕正彦は陸軍士官学校を卒業した元将校で、今も現役ならば中佐ぐらいにはなっているはずだった。

しかし、陸軍大学校に進むほど優秀ではなかったせいか、中尉のころ早々に歩兵科から憲兵に転じた。そして東京の麴町《こうじまち》憲兵分隊長であったとき、あの大地震が起こった。

甘粕は震災後のどさくさに紛れて、かねてより官憲の監視下にあった無政府主義者とその家族を強制連行し、憲兵隊内で絞め殺して、死体を井戸の底に沈めた。

なにしろ十万人の犠牲者を出した大震災である。大方は火災によるものであったから、行方不明者も夥しく、のちになって井戸の底から死体が発見されても、不幸な人々に算《かぞ》えられるだけだと考えての凶行だった。

「彼がみずから手を下したのですか」

いつも笑みを絶やさぬ甘粕が、そんなことをしたとはとうてい信じられずに、話の途中で私は訊ねた。

「はい。軍法会議での陳述によれば、何人かの部下に手伝わせたものの、扼殺《やくさつ》は本人の犯行であります」

体が震え始めた。恐怖心というよりも、私は「死《スー》」や「殺《シャー》」という穢《けが》れた言葉に不慣れだった。

「甘粕は柔道の達人であります。得意の絞め技で二人を殺害し、子供は部下に命じて殺させたのです」

「子供、ですと？」

「はい。六歳の男子であります。いかような事情があろうと許し難い」

事件が露見したのは、その子供のおかげだった。その少年はアナキスト夫婦の子ではなく、たまたま同行していた甥《おい》であったから、実の親が警察に訴え出て捜索が始まった。そしてほどなく、憲兵隊の井戸の底から、変わり果てた三人の遺体が発見されたのだった。

聞くだに胸が悪くなった。「井戸の底」はあの珍妃《チエンフエイ》のおぞましい話を想起させ、また「三人の遺体」が、まかりまちがえばそうなっていたかもしれない、私と妻と淑《シユー》妃《フエイ》のように思えたからである。

「天皇陛下はその事件をご存じなのですか」

「新聞記事等であるいはお読みあそばされているやもしれませんが、詳しくはご存じないでしょう」

「なぜですか。天が十万人を殺したことと、人が三人を殺したこととでは、まるで意味がちがいます」

「さればこそ、天聴には達せられませぬ。陛下は穢れに触れてはなりませぬ」

私はじっと武藤将軍を見つめた。

「ならば、私も聞くべきではありません」

「お訊ねのままに、言わでものことまで言ってしまいました。どうかご寛恕下さい」

事件の詳細はさておくとして、私が知らねばならぬのは、なぜそうした大罪人が私の窮地を救い、今もまた私の近くにあって未来の夢を語っているのか、という謎であった。

「一般の裁判と軍法会議は相を異にいたします」

その先は、厳格な武藤将軍の言葉とは思われなかった。

戦場における殺人は、罪に問われるどころか殊勲とされる。そうした論理が軍事法廷に持ちこまれれば、おのずと一般の裁判とは異なった判決が下され、またその判決が正しく実行されぬ場合もある。

すなわち、震災の混乱に乗じて国家顚覆を企てたアナキストは、戦場にある敵と同様に殺さねばならず、その妻は共犯者とみなされ、運悪く居合わせた子供は、軍法と一般刑法との齟齬をもたらす目撃者として、処断されねばならなかった。

甘粕大尉に対する判決は懲役十年という軽微なものであった。なおかつ、わずか三年で仮出獄し、しばらくフランスで暮らしたあと、奉天特務機関の指揮下に入った。

実に一般の裁判とは異なった判決が下され、またその判決が正しく実行されなかったのである。

「おかしくはありませんか？」

「はい。まことにおかしい。よって本官は、御前も憚らずに叱責いたしました。以上、ご無礼を働いた理由であります。ご放念下さい」

ようやく「将錯就錯《ジアンツオジウツオ》」の意味がわかった。事件の真相はさておくとしても、いったん罪を得た軍人が復権するなど、開き直りも甚だしいと将軍は思ったのである。それはおそらく、彼の体現する武士道に反し、なおかつ関東軍司令官との会見に先んじて私と面談するなど、とんでもない話なのだった。

「執政閣下。今ひとつ」

将軍は室内を振り返って耳目のないことを確かめてから、卓上に身を乗り出した。通訳官も椅子を押し出した。将軍が声をひそめるのは、それまでまったくありえぬことであった。

「一部の者が、阿片の専売を目論《もくろ》んでおります。禁制の麻薬を国家の財源にしようなど、あってはならぬ話であります。奥方様におかせられましては、どうか阿片をおやめになられますよう、閣下からおはからい下さい」

思わず血の気が引いた。将軍は嘘をつかない。

つまり、その途方もない計画には、甘粕が関与しているのである。だとすると、この開き直りばかりは看過できまい。ひとめで贈答品の中味を察知した将軍は、阿片を突き返して「快滾出去《でていけ》！」と声をあららげたのだった。

私は落胆した。日本は満洲国の庇護者ではなかったのか。武藤将軍をはじめとして、誠心誠意かくあらんとする日本人も少なからずいるというのに、たいがいの者は侵略者にすぎないのか。

「たしかな情報なのですか」

椅子の背もたれに沈みこんで、私はようやく訊ねた。

それまで冷静に通訳を続けていた志津大尉が、なぜかその質問についてのみためらいを見せた。

そして彼は、通訳官の掟《おきて》を破って自分自身が答えたのだった。

「本官は奉天特務機関に勤務しておりました」

何ということだ。特務機関の諜報にたずさわっていた軍人ならば、中国語に堪能であるのは当然だが、彼は将軍にとって、ただの通訳官ではないということになるではないか。

「あなたはおいくつですか」

「満二十八歳であります」

「命が惜しくはないのですか」

「自分は軍人であります」

それから志津大尉は、手帳をとざし鉛筆を擱《お》いて凛と背筋を立てた。

「軍司令官閣下に詰問されて真実を暴露したわけではありません。本官は畏《かしこ》くも天皇陛下の御勅命を奉じて、軍務についております」

彼が軍人の道徳を述べたのか、それとも天皇から格別の命令を受けた密使のようなものであるのか、私にはわからなかった。

高窓から差し入る午後の光が、その若い将校の姿を、ことさら神聖に隈取っていただけなのかもしれないが。

「ねえ、ヘンリー。甘粕《ガンポー》はシベリア鉄道に乗って、パリからやってきたのよ」

パリ。ベルリン。ワルシャワ。モスクワでは二日間停車して、オムスク。イルクーツク。チタ。満洲里。ハイラル。ハルビン。そして新京《シンジン》までの十二日間の旅である。

その鉄路を逆にたどれば、誰であろうとパリに行ける。誰であろうと。私と妻以外の人間なら誰であろうと。

いつか満洲国が力をつけて諸国と外交を結べば、そうした機会も訪れると甘粕は言った。しかし私の国家は諸外国に承認されるどころか、その正当性を世界中から否定されたあげくに、日本は国際連盟を脱退してしまった。

甘粕がしばしば熱く語るパリには、十一日どころか一生をかけてもたどりつけまい。

遠からぬうちに、私は龍袍《ロンパオ》を身にまとって登極し、皇帝となる。満洲国は満洲帝国に改められる。

だが私には、どうしてもその華やかな復辟の祭典が想像できない。目をとじれば、幼い私と婉容《ワンロン》が、母と称する見知らぬ人に手を引かれて、夕陽の沈みゆく満洲の曠野《あれの》を、あてもなく寄る辺もなく、さまよっているような絵が見えるのである。

武藤信義《のぶよし》はこの夏に死んだ。見知らぬ母と私たちを遺して。

その数日前の会見日には矍鑠《かくしやく》としていたのに、胃腸の具合がいくらかおかしいという噂を耳にしたあと、見舞の使者を差遣する間もなく急死してしまった。

武藤将軍は熱河《ねつか》平定の軍功により、五月には元帥府に列せられていた。日本陸軍の歴史において、その称号を得た陸軍大将はたった十三人しかおらず、そのうち皇族が五人もいるのだから、まさしく武藤は位人臣をきわめたのだった。

そして私にとって喜ばしいことには、ほどなく大将としての現役定限を迎える彼は、元帥という終身の称号を得て引き続き満洲国にとどまれるのだ。

きらびやかな元帥刀を佩《は》き、旭日旗を象《かたど》った元帥徽章を胸に輝せた武藤将軍は、実にその名のごとく信義の化身であり、満洲国の守護神と見えた。

少くともそうした彼の運気は、突然の死に通ずるものではなかった。

一服盛られたのだという噂はあちこちから耳にしたが、どうして私に真相の究明などできよう。

将軍の死に際しては、さらに「正二位」「勲一等」「功一級」「男爵」など、およそあらん限りの名誉が追贈された。しかしそれらは、私が諡《おく》った酒瓶や諭旨と同様に、今さら何の意味も持たなかった。

幼い私と婉容の手を引く見知らぬ母には貌《かお》がない。弊衣蓬髪の態でひたすらさまよい歩き、飢え渇し力も尽き果てているであろうに、それでも繋いだ手を放そうとはしなかった。私たちの上には、やがて洞《ほら》のような闇が落ちてくるのだろう。

そういえば、あの若い通訳官がそののちどうなったのか、消息は杳《よう》として知れない。

四十五

久しぶりに軍服を着た。五月にローマで、ベニート・ムッソリーニの歓待を受けて以来だから、およそ半年ぶりになる。

私の記憶する限り、これほど長きにわたって軍服に袖を通さなかったためしはない。父は清国に形ばかりの帰順をしたのだが、どうしたわけか私には、好んで北洋陸軍の軍服を着せた。成長に合わせて毎年のように、通常の軍服と大礼服を誂《あつら》えてくれた。自分自身は窮屈な軍服を好まなかったのに、やはり馬賊としての劣等感があったのか、倅を生まれついての軍人に仕立てたかったのだろう。

起床するとすぐに軍服を着なければならなかった。だから幼いころの私は、ふつうの子らが着るような袍《パオ》や褲子《クウヅ》を、ほとんど持っていなかった。

初めて背広を誂えたのは、奉天《フォンティエン》講武学堂を卒業して、本物の軍人になってからだった。未来の東北王《トンペイワン》には軍人以外の貌《かお》も必要なのだと知った。それくらい私は、骨の髄までの軍人だった。

そんな私が、半年間も軍服を着なかった理由はふたつある。

第一の理由は、軍隊を喪った自分がみじめに思えたからだった。天津《テイエンジン》の租界には、そうしたかつての軍閥の領袖が何人も住んでいた。閑暇《かんか》を持て余し、過去の栄光を語ってやまぬ優雅な乞食《こじき》どもと、同じ真似をしたくなかった。

第二の理由は、かつてのように軍服が似合わないからだった。衰弱の原因が阿片だと知らぬ人から見れば、私は百万の大東北軍を手放したばかりか、精気までも蔣介石《ジャンジェシィ》に吸い取られてしまったように思えるだろう。

しかし、ムッソリーニと会見するにあたって、さすがにそれらは理由にならなかった。軍人が軍人に招かれて、平服を着てゆくわけにはいかない。

幸いそのころには、カルバート博士の献身的治療によって、私の体力はかなりの恢復を見ていた。筋肉こそ戻ってはいなかったが、どうにか軍服姿も様になった。

チャーノ伯爵の英語通訳が間に合わぬくらい、ムッソリーニはおしゃべりだった。だから会談とは言いがたかった。日ごろ私を辟易させているチャーノのおしゃべりがついていけないのだから、相当のものだ。どうやらイタリア人は、おしゃべりでなければ出世できぬらしかった。

しかし、彼が熱く語るファシズムの正当性は、私の胸に何ひとつ届かなかった。それはことごとくが勝者の論理だからだった。

むしろ私が感心したのは、彼の活力と、厚い胸板と、一分《いちぶ》の隙もない装いだった。つまり、そうした外見さえ備えていれば、中味などなくとも人心を掌握できるのだと知った。

なるほど彼の周囲には、幕僚たちとともにいつもふしぎな顧問団があった。演出家や心理学者やファッション・デザイナーといった面々である。彼らの才能と努力によって、ベニート・ムッソリーニという名優が作られているのだった。

私はみずからの過ちを思い知らされた。阿片の毒が私から奪ったものは、実にそれら外見であったのだ。活力ばかりではなく、父母ゆずりの容貌が損われたとき、私は国土も権力も軍隊も同時に喪ったのだった。

「ねえ、ねえ、漢卿《ハンチン》——」

会見のあとで、ムッソリーニ邸の庭を逍遥《しようよう》しながら、エッダが腕をからめてきた。ガーデン・パーティーの仕度が斉《ととの》うまで、せめてファシストのおしゃべりから解放されたくて、私はアガパンサスの白い花が咲くペーブメントを歩いていた。たがいの伴侶が同行する長い船旅の間は、二人きりになることが絶えてなかった。

私にとってはむしろ好都合だったが、エッダ・チャーノは苛立っていた。女婿《むすめむこ》という理由だけでムッソリーニに重用されている夫を、エッダは毛ほども愛してはいなかった。そしてたぶん、チャーノ伯爵は私たちの関係に気付いていたはずだが、相手が相手であるだけに知らんぷりをきめていた。

いや、エッダの夫である前にムッソリーニの崇拝者であり、かつフィアット社のセールスマンにちがいないチャーノ伯爵にとって、それはむしろ好もしい関係だったのだろう。

「何だね」

と、私はさりげなくエッダの手を拒んだ。

「ほら、父と話しているフランス女。誰だか知ってる？」

私は軍帽の庇を下げて、イタリアの陽光を遮った。

六本のエンタシスの柱に支えられた庭向きのファサードには大理石の広い階段がかかっていて、そのただなかの何ひとつ翳《かげ》りのない初夏の光の中に、ムッソリーニと小さな女が立ち話をしていた。

愛人というにはいくらか薹《とう》がたっている。使用人にしては堂々としている。しかも奇妙なことに、女は飾り気のない半袖の黒衣を着ていた。髪は黒くて短い。

会見の間、ホールの隅に佇んで、じっとムッソリーニの一挙一動を注視していた女だった。

「ココ・シャネルよ」

エッダが耳元で囁き、私は目を瞠《みは》った。純白の階段の上で語らう二人の姿が、神話の一場面のように思えた。

おそらく世界一有名なデザイナーだろう。近ごろの天津《テイエンジン》や上海《シャンハイ》の社交界は、さながらシャネルのファッション・ショーだった。ハリウッドに倣《なら》えば、そうなるのである。むろん私の二人の妻も、エッダも、シャネルのドレスやスーツを競って着ていた。

もっとも、私にはその趣味が理解できない。野暮でへんてこなデザインとしか思えないのである。

「あんがい地味な女だね」

それは素朴な感想だった。いくら何でも国賓級の客を迎える席に、寡婦のような黒衣はあるまい。

「シンプル。ナチュラル。オリジナル。それが彼女の思想よ」

美というものを極限まで追求すれば、そうした思想に帰結するのかもしれない。だが私の目にはどうしても、その半袖の黒衣が、さほどたいそうなものには見えなかった。

たとえば、パリで成り上がった田舎娘が、おのれの品性の貧しさ卑しさに開き直って、これこそが美のかたちなのだと主張しているとしか思えなかった。

ファッショとファッションが類語なのかどうか、私にはわからない。

それにしてもローマでは、わが目を疑うような出会いが多かった。

ココ・シャネル。馬占山《マーチャンシャン》。そしてもうひとり、思いもよらぬ人物が私の前に現れた。

その日、いくらか朝寝をした私は、家族とともに食卓を囲む気になれず、一階のダイニング・ルームに降りた。

一八九四年に、かのホテル王リッツによって創業されたグランド・ホテルは、おそらくローマ一豪奢《ごうしゃ》で、なおかつ私のために万全の警備がなされていた。

さすがにダイニング・ルームまで貸し切りというわけではないが、食事は部屋に運ばれてくるので、問題はなかったのである。

だから私がほんの思いつきでエレヴェーターに乗りこむと、護衛官は転げ落ちるように階段を駆け下り、ホテルの従業員たちはあわてふためいた。

ダイニング・ルームは黒い大理石の床が、ガラス天井から射し入る光に輝いており、椅子とソファは鮮かな緋色のサテンだった。何組かの客が朝食を摂っていたが、選りすぐりの貴賓たちはことさら私を気に留める様子がなかった。

そのメイン・ルームから一段高くなったところに、ガラス窓で仕切られた特別のテーブルがあった。

そこでコーヒーを飲み、莨《タバコ》を一服つけたころ、段下がりのメイン・ルームで食事をしていた男が、おもむろに立ち上がった。振り返った顔は東洋人であったから、護衛官たちはとっさに拳銃を抜いて私の壁になった。

男は満面の笑みをうかべて片手を麻背広の胸に当て、私に向かって頭を下げた。そのしぐさひとつで、日本人であると知れた。ならばいっそう油断はならない。護衛官たちは銃口を向けたまま、「停《テイン》！」と制止した。

初老の小男は、まさか刺客には見えなかった。しかも、その笑顔には誰ともわからぬがたしかに見覚えがあった。

「どなたかね」と、支配人に訊ねた。

「けっして怪しいお方ではございません。元の日本国大使閣下にあらせられます」

日本の国名は聞くだに穢《けがらわ》しかった。親の仇だ。

「大使ともあろう者が、ひとりで朝食を摂るなど、それこそ怪しいではないか」

「いえ。この数日、いつもおひとりでお見えです」

要するに、彼は私と偶然出会うために、供連れもなく毎朝、グランド・ホテルの朝食を食べにきているのである。

日本人はたしかに働き者だが、だにしても何というまめな男だろう。しかも現職ではないにせよイタリア駐箚《ちゆうさつ》大使といえば、最上位の外交官にちがいない。

そこでようやく思い出した。かつて天津《テイエンジン》総領事を務めたあと、奉天《フオンテイエン》総領事に転じた外交官、吉田茂《ジイデイエンマオ》。

私はガラス扉を開けて声をかけた。

「やあ、ご無礼をした。どうぞお入りなさい」

流暢な英語で吉田は答えた。

「偶然お会いできて光栄です、閣下」

「だいぶお太りになられましたね。それで、とっさにはわからなかった」

「将軍はいくらかお痩せになられました。それで、とっさにはわかりませんでした」

何ともウィットに富んだ返事だが、深い意味がこめられているようにも思えた。

しかし吉田は、私の誘いに応じなかった。

「遠慮なさらず」

「いえ。偶然に甘えてはなりません」

そう言って段下がりの床からしばらく私を見上げた。ガラス天井から降り注ぐ朝の光が丸メガネを白く濁らせて、表情を窺い知ることはできなかった。

それから吉田は、奉天《フォンテイエン》の日本人街の子供らがしばしばそうするように、指先を揃え腼《ひかがみ》をきっかりと合わせる気を付けの姿勢をとり、私に向かって深々と頭を下げた。いったい何事かと周囲が気を揉むほど、長い間そうしていた。

それが日本流の最敬礼ではなく、日本国にかわって彼が詫びているのだとわかったとき、私は見ることすらつらくなって思わず目を鎖《とざ》した。

彼がどれほど誠実であろうと、私は日本を恕《ゆる》せなかった。ならば見なかったことにするほかはあるまい。

ふたたび目を開いたとき、吉田はステッキを携えパナマ帽を冠《かぶ》って、エントランスの回転扉を押していた。そしてその姿はニュース・フィルムの一齣《ひとこま》のように、麻背広の白を大げさにはね返して、待ち受けていた車の中に消えた。

ところで、私が半年間も軍服を着なかった二つの理由はさておくとして、半年ぶりに軍服を着なければならなかった理由がある。

イギリス空軍司令官の要望により、ハンプシャー州にあるファーンボロー空軍基地の視察をしなければならなくなったのだ。

秋が深まってもブライトンに住み続ける私が忙しかろうはずはなく、断わる理由も見つからなかった。

そうした次第ならば、英国空軍は当然、儀仗隊をもって私を迎える。およそゆるがせにできぬ軍隊の礼式である。受礼者が軍服を着ぬわけにはゆくまい。

迎えにきたロールス・ロイスには、青天白日旗とユニオン・ジャックが掲げられていた。

これまでに歴訪した欧州諸国は、それぞれが私の扱いに苦慮しているようだった。たとえば、ムッソリーニは国賓として遇したが、アドルフ・ヒトラーは会おうともしなかった。

では、腰を落ち着けたイギリスはどうかというと、ジョージ五世をはじめ王族との会見はなかったが、マクドナルド首相の別荘に招かれて、非公式の会食をした。

こうした混乱の原因は、蔣介石《ジャンジエシイ》が私の処遇を明らかにしなかったことと、外遊目的の第一が「阿片を抜くため」という、表沙汰にはできぬものだったからである。

視察なのか亡命なのか。価値があるのか無価値なのか。すなわち張学良《チャンシュエリャン》という軍人がまだ生きているのか、それともすでに死んでいるのかという判断をめぐって、諸国は応対に苦慮したのだった。

ファーンボロー空軍基地への視察要請は、「張学良は生きている」という英国政府の判定によるものだった。だから迎えの車には青天白日旗が掲げられており、私はまさか背広姿で向かうわけにはいかなかった。

秋色に染まった森を抜けるとじきに、フューリー戦闘機の編隊が私を迎えた。まるでこの佳日を寿《ことほ》ぐような青空だ。やがてその青みをとよもして、丘の向こうから礼砲が聞こえてきた。

息子たちを連れてくるべきだったと思った。父は祖国を追われたわけでも、捨てたわけでもなく、こうして大英帝国でさえ礼を尽くすべき将軍なのだとわかるだろうから。

ファーンボロー基地の滑走路にはたくさんの天幕が張られ、一個小隊の儀仗兵が整列していた。軍楽隊が栄誉礼を奏し、私は空軍司令官とともに赤い絨毯《じゅうたん》の上を歩んで閲兵した。

そのさなか、父を想った。軍隊の礼法が何よりも苦手だった父を。

東北軍はたゆまぬ近代化によって強くなった。留学生を派遣し、奉天《フォンティエン》に士官学校を作り、兵器を生産する工場を建て、ついには陸海空の三軍を保有する唯一の軍閥となった。

しかしふしぎなことに、そうした偉業をなしとげた父ばかりが、一向に近代化されなかった。最新の兵器にはさほど興味を示さず、軍服は窮屈だと嘆き、わけても軍隊にはつきものの儀礼を嫌った。北京の主となり、大元帥として天下に号令する立場になっても、その性根は馬賊の頭目のままだった。

たとえば、こうして儀仗を受けるときにも、ラッパや軍楽など耳に入らぬかのように、早足で通り過ぎてしまった。

体が小さかったせいかもしれない。おしなべて体格の立派な儀仗兵の目礼《もくれい》は、父の身長に釣り合わなかっただろうから。

たしかに騎馬で閲兵するときの父は、別人のように堂々としていた。むしろ姿勢が正しい分だけ、大男に見えたものだ。

未来の私が礼式にとまどわぬよう、父は毎年のように少しずつ大きな軍服を、誂え続けてくれていたのだろうか。

「ご覧下さい、将軍。わが英国空軍が世界に誇る、フューリー戦闘機です」

軍司令官が滑走路を指さして言った。

もう、うんざりだ。儀仗をおえて天幕に迎え入れられたとき、私はこの軍事視察の意味を知ったのだった。ライフル。機関銃。地雷。迫撃砲。ガスマスク。手榴弾。幾張りものテントには、英国製のありとあらゆる兵器が展示されていた。

むろん興味がないわけではない。だが、私財を投じて蔣介石《ジャンジエシイ》に奉るのは御免蒙《こうむ》る。イタリアではチャーノ伯爵の懇願を容れて、フィアット戦闘機の一個編隊と、若干の兵器を買う契約をかわした。代金は払うが納期は別命する、という奇妙な契約だった。

ムッソリーニは歓待してくれたし、ココ・シャネルは二人の妻と娘のために、ドレスを仕立ててくれた。ましてやエッダに頼まれれば、気の毒な夫の立場も多少は考えねばなるまい。しかし、イギリスには何の義理もなかった。

「フューリー戦闘機は、ロールス・ロイス社製ケストレル・エンジンを搭載しており――」

軍司令官にかわって、ホーカー社の回し者らしい将校が説明を始めた。

君の言わんとするところは、すべて承知しているよ。なぜかといえば、私はかつて空軍の総司令官であり、同時にパイロットでもあったのだ。

そうは思っても、私は知らんぷりで退屈な解説を聞き続けた。

しかし、君の説明には重大な欠落があるね。まず、複葉の戦闘機はすでに時代遅れだ。おそらくホーカー社も、高速力で航続性能にすぐれた単葉戦闘機を開発中なのだろう。つまり、じきにお払い箱となる旧式のホーカー・フューリーを、私に売りつけるつもりだね。

それにもうひとつ。同じ複葉機でも、フィアット社製のＣＲ３２のほうがいくらかましだ。出力も大きく、一二・七ミリの重機関銃を搭載している。同じ技倆のパイロットが戦えば、まちがいなくフューリーはフィアットに撃墜される。

「先ほど出迎えてくれたのは君かね」

私は操縦席から敬礼をするパイロットに向かって訊ねた。

「はい、将軍」

「回してくれ。エンジンの調子が知りたい」

轟音《ごうおん》とともにプロペラが回り始めた。さすがはロールス・ロイス社製の重厚なエンジンである。ただし、フィアットにはかなわない。そして、ここが最も重要な点だが、日本軍はすでに二年前、欧州諸国が開発中の単葉の戦闘機を実戦配備していた。中島製のエンジンはすこぶる優秀で、フィアットも歯が立つまい。つまり、私がチャーノ伯爵に支払ったスイス銀行の小切手は、戦闘機の代金ではなく、彼の妻に対する手切れ金だった。

「操縦席に座らせてくれるかね」

身ぶり手ぶりをまじえて大声を上げると、目の上から敬礼をした非を責められたとでも思ったのだろうか、パイロットはあわてて滑走路に飛び下りた。

「将軍。操縦桿にはお手を触れませぬよう」

セールスマンの将校はそう念を押したが、私の随員たちは誰も咎《とが》めようとはしなかった。副官も護衛官たちも、政治顧問のウィリアム・ドナルドも、私の技倆をよく知っている。

それどころか彼らは、よってたかってパイロットのジャケットや飛行帽を剝がして、私の身仕度を斉《ととの》えてくれた。

軍司令官や幕僚どもは、だぶだぶのフライト・ジャケットを着た私を見て、手を叩いて笑った。何だってジョークの好きな連中だ。そのうちヒトラーの爆撃機が海峡を越えて飛んできても、きっと手を叩いて笑うのだろう。

ひょっとして、その昔インド産の阿片を売りにきたのも、ジョークのつもりだったのかね。

一気に高度を上げて、ファーンボローの上空を旋回した。

人々は呆気にとられて空を見上げている。

格納庫の前に並んでいたフューリーが、ようやくプロペラを回し始めた。遅い、遅い。そんなことでは爆撃機を迎撃するどころか、掩護《えんご》の戦闘機に片っ端から撃ち落とされるぞ。

五千フィートまで上昇して、機首を東南に向けた。ロンドン遊覧飛行も悪くはないが、息子たちが編入することになったランシング・カレッジを、空から見ておこうと思った。

私自身は今後の身の振りようを決めかねているのに、妻は明確に未来を設計していた。私の妻である前に、彼女は三人の子供の母親だった。

改まって相談された憶えもなく、むろん私が何を指示したわけでもなかった。もっとも、自分自身の先行きがわからないのだから、子供らの教育について相談されても困るし、指示のしようもなかった。

ある朝、妻は唐突に宣言したのだ。長女のポーリーンは来年度から、ロンドンの女子校に進学させる。長男のマーティンと次男のレイモンドは、ブライトン郊外のランシング・カレッジに、可能ならばすぐにでも編入させる。母親は当面の間、ブライトンのアパートメントに住み、いずれはロンドン市内に転居する。

どちらの学校も伝統的な寄宿舎制だが、子供らにはもともと英国人の家庭教師がついていたので、習慣にも言葉にもさほど問題はないはずだった。ブライトンに住んでいる間は週末に帰ってくることもできるし、ロンドンも遠くはない。

私に対する要求は何ひとつなかった。つまり、祖国に帰ろうがイギリスにとどまろうが、どうぞご随意に、というわけだ。そしてその宣言は、ポーリーンを閨閥の犠牲にせず、マーティンとレイモンドは軍人にしない、という意味でもあった。

それはそれでかまわない。私はこの先いかなる権力も欲しないし、いったん手放した軍隊を取り返すつもりもなかった。愛する子供らには、少くとも国家や歴史に不干渉の人生を送ってほしかった。

しかし、彼女は重大な決心をしたことになる。

帰国を督促する蔣介石《ジャンジエシイ》からの電報は、山のように届いていた。親書を携えた使者もやってきた。私がすっかり健康を取り戻したことも、耳に入っているだろう。そしておそらく、私の軍隊は私以外の指揮官では動かない。ましてや蔣介石の敵は日本ではなく、共産軍なのだ。

すなわち私は、遅かれ早かれ救国のために復帰しなければならない。そうした事情を承知の上で、妻は決心したにちがいなかった。

正妻の座を下りて、母になる、と。二番目の妻との間に儲けた男子はまだ三歳だから、彼女が夫を捨ててまでイギリスにとどまる理由はなかった。

妻の決心に気付いたのは、イギリス海峡を遥かに望む、緑豊かな丘の頂だった。

十五歳で私の妻となった女は、ランシングの草原を駆け回る子供らに目を細めながら、鳥の囀《さえず》りに似たとびきりの母国語でこう言った。

「黙ってあなたについてきたわけじゃないの。私のめざすところに、あなたがついてきただけ」

シンプルでナチュラルでオリジナルなドレスの、これほど似合う女は世界に二人といないだろう。

黒衣の妻は美しかった。

機首を下げて雲を抜けると、狙い定めたような真下にブライトンの街があった。

浜から二本の長い桟橋《ピア》が延びている。まさか戦時に満艦飾のネオンは灯すまいが、爆撃機にとってこれほど重宝な目標物はない。桟橋をそのままなぞって北上すればロンドン上空、九十度角に海岸線をたどればポーツマス軍港である。

ファーンボローに帰投したなら、セールスマンどもに忠告してやろう。戦闘機を売るよりも、ロンドンとポーツマスに向かって矢印を引いているような、あのレジャー・ピアをどうにかしたまえ、と。

鷗の群を見下ろす高さまで降りて、ブライトンの街を空から眺めた。

赤い小石の海岸。白亜のザ・グランド。ボードウォークから、子供らが手を振っている。ブランズウィック・スクエアの木立ちはすっかり黄色く染まり、住人のほとんど絶えた蜜色のアパートメントは静まり返っていた。

丘の上の商店街。インド趣味の王宮。ヴィクトリア様式の駅舎。マリーナにはたくさんのヨットが舫《もや》われている。

もし私がそう希《のぞ》めば、この天国の保養地で、つつがなく、安穏と一生を過ごすことができるのだろうか。

できぬはずはない。かつての部下たちや国家統一の夢を抱く愛国者たちや、とりわけ蔣介石《ジャンジエシイ》から毎日のように届けられるラブ・レターを、読むまでもなく暖炉に焼《く》べ続ければいいだけの話だ。そうして何年かが過ぎれば、セールスマンも新聞記者も、護衛の警官も、私の生活から消えてなくなる。

家族も幸福を得るにちがいない。ならば、なぜそうしないのだ。

操縦桿を倒して、ブライトンの空を離れた。海岸線を西に向かえば、ランシング・カレッジは容易に見つかるだろう。目印は森を開いた五百エーカーのキャンパスと、丘の上の壮麗なチャペルである。

私には野望がない。外見も性格も母に似ている。しかし、では父が野心家だったかというと、ことほどさようにそうとも思えなかった。

なぜならば、北京を制して中南海の大元帥府にあった父よりも、東北王《トンペイワン》として奉天《フオンティエン》の張氏帥府にいたころの父のほうが、幸せそうに見えたからだ。いや、私のまだ幼いころ、奉天の西の新民府を根城として、親分と呼ばれていたころの父は、もっと幸せそうだった。

あれほど賢い人が、いつでも安住できる幸福をそのつど捨て続けて、見果てぬ虹を追い、ついには知れ切った往生を遂げてしまったわけが、私にはどうしてもわからない。

だが、私は今たしかに、なかば手の内にある幸福を捨てて、見果てぬ虹をめざそうとしている。父と同様に。

けっして野心ではない。おのれの幸福を求めてはならぬと、目に見えぬ力が私に命ずるのだ。

未熟なパイロットたちは私を見失ってしまったらしいが、そのかわりにフューリーの翼の先をつかず離れず、一羽の鷗が飛んでいた。白馬のように大きな鷗が、西陽を背負い海風に乗って。

そしてその行手の示すままにしばらく飛ぶと、秋の錦を綴《つづ》った森の向こうに、セントメリー・アンド・セントニコラス教会の尖塔が見えた。ランシング・カレッジだ。

私の息子たちはここに学び、やがてはオクスフォードかケンブリッジに進んで、軍人以外の人生を送るだろう。それでいいではないか。実はそれこそが、かつて私自身が夢に見た未来だったのだから。

授業は終わったのだろうか、生徒たちはラグビーに興じ、あるいは湖でボートを漕ぎ、馬に乗る者もあった。

速度を落としてバンクを振ると、それぞれが眩《まぼ》ゆげに夕空を見上げた。

私が学んだ奉天《フォンテイエン》の講武学堂では、ありえぬ光景だった。士官生徒には何ひとつ自由がなくて、すべての日課はラッパと号令に順《したが》わねばならなかった。そのようにして純粋培養された若者たちは、戦うことしか知らない。

子供のころは、医者になりたかった。父の定めた軍人の道に抵抗したのではない。母の若すぎる死を理不尽に感じたからだった。

だが、そんな未来が許されるはずはなかった。軍人の使命は命を奪うことで、医師の使命は命を救うことなのだから。

身丈に合わせて新調される軍服に袖を通すたび、私は胸の中で母に詫びねばならなかった。そうして少しずつ軍人に仕立て上げられてゆく自分が、親不孝を続けているように思えたからだった。

講武学堂の砲兵科を卒業すると、私はただちに陸軍少将に任ぜられた。おそらく世界一若い、二十歳の将軍だった。

そろそろ帰投しよう。燃料はまだたっぷりと残っているが、軍司令官も私の随員たちも、滑走路に佇んだままだろうから。

機首を返すと、夕陽が瞳を刺した。

そうだ、そろそろ帰らなければ。祖国にはもっと大勢の人々が、私を待ちわびている。

父は馬上の視野しか持たなかったが、私は鳥の目で世界を俯瞰《ふかん》しているではないか。

赤く色めいた空に、乾いた媼《おうな》の声が谺《こだま》した。

天命を守護する者、汝《なんじ》、張学良《チャンシュエリヤン》よ。

困苦と忍耐の日々は終わった。

輩《ともがら》も兵《つわもの》もなく異土をさすろう貴子、汝、張学良よ。

兵諫《へいかん》の秋《とき》は来た。すみやかに空を翔《か》け、海を渡って帰れ。勲《いさおし》はあらず、よしんば罪に問われようとも、こは四億の民の幸《さきわ》うところ、一千年の平安を闢《ひら》く挙と知れ。

よって天は汝が父に、命《めい》を抱きて貧寒を耐え忍ぶ雨の亭《やどり》の名を、汝には上《じょう》の大夫《たいふ》の卿《けい》なる漢《おとこ》の名を与えた。

然《しか》らずんば、汝がかくも甦えるはずはない。何をか怖れん。ただ勇を鼓して、中原の渭河《いが》のほとりに旗を立てよ。

古《いにしえ》より勇者はあまた現れたが、代わる者なき真《まこと》の英雄は、張学良よ、汝をおいてほかにはいない。

四十六

急行列車の乗客は奉天《ほうてん》駅であらまし降りてしまった。

粉雪の舞うプラットホームは人で溢れていた。

「ほうてーん。ほうてーん。奉山線、奉吉《ほうきつ》線はお乗り換えでーす」

メガホンを掲げて歩く満鉄駅員のあとを、「フォンティエン、フォンティエン」と叫びながら、見習らしい支那人がついてゆく。凍った窓の外を通り過ぎた顔は、自分とさして変わらぬほど幼く見えた。あんな仕事にありつければいい、と木築正太《きづきしょうた》は思った。

誕生したばかりの満洲国は手不足なのだ。支那人の子供でも雇われるのだから、れっきとした日本人の自分に仕事が回ってこないはずはない。いや、仕事のえり好みなどはしない。給金なんていらないから、食う寝るだけで一年か二年、そのうちに支那語を覚えてしまえば、もっと大きな未来が開ける。

正太は夢を書き散らした手帳に、鉛筆の先をねぶりながら「奉天・フォンティエン」と書いた。またひとつ支那語を覚えた。

それにしても、がらんどうの車内は心細かった。満洲国の首都は新京《しんきょう》なのだから、大方の客はそこをめざしていると思っていた。

釜山《ふざん》発の急行「ひかり」は、夕刻の奉天駅に一昼夜をかけて到着した。

何やら車内灯まで暗くなったような気がして、正太は三等車を見渡した。乗客はほんの幾人かで、通路を隔てた向こうの席には、学帽をかむった中学生が外套にくるまって寝ていた。

正太が横になったのは関釜《かんぷ》連絡船の中と、乗継駅の待合室だけだった。それもすっかり気が昂《たかぶ》っていて、ぐっすりと眠ったわけではない。

停車時間の十分間が、ひどく長く感じられた。

手帳にはこれまでにかかった費用が、こと細かに書きつけてある。尋常小学校しか出ていないが、成績はいつも一番だったし、とりわけ算術は得意だった。

金はまだたっぷりとある。でも、油断してはいけない。新京に着いたら観光などせずに、まずは職を探そう。

やはり満鉄の駅員見習だの、大きな会社の給仕だのは紹介者が必要だろうし、身上も調べられるにちがいない。忙しそうな商店を訪ねてみようか。二つ三つ年齢の鯖《さば》を読んでも通用する図体だし、読み書き算盤《そろばん》はお店《たな》の先輩に嫉《ねた》まれるほど達者だった。

正太は蟇口《がまぐち》を開いて、新京行の切符を眺めた。それは目に見える夢だった。

ずっと見果てぬ夢であったものを、ついに手に入れたのは東京駅の出札口だった。

正太は博奕《ばくち》を打った。

(新京まで、三等一枚)

堂々とそう言って、窓口に百円札を押しこんだ。指先は震えていたが、小僧が大金を預かれば当たり前だろう。

出札係は窓ごしに正太の風体を注視してから、「おつかいかね」と言った。

(はい。番頭さんが出張します。新京に新しい店を出すんです)

(ほう、そうかね。小僧さんにもそのうち声がかかるといいね。せいぜい頑張りなさい。ところで――)

と、出札係はしばらく考えるふうをした。咽のひりつくような沈黙だった。

(ええと、おつかいの小僧さんにはわかるかな。関釜連絡利用でいいのかね)

いくつかの経路があることは知っていた。たとえば新潟から羅津《らしん》の航路、あるいは門司《もじ》から大連まで直行する船もある。しかしほとんどの旅行者は、下関と朝鮮の釜山をつなぐ関釜連絡船を利用する。

(はい。それも言いつかっています。関釜連絡船です)

けっしてあわてずに、切符と釣銭を手拭にくるんで懐に収《しま》った。

(やあ、しっかりした小僧さんだ。齢はいくつだね)

(はい、十二歳です)

本当の年齢を口にするのは、これきりだろうと思った。博奕に勝ったのだ。きょうからは十四歳。大正九年生まれの申歳《さるどし》。

宮城口《きゅうじょうぐち》のドームの下まできて、正太は出札口を振り返った。大金をくすねたお店にも、満洲への夢を語ってくれた番頭さんにも、もちろん郷里の親兄弟にも申しわけないとは思わないのに、どうしたわけか出札係の駅員を欺《だま》したことにだけは、気が咎めたのだった。

そのとまどいを振り切って歩き出すと、怖気《おじけ》はきれいさっぱり拭《ぬぐ》われた。ドームから降り落ちてくる光の中に、思うさま翼を拡げて翔《はばた》くような気がした。

正太はその足で日本橋の三越を訪ね、紳士服売場で吊るしのホームスパンの背広と、帽子と靴と外套を買った。

今にして思えば、切符を買うよりもよほど冒険だったはずだが、大売り出しでごった返す売場では、誰も怪しみはしなかった。いくら図体が大きくても、さすがに大人ものの背広や外套がだぶだぶなのはご愛嬌だったが。

しかし、着慣れてしまえばさほどおかしくはないのである。帽子はソフトではなくハンチング、ズボンはニッカーズ、蝶ネクタイにコンビネーションの靴。つまり、放《ほう》蕩《とう》息子のモダンボーイを気取ったわけで、これが案外のことに、おしゃまな面構えによく似合った。

すべての仕度が斉《ととの》っても、まだお店が不審に思う時刻ではなかった。月末の集金を言いつかった小僧が、お得意先で半日も待たされるのは当たり前だし、何よりも正太はお店から信用されていた。

働き者で、算盤勘定に長けていて、いわゆる目から鼻に抜ける小僧である。だが、その目から鼻への抜け具合がどの程度のものか、お店は知らなかった。

時間は十分にあったが、正太は念には念を入れて、横浜駅から下りの特急列車に乗った。

「おまえ、新京までか」

ふいに揺り起こされて、正太はまどろみから覚めた。通路を隔てた向こう座席の中学生が、いつの間にか隣に座っていた。

「そうです」とだけ答えた。長旅の間には語りかけてくる人も多かったが、正太は内気な少年を装って、ほとんど口をきかなかった。

「憲兵が乗ってくる。おまえ、どうせワケアリだろ。一人旅は怪しまれるぜ」

蒸気が窓を被った。連結器の不穏な音が伝わり、列車はゆっくりと動き始めた。外套の肩に雪を積もらせた憲兵が二人、客車に入ってきた。

「おまえは何も言うなよ。狸寝入りを決めていろ」

中学生は制服のボタンを留め、帽子も冠り直して姿勢を正した。

「あの、物をお訊ねしてよろしいですか」

目をつむったまま、正太はひやりと肝を縮めた。質問されて答えるならまだしも、こちらから話しかけることはなかろうに。

憲兵は立ち止まった。髯面《ひげづら》の曹長が「何か」と訊き返した。

「つまらないことでしょうけれど」

「つまらんことなら訊くな」

と、もうひとりの伍長が笑った。なるほど、と正太は得心した。先手を打ったのだ。

「新京に赴任している父を訪ねるところなのですが、僕も弟も、特急あじあ号に乗れると勇んでいたのです。ところが、まだ走っていないという話で、がっかりしました」

時速百三十キロを誇る夢の超特急が、来年の秋に登場するということくらいは正太も知っている。

髯面を綻《ほころ》ばせて曹長が答えた。

「勉強ばかりしておって、新聞ぐらいは読まなければいかんぞ。特急あじあが満鉄を走るのは、まだ先だ」

「先って、いつでしょうか」

「来年の秋と聞いているが、俺は約束はせんよ。ところで、君たちは兄弟かね。それにしては顔が似とらんし、身なりもちぐはぐだな」

さほど疑っているふうはなかった。職務上の質問というところなのだろう。用もないのに通りすがりの小僧をからかう、交番の巡査みたいなものだと正太は思った。

「事情を言わなければいけませんか」

いったい何を言い出すのか。狸寝入りを決めながら、正太の心臓は高鳴った。

「母がちがうのです。東京の住いも別なのですが、父と縁の薄い弟が不憫でならず、一緒に連れてきました。これでよろしいですか。何かお疑いなら、こと細かにお話しします」

何としまいには、涙声になった。きっと眦《まなじり》を決して、憲兵を睨《にら》みつけているのだろう。

「いや、それには及ばない。府立一中の生徒さんだね。末は博士か大臣か。するとお父上は満洲国のお役人かな」

曹長はもう疑っているのではなく、気まずい間を繕《つくろ》っているように思えた。勝負はついている。だが驚いたことに、中学生はとどめを刺すように答えた。

「いえ、軍人です。新京の軍司令部に勤務しています」

正太はたまらずに、大あくびをしながら目を開けた。この年齢の倅がいて、関東軍司令部に勤務しているなら、大佐か中佐の参謀殿、へたをすれば何々閣下と呼ばれる将軍かもしれない。

「そうか、それはご無礼。士官学校の受験はこれからかね」

「いえ。僕は父の言いなりにはなりません」

きっぱりと言った。

「失敬をした。満洲は冷えるから、風邪をひかぬようになさい」

曹長はかかわりを避けるように立ち去った。齢のころからすると、自分たちぐらいの倅がいるのかもしれなかった。

若い伍長は軽く敬礼をした。「ごくろうさまです」と、中学生は教練の手本のような敬礼を返した。

憲兵たちが扉の向こうに消えると、二人は同時に息をついて座席に沈みこんだ。

「おい。ワケアリのワケを聞いてやろうか」

学帽を阿弥陀《あみだ》に冠り、襟《えり》のホックをはずして、中学生は打って変わった伝法な口調で言った。

「ワケなんざ、ないやい」

正太は顔をそむけた。列車は昏《く》れなずむ雪原のただなかを走っていた。手袋で窓の滴を拭うと、ガラスの中に帽子の白線が浮かび上がった。眉が太くて鼻筋の通った、大人びた顔だった。

「あんたのほうがワケアリじゃあねえんか」

きっと不良中学生なのだろう。このごろは新宿や浅草の盛り場にたむろする不良少年団が、世間の話題になっていた。そうした連中の少なからずは、中学校や女学校に通う坊っちゃん嬢ちゃんであるらしい。

「おめえ、家出かい」

「あんたもどうせ似たものだろ」

だが、こいつの機転で救われたのはたしかなのだ。一人旅ならあれこれ訊かれたはずだった。もしかしたら、お店の売上金をかっぱらって逃げた小僧の手配書が、憲兵隊にまで回っているかもしれなかった。

兄弟ということにすれば、それだけでも怪しまれない。ましてや中学生の腹の据わりようは、いくつか年かさであるにせよ、正太の比ではなかった。

「あんたのおとっつぁんは、関東軍の将校なんか」

ハハッ、と中学生は笑った。

「あいにく、赤坂区役所の小役人だ」

「エッ。そんじゃ、口から出まかせなんか」

「知ってっか。嘘はデカいほどバレにくいんだぜ」

「府立一中、ってえのは」

「ああ、そりゃァ本当《マブ》だ。もっとも、行方知れずじゃあ、近々退校処分だろうが」

「もったいねえよ」

正太は心からそう言った。村でもこの下はないほどの貧乏人で、中学校どころか高等小学校に進むこともできなかった。

「まあ、家出のワケなんざ、他人が聞いても始まらねえな。俺は田宮修《たみやおさむ》。本名だぜ。

おめえは」

いきなり名乗られた。まるで腹に匕首《あいくち》を突きつけられたような気がして、正太は迷わずに答えた。

「木築正太。なあ、にいさん。学校は辞めねえほうがいいよ。もったいねえって」

「ほう。にいさん、ときやがったか。だがよ、正太。俺ァ、他人の説教が大嫌《でえきれ》えなんだ。二度は言うなよ」

轍《わだち》の響きが胸に応えた。真正直に人と話したのは久しぶりだった。少くとも、計画を練り始めてからの何ヵ月かは、口にも心にも閂《かんぬき》をかけていた。

満洲の大地は、これまでの不幸をすべて、ちゃらくらにしてくれると思う。だが、そのかわりにすべてを捨ててきてしまった。

「おいおい、何も泣くこたァねえだろ。勘弁してくれ」

正太はしゃくり上げながら毒を吐いた。

「おいら、とんでもねえことをしちまった。こうなったら、馬賊にでもなって一旗上げてやる」

「馬賊だと？　ずいぶん古臭《ふるくせ》えことを言いやがる。馬占山《ばせんざん》ごっこの続きかい」

満洲には立派な国ができたのだから、もう馬賊などはいないのかもしれない。

神出鬼没の馬占山は、子供らの英雄だった。昼休みも放課後も、遊びといえば決まって「馬占山ごっこ」だった。

かくれんぼと鬼ごっこを合わせたような遊びである。子供らは「馬賊」と「討伐隊」に分かれて戦争をするのだが、馬賊のうちの誰が頭目の馬占山なのか、討伐隊の子供らは知らない。影武者でも替え玉でもない馬占山が捕まれば馬賊の負け、隊長が戦死すれば討伐隊の負けである。

教師がいくら禁止しても、馬占山ごっこは絶えることがなかった。何べん戦死しても甦り、たびたび逮捕されてもまたどこかに姿を現す馬占山は、大人たちの酒の肴《さかな》になっているのだから仕方なかった。

匪賊といえば日本軍の敵だが、馬賊と呼べば何やら弱きを扶《たす》け強きを挫《くじ》く、正義の味方のように思えた。そのふたつが同じものだと教師に言われても、子供らは納得しなかった。

いつしか雪は已《や》み、見渡す限りの雪原を銀色の月が照らしていた。藍色の空の彼方には遥かな山なみも見えた。

正太はホームスパンの袖で瞼を拭い、夢を横取りしてしまった番頭さんの十八番《おはこ》を口ずさんだ。

俺も行くから君も行け
狭い日本にゃ住み飽いた
海の彼方にゃ支那がある
支那にゃ四億の民が待つ

田宮修も小さく声を揃えた。

俺には父も母もなく
生まれ故郷にゃ家もなし
慣れに慣れたる山あれど
別れを惜しむ者もなし

物悲しい旋律だけれど、この歌を唄うと勇気が湧《わ》く。じっとしているだけでは何も変わらないのだと、「馬賊の歌」は正太を励ましてくれた。

昨日は東　今日は西
流れ流れし浮草の
果てしなき野に唯《ただ》独り
月を仰いだ草枕

国を出るときゃ玉の肌
今じゃ槍傷刀傷
これぞ誠の男児《おのこ》じゃと
微笑む顔に針の髭

ひとくさり唄いおえると、田宮は正太の肩を拳固で叩きながら言った。

「二度と泣くなよ。顔を洗ってこい」

いくら悔やんでも嘆いても、もう引き返すことはできない。流されてゆく体を、田宮修が摑まえてくれたような気がした。

正太は洗面所に立った。用を足し、温かい湯を坊主頭から浴びせかけて顔を洗った。鏡に映った顔をあれこれひしゃげて、大人びた表情を繕《つくろ》った。これでいい。

あいつはきっと、不良少年団のボスか何かで、地回りのやくざ者と刃傷沙汰でも起こしてずらかったのだろう。ならば相身たがいで、うまくやっていけるかもしれない。

洗面所を出て、ガラス越しに二等車を覗いた。一組の夫婦づれがいるきりだった。亭主は白い被いを掛けた座席に沈みこんで寝ており、女房はぼんやりと窓を見つめていた。めっぽうな美人だった。

視線を感じたのか、女は細い首をからくりのように巡らせて、扉のガラス越しに正太を睨みつけた。それでもやはりぼんやりと目が泳いでいるように見えるのは、近眼なのかもしれなかった。

それとも、ワケアリか。

四十七

「ねえ、ヒロちゃん。起きて」

池上美子《いけがみよしこ》は眠りこける男の肩を揺すった。

ワッと大げさな声を上げて、瀬川啓之《せがわひろゆき》がはね起きた。頭もいいし見映えもするが、思いのほか気の小さい男だった。

「刑事じゃないかしらん」

「ちがいますね。まだ子供ですよ」

「ああ、そう。よかった」

美子はモヘアの襟巻の中で息をついた。メガネをかけなければ、一間先も殆《あやう》い近眼である。写真のほとんどもその顔だから、素顔が一番の変装だった。

メガネをかけずに写っている写真といえば、よほど子供のころか、祝言の席での幾葉しかないと思う。それらにしても、実家が子供の時分の写真を警察に渡すとは思われないし、文金高島田の女房を世間の目に晒《さら》すほど、夫も恥知らずではあるまい。

「三等車の客が覗きにきただけですよ。釜山から二十何時間も乗っていれば、子供は退屈します」

二等車の料金は三等車のおよそ二倍である。美子はその上の一等車に乗りたかったのだが、かえって目立つからと瀬川に反対された。

「新京までどれくらいかしら」

「まだ四時間以上はかかりますね。少しお休みになったほうがいい」

そう言うのなら肩ぐらい貸してくれてもよさそうなものだが、頬を寄せれば身を躱《かわ》すし、手を握ろうとすればたちまち振りほどかれる。いったいこの人はどこまで本気なのだろうと、美子は疑い始めていた。

臆病ならば仕方ないが、だったら他人行儀な言葉遣いのほうがずっと危ないとも思う。美子にたしなめられて、「奥さん」という呼び方をようやくやめたのは、関釜連絡船の中だった。だが、いまだに名前は呼んでくれない。

「さっき憲兵がやってきたときは、これでおしまいだと思いましたよ」

美子はビロードのスカートの脚を組み替えて、瀬川に胸を寄せた。釜山での列車の待ち時間に、洋品店で暖かな服を買い揃えた。あらかたは気に入っているが、羊の毛皮の付いたロシア製のロング・ブーツは失敗だった。新京には日本の百貨店が出ているだろうか。

「私は何とも思わなかったわ。憲兵の領分じゃないでしょうに」

「脱走兵みたいなものでしょう」

「駆け落ちが？　――冗談はやめてよ、ヒロちゃん」

瀬川は嫌な顔をした。「駆け落ち」という露骨な言葉が身に応えたようだった。

だったら、ほかの何だっていうのよ。絵に描いたような駆け落ちじゃないの。

「ねえ、ヒロちゃん。あなた、捕まるのがそんなに怖いの」

「怖くないんですか」

「ちっとも。あんな男の奴隷になっているくらいだったら、監獄の中のほうがよっぽどましよ」

言い方が悪かった。瀬川は疑わしげな流し目を送って、「そういうことなのですか」と溜息まじりに言った。

「あ、誤解しないでね。ヒロちゃんを利用したわけじゃないのよ。そんなエゴは、これっぽっちもないの。信じて」

言葉に嘘はない。だが、心から愛したがゆえにこうなったのだと、断言する自信もなかった。

たとえば、この逃避行の相手が瀬川啓之でなくとも、かわりの誰かしらが同じ満鉄急行の座席に座っているような気がする。

そうした懐疑の壁につき当たるたび、美子は夫を憎悪した。あちらこちらに妾《めかけ》を囲って家には戻らず、たまに帰れば獣のように美子を抱いた。そんな暮らしが七年も続けば、たまたま相談相手になってくれた若い銀行員と、どうにかなってもふしぎはあるまい。

大学の法学部を出ている瀬川は、法律上の罪をよく知っていると思う。

私だってわかっているわよ、それくらい。でも納得できないことには、夫が妾を囲っても罪にはならない。何て都合のいい法律！

つまり、女房の浮気は必ず犯罪になるのだが、美子がそれほど怖がらぬ理由はあった。

姦通は親告罪なのである。しかも夫が告訴をするためには、前もって離婚をするか、離婚訴訟を提起したあとでなければならない。そして夫が一代で事業を成功させたのは、美子の父が出資をしたからであり、その分の株は遺言によって美子が相続していた。

第一、表沙汰にできる話ではあるまい。夫の経営する運送会社は、百台を越す自動車を持っていて、役所や代議士の御用も承っている。醜聞は致命傷になりかねない。

そのあたりの事情は、瀬川にも説明してあった。だから大丈夫だと言い切れる話ではないのだが、二人の関係が露見したとたんに、駆け落ちという壮挙に出る動力にはなったはずだった。

瀬川は独身であり、美子に子供はなく、夫はどちらを問い質《ただ》すより先に、昵懇《じっこん》の仲である銀行の頭取に事情を打ちあけたのだった。

たまにしか家に帰らぬわりには、夫がこのごろ妙な勘繰りをしていることには気付いていた。だが、まさかそんな手を使うとは思ってもいなかった。おそらく、ことを表沙汰にせぬまま、女房の浮気相手をどこか遠くの支店に追いやるつもりだったのだろう。

瀬川が頭取に呼び出されたその日のうちに、二人は後先かまわず駆け落ちをした。

背もたれに沈んだまま、瀬川は月明りに青ざめた大雪原を眺めていた。夜の鏡の奥の、美子を見つめているようにも思えた。

自分の心はよくわからないが、男に愛されている自信はあった。齢は二つ下でも、学問を修め世間の水を飲んでいる分だけ、瀬川はこの現実を怖れているのだ。だから道行きの日を追うごとに、その心は放たれるのではなく、塞いでいった。

車窓には細密な氷の紋様が、みっしりと点描されている。外は零下二十度か三十度の寒さなのだろう。

「ねえ、美子さん」

初めて名前を呼ばれて、美子は耳を疑った。

「なあに」

「ずっと考えていたことを、聞いてもらえますか」

「もしかして、プロポーズかしら」

　窓の中で、瀬川は冷ややかな笑い方をした。

「離婚ができないのに、結婚もないものでしょう。手順をたがえたな、と思っていたんです。美子さんから離婚訴訟を起こすのが先でした」

「あの人が承知するはずはないわ」

「協議ですよ。まったく話にならんというのでしたら、あなたが家を出て、婚姻の事実そのものを解消すればよかった。長期間の別居中に僕との交際が発覚しても、婚姻の実態がなければ、判例上はたぶん姦通罪が成立しません。そうなるともう、先方も離婚しかないでしょう」

「今さら遅いわよ。だったらどうしてもっと早くに、そう言ってくれなかったの」

　瀬川は押し黙った。法律を勉強した人なのだから、気付かなかったはずはない。まさか美子から粉をかけたわけでもなく、むしろ瀬川のほうが積極的だったと思う。

「冷静さを欠いていました」

　雪原を見つめながら、瀬川は言った。嬉しい言葉だった。莨《タバコ》の匂いのしみこんだ背広の胸に溺れて、鼓動を聞きたいと思った。

「過ぎたことをあれこれ言っても始まりませんね。ずっと考えていたのは、これからのことです」

美子は身を起こして耳を澄ました。瀬川の声がいっそう低くなった。

「満洲国には、国籍法がないんです。たぶんあなたは、よその国に行けば夫婦になれると考えているのでしょうが、国籍の取得ができない限り、僕らは日本人であり続けます。満洲に骨を埋ずめる気概の開拓団だって、国籍法のない限り満洲国民ではなく、日本国民なんですよ。それがどういうことかわかりますか」

わからない。美子は顎を振った。瀬川はたぶん、怖いことを言おうとしている。

「いいですか。たしかに満洲国は主権国家で、日本の友邦ではあっても、けっして属国ではありません。しかし、国籍法がない限り僕らにとっては、外国でも自由の新天地でもないんです。満洲に住む日本人には、あまねく日本の法律が適用されます。警察権も事実上は日本が掌握しています」

美子は瀬川の声を遮った。

「だから、あの人は表沙汰にしないって言ってるでしょうに。いえ、そんなことどうだっていいわ。当分の間は遊んで暮らせるくらいのお金はあります。あなたに不自由はさせないわ。それとも、もしやあなた、満洲まで私を捨てにきたの」

そうじゃない、と瀬川はいちど瞼をとざして首を振った。

「表沙汰にはしないと言っても、女房に駆け落ちされて知らんぷりはできません。男にとって、体面と嫉妬は別物ですよ。ご主人は力を持っているから、さまざまの手を使うことができます」

「探せやしないわ。ここは満洲よ」

「逃げたですむ話じゃありません。知らんぷりができるのはせいぜい半年か一年、その先は別物だった嫉妬と体面が、一緒くたになります。そこで、どういう手が使えるか、考えてみたんですがね。ご主人はおそらく、陸軍のお偉方にも知った人がいるでしょう」

　美子は震え上がった。話の先が読めた。夫の会社は陸軍省の御用も承っている。

「そう。僕に召集令状を出せばいいんですよ。本籍地でも所在がわからず、行方不明ならば徴兵忌避のお尋ね者です。憲兵隊は警察ほど甘くはないですよ」

「捕まったら、どうなるのかしら」

「たしか戦時下では二年以下の禁錮だったと思います。兵役期間より短かかったら、理屈に合いませんからね。その手を打たれたら、僕らの負けです」

　自分で探す手間を、陸軍に代行させるのだ。事情は表沙汰にならず、美子は連れ戻される。いや、徴兵忌避の共犯者として逮捕されるかもしれない。

「徴兵忌避者の捜索は、内地よりずっと厳しいと思いますよ。政府は満洲への産業の扶植を奨励し、移民政策を推し進めていますが、軍としてはそれらを徴兵忌避の隠れ蓑《みの》にさせてはなりませんからね。満洲国に国籍法がないのも、きっと軍の意向でしょう。満洲に渡っても、日本国民であり続ける限りは、兵役の義務がついて回ります」

そんなことを考えながら、瀬川は次第に塞いでいったのだと美子は知った。この満鉄急行は自由をめざして走っているのではなく、夫と軍の仕掛けた罠に向かっているのだろうか。

徴兵忌避は姦通よりもずっと罪が重く、捜索も厳しいにちがいない。夫は必ずその手を使うと美子は思った。

「ロンドンにでもパリにでも逃げればいいわ」

エッ、と瀬川は振り返った。

「亡命ですよ。現実味に欠けます」

やってできないことではないと思う。この線路はシベリア鉄道に繋がっている。とりあえずは新京に落ち着いて、方法を探ってみよう。現実味に欠けると瀬川は言うが、これが現実なのだ。

「おなかがすいたわね」

「食堂車に行きましょうか」

「人目があるわ。一等車に移りましょう。スープとサンドウィッチぐらいはあるはずよ」

「僕はまだ、一等車に乗ったためしがありません」

そう言いながらも、瀬川は何やら浮き立つように、網棚の上から旅行鞄を下ろした。現実を前にして肚を括ったのか、聞きようによっては「今生のなごりに」とでもいうふうだった。

五円の差額運賃は思いのほか安かった。車掌は顔を綻《ほころ》ばせて荷物を持ってくれた。いったいに、満鉄の駅員や車掌は、内地の省線に比べて権高なところがない。国際列車としてのサーヴィスを心がけているのだろうか、男たちの笑顔は居心地がよかった。

一等車の入口には、奉天から乗りこんできた二人の憲兵が立っていた。

「二等車からお乗り換えです」と車掌が言うと、憲兵たちは疑うふうもなく、金細工を施した扉を開けてくれた。

奥まった展望室には、上等の支那服を着た老人がソファに腰を下ろして、莨《タバコ》を吹かしていた。照明は二等車より明るく、壁回りには優雅なグローブが並んでいた。

「あちらは、満洲国参議の袁金鎧《えんきんがい》閣下でございます。ただいまご同席の了解をたまわりますので、少々お待ち下さい」

車掌が小声で告げた。

要人の向かいに座っているのは、秘書官か護衛だろう。ほかに客の姿はない。たぶん日本軍の憲兵も身辺警護のために同乗しているのだと思う。そうした任務があるのなら、女連れの乗客を疑わないのは当然だった。

車掌が耳打ちをすると、老人は如才《じょさい》ない笑顔を二人に向けて、「好《ハオ》」と手を上げた。会釈を返してから、二人は邪魔にならぬ距離を取って、柔らかなソファに腰を下ろした。

ロシア人のウェイトレスがメニューを持ってきた。ポタージュ・スープにサンドウィッチ。「どうぞごゆっくり」と、人形のように愛らしいウェイトレスは、流暢な日本語で言った。

「ねえ、美子さん。さっきの話だけど、現実味はあるかもしれない」

美子はメガネをはずして、ハンドバッグの中に収った。もう何も怖れはしない。でも、一等車の大きな窓に流れてゆく雪景色も、車内の輝かしい光景も、薄ぼんやりとしているほうがロマンチックだった。

「そう。現実なのよ、ヒロちゃん」

苦悩する恋人の表情がつらくなって、美子は展望室に目を向けた。

曖昧《あいまい》な視野の中の満洲国参議が、なぜか場ちがいのソファに座らされてしまった、貧乏で無欲な、市井《しせい》の老人に見えた。

四十八

人生は思いがけなく転んでゆく。望みもしない方向へと。

有為転変の運命と思えば仕方ないが、せめて止まってほしい。算《かぞ》え六十四にもなって転がり続けるのはつらい。

会話がとぎれたのをしおに、袁金鎧《ユアンチンカイ》は一等展望車のソファに沈みこんだ。奉天《フォンテイエン》から新京《シンジン》までは四時間あまり、まだ一眠りする余裕はある。

新京はめざましい勢いで国都の体裁を整えたが、人口はいまだ十万余に過ぎず、寥々《りょうりょう》たる観を禁じえない。一方、奉天は歴史ある大都市で、産業経済の中心地であることに揺るぎはなかった。

昨夜は商工会の宴席に招かれた。主賓に指名されれば断るわけにもゆかぬ。祝辞はお手のものだが、ばんたびの祝儀は痛い。ほかにも、やれ葬式だ結婚式だ誕生祝だと、旧知の義理事はあらまし奉天《フォンティエン》で催されるのだから忙しい。

来年の秋には、時速百三十キロを誇る高速列車が走る。そうとなれば、何でもかんでも日帰りという話になって体が保《も》つまい。

満洲国参議府参議。この肩書がどうにも厄介だ。何でも立法府の設置が間に合わないので、とりあえず参議府なるものを設けたらしい。しかし字面が偉そうな割にはこれと言った仕事もなく、特段の権力もない。その曖昧な立場がまた、義理事の主賓にはうってつけなのである。

現在の参議府議長は「好大人《ハオダアレン》」こと張景恵《チャンチンホイ》。副議長は「大麻子《あばたづら》」こと張海鵬《チャンハイポン》。六人の参議は、漢族、蒙古族、日本人が二人ずつを占める。もっとも、参議たちが何を諮《はか》ろうが、結局は関東軍司令官の一声ですべてが決まってしまうのだから、その存在価値はない。

こんなはずではなかった、と袁金鎧《ユアンチンカイ》は思った。人生はまったく思いもよらぬ方向に転がって、とうとう満洲国というわけのわからぬ国家の、名ばかりの重鎮に祀《まつ》り上げられてしまった。

ここは中国ではない。むろん日本であるはずもない。だが、国家元首はかつての中華皇帝であり、国民のほとんどは中国人であるのに、政策は日本人が決定している。まるでわからぬ。

たとえばこの列車にしても、袁金鎧が生まれ育った東北の大地に、日本の線路が敷かれている。車掌は南満洲鉄道の日本人職員で、ウェイトレスは白系ロシア人、乗客は中国人。今しがた二等車から移ってきた二人連れは、日本から逃げてきた駆け落ちの男女、というところか。いよいよわけがわからぬ。この一場面が映画か舞台であったとしたら、相当に無理な説明を要するであろう。つまり、不自然なのである。

では、どうして自分がその不自然な場面の登場人物になってしまったのだろうと、袁金鎧は考え始めた。

ふつう思慮深い人物はそれなりに見えるものだが、彼に限ってはあれこれ思い悩む癖があるのに風格を欠く。満洲国参議というたいそうな肩書のわりには大物感がなく、そんな言葉はないであろうがあえて評するなら、小物感が漂っている。

そうした印象はひとえに、正体のない蝙蝠《こうもり》の性《さが》ゆえであった。時に応じて鳥にも獣にもなることができる。しかし主義主張がない分だけ敵も作らないから、調整役には適していた。泰平の世には箸にも棒にもかからぬ人格であろうに、乱世の申し子として誕生した満洲国にとって、彼はまこと余人をもって代えがたい人材と言えた。

夜汽車の窓を、涯《は》てなき雪原が過ぎてゆく。なかなか眠けが兆《きざ》さずにぼんやりと眺めているうち、その風景が真白な紙に見えてきた。

いまだしばしば夢に見る、科挙試験の答案用紙である。出題に即した政策論を考えあぐね、いつまでたっても書き始められぬ。時間ばかりがいたずらに過ぎてゆき、答案用紙は際限なく拡大され、しまいには小さなおのれが、白紙の上になすすべもなく座っているような気がしてくる。

袁金鎧《ユアンチンカイ》の生家は遼陽県半拉山《バンラーシャン》の素封家で、漢軍八旗に属する名門であった。よって物心ついたころから、科挙をめざすべく十分な教育を施されたのだが、いかんせん能力を欠いていた。なおかつ努力も欠いていた。

それでも長い時間をかけていくつもの試験を突破し、「秀才」という学位を持つ県学の生員となった。しかし、続く郷試《きょうし》には落ち続け、三十代なかばでついに時間切れとなった。

科挙に年齢の上限はない。では何が「時間切れ」であったかというと、西暦一九〇五年すなわち光緒三十一年乙巳《きのとみ》の年に、あろうことか科挙制度そのものが廃止されたのである。

遥か隋代より千三百年余も続いた科挙が、突然なくなった。試験の各段階にあった幾十万とも知れぬ受験生にとって、それほど酷《むご》い話はなかった。

もっとも、実力の限界を知っていた袁金鎧にとっては、さほどの衝撃ではなかった。それどころか、このさきも知れ切っていた落第を二度とせずにすむと思えば、縛《いまし》めから解き放たれた気分であった。

真白な雪原は続く。白紙の答案用紙をいまだ夢に見るほどの苛酷な前半生であった。

むろん、科挙廃止の報に接したときは、快哉《かいさい》を叫びたい気持ちを忍んで、人並に嘆くふりをした。少くとも残念無念という顔をしなければ、多少の希望を抱いていた親や縁者に対して格好がつかなかった。次の郷試はまちがいなかったのに、などとありえぬことを言いながら、袁金鎧は迫真の嘘泣きをしたものであった。

中途半端な学位のまま、袁金鎧は東三省総督府の小役人に甘んじるほかはなくなった。ところが、夢も希望もないはずの人生は、あらぬ方向へと転がり始めたのである。

折しも東北では、斜陽の清王朝と革命派と、馬賊から抬頭した張作霖《チヤンヅオリン》が睨み合っていた。清国の小役人であった袁金鎧は、持ち前の調整能力を発揮して、東三省総督趙《チヤオ》爾巽《ルシユン》と張作霖の仲を取り持った。

どさくさまぎれに一生食うに困らぬ金はかき集めたし、それを元手に小商いでも始めるつもりだった。

革命ののちは天津《テイエンジン》に閑居していた趙爾巽《チャオルシュン》から、思いがけずお呼びがかかった。

有為の遺臣が集うて先朝の歴史を編むは、本邦のうるわしき伝統である。しかるに、共和政体たる民国は、その事業の後世に資するの要を認めず、今や老生が奮起して祖業を継がねばならぬ。されば潔珊《ジエシャン》よ、予と案《つくえ》を並べて蛍雪を灯《ともり》とし、清史の稿をともに起こしてはくれぬか。世に穎才《えいさい》はあまたあれども、老生の恃《たの》みとする碩学《せきがく》は、潔珊よ、汝をおいてほかにはいない――。

雪原は趙爾巽の白髯《はくぜん》を思い起こさせた。曰《いわ》く、「有為の遺臣」。曰く「祖業」「穎才」「碩学」。儒者の八股文をそっくり声にしたようなその物言いは、袁金鎧《ユアンチンカイ》を奮い立たせる、というより、その気にさせる言葉に埋めつくされていた。

早い話が、手玉に取られたのである。うっかりその気になった袁金鎧は、せっかく貯《たくわ》えた私財を抛《なげう》って本物の碩学どもに給料を払い、先朝の歴史編纂事業の出資者となった。

全五百三十六巻の膨大な史書が一応の完成を見たのは数年前である。趙爾巽はそれを見届けてまもなく八十三歳の天寿を全うし、袁金鎧は無一文になった。

それで終わればまだよかったのだ。少くとも落第生の劣等感からは免れ、清貧の学者として穏やかな余生を送ることができたはずだった。

はたがどう考えようが、袁金鎧には野心などなかった。「奉天地方維持委員会」なる組織の主宰者に祀り上げられたのも、特段の信念があったからではない。関東軍の意向に逆らう度胸がなかったのである。

それでも、けっして怠け者ではない袁金鎧は、まめまめしく働いて東三省の治安維持に努めた。そうこうするうちに、またぞろ話が思いがけなく転がった。

ある日、張作霖《チャンヅオリン》政権の大立者であった張景恵《チャンチンホイ》から、ふいに話を持ちかけられたのである。

なあ、潔珊よ。わしらももう若くはないし、生まれ故郷の東北をどうにかしなければならんな。民国は関内の統一だけで精一杯、かと言って日本が支配をする大義はない。自治をしようにも柱となる人物は見当たらぬ。そこで、宣統《シュアントン》皇帝をお迎えして新しい国を造ろうと思う。三千万人の東北人民を飢えさせぬためにはそれしかないし、また亡き総攬把《ツオンランパ》の遺志にもかなうだろう。どうかね、潔珊。先朝の遺臣のひとりとして、張作霖の衣鉢を継ぐ壮士《チヨアンシ》のひとりとして、一肌脱いではくれまいか――。

読み書きも満足にはできぬ馬賊上がりの張景恵は、しかし説得術の達人だった。張作霖が東三省の支配者になりえた背景には、彼に無益な戦をさせなかったこの二当家《アルタンジア》の力があった。

蝙蝠の性である袁金鎧は、そもそも他人の説得に弱い。かつて趙爾巽《チャオルシュン》に丸めこまれた経験から、「またかよ」と思いもしたが、張景恵《チャンチンホイ》の説得に抗するすべはなかった。

今の自分には取られて困るような財産はない。そして、この重大機密を知ってしまったからには、返答次第で命を取られるかもしれなかった。

「好大人《ハオダアレン》」という彼の通り名は、けっして文字通りの好々爺ではなかった。「好好《ハオハオ》」とほほえみながら平気で人を殺す「好大人」だった。

暗い車窓の向こうを、雪原が流れ去ってゆく。どうしてこんなことになってしまったのだろうと、袁金鎧《ユアンチンカイ》は悔いた。

名前負けかも知れぬ、と思う。金の鎧などと、まるで大将軍のようではないか。字面を見た限りでは、ほとんどの人が容貌魁偉《ようぼうかいい》な傑物を想像するであろう。

また、かの袁世凱《ユアンシイカイ》と似た名前というのも、けっしていいことではなかった。民国を私《わたくし》し、皇帝になりそこねたあげくに憤死した袁世凱には、悪者の評価が定まっている。「凱《カイ》」と「鎧《カイ》」はまったく同じ発音であるから、親類だと思われても仕方なかった。

面と向かってそう訊ねてくれるのなら否定できる。しかし少なからずが、訊きもせずに決めつけているような気がする。袁世凱は袁金鎧にとって、まこと迷惑な他人であった。

こうして袁金鎧は、逃げも隠れもできぬまま満洲国の要人となった。張景恵は「しかるべき地位」を約束してくれた。そして、すこぶる自己評価の甘い袁金鎧は、その「相当的地位《シアンダンダテイウエイ》」を「閣僚」か「省長」だろうと考えた。

大臣ならば賄賂には事欠かぬ。省長ならば税収の何割かは懐に入る。この場で命を取られるか、それとも大金持ちになるかという選択に、迷う余地はなかったのである。

しかるに、袁金鎧の思惑ははずれた。彼に用意されていたのは、何の旨味も実権もない「参議府参議」という役職であった。

どうやら性急な建国のために、片ッ端から人材をかき集めたらしい。その資格はおおむね、「先朝の遺臣」もしくは「旧東北政権下の軍人か官僚」である。つまり、東三省総督府の小役人から張作霖《チャンヅオリン》政権に居流れた袁金鎧は、その双方の条件を満たしていたことになる。

だが、閣僚や省長に抜擢するほどの貫禄ではないから、とりあえず参議に列しておこういう話になったのであろう。

こうして袁金鎧《ユアンチンカイ》は「しかるべき地位」に物を言わせて、役人たちの悶《も》め事を仲裁し、またしばしば奉天《フォンテイエン》に出向いて義理事を果たすという、何の役得もない務めに精を出すはめになった。

少くとも、こんなはずではなかった。何もかも思うようにならずに転がり続けたあげくが、このざまだ。

そして、最も得心ゆかぬことは、建国後一年と十ヵ月も経とうというのに、いまだこの満洲国が、独立不羈《ふき》の主権国家だとは思えないのである。

何もかも、不自然すぎる。

「眠れぬようだね、潔珊《ジエシャン》。だったら僕と、ウオッカでも飲《や》ろうじゃないか」

たとえば、目の前のこの人物。不自然もここまで徹底すれば、べつだん不快ではない。ああこういうものかと、妙に納得してしまう。

「さようですな。では、殿下のご相伴に与《あずか》りましょう」

袁金鎧はソファから身を起こした。

「おーい、ウオッカをふたつ。あちらのお客にもふるまってくれ」

指を鳴らしてロシア人のウェイトレスを呼び、「不自然」は注文をした。

この人物をまさか「殿下」などと呼びたくはないのだが、れっきとした愛新覚羅《アイシンギョロ》の眷族《けんぞく》なのだから仕方がない。

奉天駅で一等展望車に乗り合わせてしまったとき、袁金鎧はつくづくわが身の不運を嘆いたものであった。

「今はみながみな興奮していて、疲れていても眠れぬのは当然だよ。かくいう僕だって、この数日というもの満足に眠っちゃいない。やらねばならぬことはいくらでもあるし、それに――」

と、「不自然」はあたりに目配りをしてから、袁金鎧の顔を呼び寄せて囁いた。

「君も知っての通り、春にはいよいよ大清の復辟が成るんだ」

「很好《ヘンハオ》。喜ばしい限りですな。しかし殿下、それは国家の機密事項にござりますれば、公言はお控え下さりませ」

女が男のなりをする、というのはまあわからんでもない。日本ではそうした歌劇団が大人気だと聞いている。

しかしいくら何でも、軍服を着てのし歩くというのは度が過ぎていよう。それも仮装ではない。撫で肩の華奢《きやしや》な体に、たくさん詰め物をした満洲国軍の軍服には、陸軍上将の階級章が輝いており、身丈に合わせた短いサーベルを腰に吊っている。

女の声で男の言葉を使う。誰が見ても一目瞭然の変態なのだが、本人はまるで男になり切っていて、いささかも臆するところがない。しかもそれが愛新覚羅《アイシンギョロ》家の王女だというのだから、もしそういう言い方があるとするなら、「完璧な不自然」であった。

ウェイトレスがウオッカを運んできた。

「では、皇帝陛下の聖寿万歳と、袁金鎧《ユアンチンカイ》閣下のご健康を祝して、乾杯」

「いや、もったいない。皇帝陛下の聖寿万歳と、顕玗《シエンツ》殿下のご健康を祝して、乾杯」

火の酒を一息に呷ると、もうこうなったら矢でも鉄砲でも持ってこいというような、捨て鉢な気分になった。

常識だの非常識だの、自然だの不自然だのと、あれこれ考えるのはやめよう。これこそが満洲国なのだ。

ウオッカをふるまわれた日本人の女が、挨拶にやってきた。

「謝謝《シエシエ》。ありがとうございます」

日本語と中国語をないまぜにしてグラスを合わせ、女は一瞬まじまじと目を瞠ってから、何もそこまでというほど仰天した。

袁金鎧にはまったく理解できないのだが、殿下は今や日本中の人気者であるらしい。

日本語で殿下としばらく言葉をかわしたあと、女は袁金鎧に向かって深々と頭を下げた。

なかなかの美貌である。人妻の駆け落ち、という勝手な想像が、年甲斐もなく袁金鎧を興奮させた。

「何かお困りのことがあれば、私をお訪ねなさい。きっと力になりますよ」

そのままを殿下が通訳すると、女は名刺を胸に抱きしめて、またいくども頭を下げた。

想像は当たらずとも遠からずであろう。ご縁があればよい、と袁金鎧は思った。

「ところで、殿下。熱河《ルーホー》の情勢はいかがですかな」

「情勢も何も、張学良《チャンシュエリャン》の残党どもなど、わが熱河毅軍《きぐん》の敵ではないよ。あらまし片付いたから、僕も軍司令官のお役御免だ」

「それはそれは、たいそうなお手柄でしたな」

いいかげんな戦争もあったものである。むろん敵を長城の向こう側に追い落としたのは関東軍なのだろうが、この二十代なかばの「男装の麗人」に花を持たせ、「満洲のジャンヌ・ダルク」に仕立てた。

しかし、袁金鎧《ユアンチンカイ》の胸中は複雑である。その熱河毅軍とかいう軍隊と、かつての東北軍の残兵たちの、どちらが敵でどちらが味方なのかはわからなかった。

つまり、それもまた「不自然」の一諸相として、納得するほかはないのである。

「これからはどうなさるのですか」

「そうだね。皇后陛下は宮廷に出仕してほしいと仰せだが、今さら女官長でもあるまい」

「女官長ではなく、武官長のほうがお似合いでは」

一杯のウオッカがたちまち効いたのだろうか、殿下はソファに沈みこんで、展望車の窓に行き過ぎる雪原に目を向けた。

軍服の立襟から抜き出た、白い頸《くび》が哀しかった。

「満洲映画の女優にでもなるかな」

「女優、ですかね」

「うん」

わずかに顎《あご》を振って肯いた。できることならば、その肌に真珠の頸飾りをかけてさしあげたいと、袁金鎧は思った。

思いがけなく転げてゆくのは、自分ひとりではない。この人の転げように比べれば、自分の有為転変などはよほどましだ。

「潔珊《ジエシャン》。勝手を言ってすまないが、僕は少し眠るよ」

「どうぞ、御意のままに」

袁金鎧は膝掛けを拡げて、丸まった華奢な体に被《き》せた。

川島芳子《かわしまよしこ》こと愛新覚羅《アイシンギョロ》顕玗《シエンツ》は光緒三十三年、第十代粛《スー》親王善耆《シャンチー》の娘として北京の粛親王府に生まれた。

西太后《シータイホウ》と光緒帝が手を携えるように崩御する前年のことである。

粛親王家は太宗皇太極《ホアンタイジ》の長子豪格《ホーゲ》を始祖とし、それぞれに肇国《ちょうこく》の英雄たちの血脈を繋ぐ八大世襲王家の筆頭とされていた。

善耆は三十八人の子女に恵まれた。顕玗はその第十四王女である。快活で聡明なこの女子を、父はとりわけ愛した。

親日家であった善耆は、辛亥革命が起こると家族ともども旅順《りょじゅん》に逃れた。日本の租借地に匿《かくま》われたのである。そして清朝復辟をめざす宗社党の中心人物として活動を始めた。

しかし、日本の支援を得て東北を独立させようとする、いわゆる満蒙独立運動は二度にわたって挫折した。

その間、善耆《シャンチー》は八歳になる顯玗《シェンツ》を、川島浪速《なにわ》の養女とした。川島は清朝に雇用されて、警察学校たる北京警務学堂の学長を務めた日本人である。かねてより善耆とは親交が厚く、義兄弟の契りも結んでいた。辛亥革命に際して、粛《スー》親王一家を旅順に脱出させたのも彼であり、満蒙独立運動にもともに参画していた。

愛新覚羅《アイシンギョロ》顯玗は「川島芳子」という日本名を持った。東京赤羽の川島邸から小学校と女学校に通い、やがて川島の郷里である長野県松本に移って学業を続けた。

没落した王朝の眷族という立場からすると、ここまでの経緯はさほど不自然ではなく、むしろ人間的な義理と人情によって、芳子の人生は設えられていた。

しかし十五歳のときに実父の粛親王善耆が薨《こう》ずると、その人生は思わぬ方向に転がり始めた。

自殺未遂。断髪。女性との決別宣言。さまざまの奇行。

ヨーロッパから伝播《でんぱ》したダダイズムは、さまざまの表現を可能にしていたのだが、彼女はそうした社会風潮のシンボルとして注目された。

端正な容姿と貴顕の出自を合わせ持つ芳子は、新聞のゴシップ記事に採り上げられるや、たちまちレビューのトップスターのように、「男装の麗人」と呼ばれて持てはやされた。

饒舌で、筆まめで、活力に満ちていた。日本語も中国語も完璧だった。雑誌に寄稿してグラビアを飾り、ラジオにも出演した。彼女の行くところには常に、狂信的とも言えるファンがつきまとっていた。

日本という異国で育った貴人は、珍しがられるだけで満たされることのない自尊心を鬱屈させるあまり、異文化がせめぎ合わぬ流行の習俗に身を委《ゆだ》ねて、擬態したのだった。

あるいは、寄る辺ない王女が流れ着いた異国に、ダダイズムというおあつらえ向きの擬態の森があった。

しかし当然のことながら、正当な論理を欠く彼女の言動には虚実があった。そして自分自身でも判別できぬ虚偽と真実は、ひとくくりに「謎」という魅力に変えられて、本人すら与り知らぬあまたの伝説を生んだ。

芳子は蒙古貴族の甘珠爾《カンジュル》扎布《ジャップ》と結婚した。

この突然の変身もまた、多くの伝説を生んだ。しかし、式場が旅順のヤマトホテルで、媒酌人が関東軍参謀長であったのだから、実は伝説など入りこむすきまはなかった。

満蒙独立運動に敗れた貴族と、清朝の復辟を希《ねが》う王女の仲を、あくまで満蒙支配にこだわる日本軍が取り持ったのである。

かろうじて勝利した日露戦争以来、日本軍は北方のロシアを唯一最大の脅威としてきた。また、いつのころからか陸軍の内部には、まったく科学的根拠のない末法思想が蔓延していた。

大正の末から昭和の初頭にかけて、国民の誰も気付かぬまま、北方脅威論と末法思想とダダイズムは、奇妙かつ危険このうえない融合をした。

芳子と甘珠《カンジュル》爾扎布《ジャップ》の結婚は、巨《おお》きすぎて捉《とら》えがたいそうした現実と精神世界の有様を垣間見せた、象徴的な出来事であった。

芳子はほどなく婚家を出奔した。よほどの失態であろうに、夫は何の未練もなく離婚に同意した。

もとの自由奔放な生活に戻った芳子を、ファンたちは大歓迎した。男装の麗人が封建的な結婚を潔しとせずに、帰ってきたのである。芳子をヒロインとしたレビューがふたたび幕を開けた。

しかし、そのステージの最も熱心な観客は、ブロマイドを胸に抱いた少女たちではなかった。

芳子は特務機関の要望に応じた。清朝の復辟は亡き実父の悲願であり、なおかつ虚実の入り混じった人生の同一性は、そこにしか求められなかった。

類《たぐ》い稀《まれ》な容貌と持ち前の活力、そして日本語と中国語を完璧に使う能力は、あえて教育を施されるまでもない、天性の諜者《ちょうじゃ》であった。

数々の謀略に加担した。上海や天津の社交界の華として、貴重な情報を日本軍にもたらした。世界の目を満洲国からそらすために、上海事変の策動にも関与した。

「男装の麗人」は「東洋のマタ・ハリ」になった。

もっとも、秘密諜報員が美名を持つはずはない。芳子はむしろ、スパイとしてではなくプロパガンダに利用されたのである。

レビューの第一幕は、彼女の鬱屈した自尊心がたまさか世間の注目を浴びた、いわば世俗のヒロインとファンとの共同幻想にすぎなかった。

だが、この第二幕は明らかな現実だった。芳子は満洲国建国の広告塔となり、関東軍の暴走の結果を、あたかも壮挙であるかのように装うことに一役買った。

溥儀《プーイー》が天津を脱出したあと、取り残されて半狂乱となった婉容《ワンロン》を説得したのも、芳子の手柄だった。つかのま粛《スー》親王家の王女に返って、手のつけられない阿片中毒の皇后を宥《なだ》めすかし、湯崗子《タンガンヅ》温泉に滞留する溥儀のもとへと送り届けた。

そして満洲国が成立して二年後の来春には、共和政体が帝政に移行する。大清の復辟である。あろうことか満洲国軍の上将に祀り上げられた芳子は、得意の絶頂にあった。

誰かがまたひとつ、彼女にふさわしい名前を奉った。

「満洲のジャンヌ・ダルク」。華やかなレビューの第三幕が、上がろうとしている。

寝顔を見ながらウオッカを過ごしているうちに、袁金鎧《ユアンチンカイ》は胸苦しさを覚えた。

先年嫁に出した末の娘と、同じ年頃であろうか。やんごとなき生まれ育ちであろうに、いったいどれほどの嵐に晒されたのかと、柄にもない親心を抱いたのだった。

人間は苦労をすればよいというものではない。きちんと身につく苦労もあれば、心も体も捻《ね》じ曲げてしまう苦労もある。とりわけ女は、苦労など何ひとつしないほうがいい。家事をそつなくこなし、舅《しゅうと》に仕え、笑顔を絶やさぬ躾《しつけ》さえできていれば、幸せになれる。

こんなに小さな体で、なぜこれほど虚勢を張るのだろう。器量もよいのだし、男のなりなどしなくてもできることは、いくらでもあろうに。

軍服の胸を庇《かば》うようにして、軍帽を抱く寝姿が痛ましかった。たとえ子供が見ても、けっして男ではない。

耳の上まで刈り上げられた断髪は、ポマードで撫《な》でつけられている。むろん化粧気は何もないが、肌は白磁のようだった。

袁金鎧は思わず手を伸ばして、断髪の頭を撫でた。無礼も何も考えずに、父の心になってしまった。

ほんの一瞬、殿下は身を強ばらせて薄目を開けたが、じきに力が抜けてふたたび眠りに落ちたようだった。

縁《えにし》の薄い父の夢を見ていてくれればいい、と思った。そう思ったとたん、袁金鎧の胸は潰れてしまった。その胸からしみ出るように、老いたまなこから涙がこぼれた。

過ぎゆく雪原を、銀色の月が照らしていた。民家の影もない曠野《あれの》である。列車に乗っているのではなく、涯てなき満洲の大地を雪にまみれて、いずくかへと転げてゆくような気がした。

自分もいくらか酒が回ったようだが、眠くはなかった。厠《かわや》に行って顔でも洗ってこようと、袁金鎧は席を立った。

何やらわけのありそうな日本人の男女は、ぐっすりと眠っている。女は男の胸にしなだれかかり、男は顔のなかばを襟巻で隠していた。

妙齢の色香にほだされて、軽口を叩き、名刺まで渡してしまったことを袁金鎧《ユアンチンカイ》は後悔した。もし訪ねてきたならば、けっして惑わされずに知らんぷりを決めてやろう。金細工を施したドアを開けると、デッキに護衛の姿はなかった。きっと二等車で寝ているのだろう。参議府参議という肩書はたいそうなものだが、まさか命を狙われるほどの大物ではないと、日本軍の憲兵でも知っているのだと思った。

用を足したあと、熱い湯で顔を洗った。轍《わだち》の音がわけもなく胸を穿った。

猜疑心に満ちた、毛ほどの徳もない蝙蝠の顔を、袁金鎧は鏡の中で静かに罵った。

「袁世凱《ユアンシイカイ》でも張作霖《チャンヅオリン》でもあるまいに、いったい君は、何を望んでいるのだね。わかっているのか。俺様は袁金鎧。我《ウオ》、叫《ジアオ》、袁、金、鎧！」

四十九

什刹後海《シーシャホウハイ》は氷にとざされていて、子供らがスケートや橇《そり》遊びに興じている。

頭上にまっさおな空が拡がって陽射しが眩《まばゆ》い。ベンチに腰を下ろして目を細め、氷が緩んではいないかと、林純《リンチュン》先生は心配した。

足元には居酒屋のおやじが火鉢を据えてくれた。きょうの将棋は一勝一敗と白熱したので、三局目は野次馬も膨れ上がり、湖畔の居酒屋は大繁盛だった。

店主はなかなかの商売人である。人垣が厚くなれば、暖かな店の中に別の将棋盤を置き、目端の利く小僧が走り回って局面を再現するという妙手を思いついた。野次馬どもは酒を酌《く》みながら、ああだこうだと観戦できる。

三局目は長考の末に、李春雷《リイチュンレイ》が投了した。それは九手の先を読み切ったあげくの結論であったから、仕切り役の長老が解説を加えねばならなかった。公園のベンチで野次馬どもを納得させたあと、長老は居酒屋にやってきて、もうひとつの将棋盤で同じ説明をする。そうして手間をかければかけるほど、居酒屋は繁盛するのである。

勝負をおえてくつろぐ二人の足元に、火鉢が運ばれ湯茶がふるまわれるのは当然であった。

林先生はもともと下戸《げこ》である。人並みに酒が飲めれば、もう少しは出世しただろうに、などと考えている。

一方の李春雷は、かつて東北の攬把《ランパ》として知られた豪傑なのだからまさか下戸ではあるまいが、酒は口にしない。何か思うところがあるかもしれぬので、理由は訊けなかった。

よって、浮かれ騒ぐ野次馬どもを尻目に、二人は公園のベンチで什刹後海の冬景色を眺めながら茶を喫するのである。

林《リン》先生は士大夫《したいふ》然とした藍色の袍《パオ》に馬褂《マーコワ》を重ね、繻子《しゅす》の小帽《シャオマオ》のうなじには白い弁髪を垂らしている。

李春雷《リイチュンレイ》の着古した綿入れの背中には、なかば白くなった蓬髪《ほうはつ》が束ねられている。その首には相変わらず、すっかり色のくすんだ紅巾《ホンジン》が巻かれていた。

二人はともに口数が少いのだが、べつだん退屈するふうもなく、その静かな居ずまいは来歴を異にする仙人か何かのようで、なかなか近寄りがたかった。

「ところで、雷哥《レイコオ》――」

熱い茶を嗅ぎながら、林先生は語りかけた。

「宣統《シュアントン》陛下が近々ご即位になられて、満洲国が満洲帝国となるそうだが、ご存じかね」

「対《トエ》」と、無愛想な返事がひとつ。李春雷はずるずると茶を啜った。

李老爺《ラオイエ》という呼び方は好きではないらしい。ではどう呼べばよいのかね、と訊ねたら「雷哥」だと言う。「アニキ」である。なるほど口にしてみると、据わりがよかった。

たぶん馬賊のころから東北軍の将軍になるまでずっと、仲間うちではそう呼ばれ続けてきたのだろう。

「そいつは結構な話だがね。だが、東洋鬼《トンヤンクイ》が尻を持っているというのは、どうもな」

雷哥は日本を毛嫌いしている。親の仇も同然なのだから仕方あるまい。しかし、どのような形であれ、大清の復辟は遺臣たちの悲願だった。林先生のうちには、日本を警戒するよりも民国を呪う心のほうがまさっていた。

「史了《シーリャオ》がお側にある限り、悪いことにはならんよ。そうは思わんか、雷哥。彼はすばらしい人物だ」

雷哥は頰髯《ほおひげ》をわさわさと撫でながら肯いた。兄弟同然なのだから、あの梁文秀《リアンウエンシウ》についてはよりよく知っているのだろうと林先生は思った。

「彼はいくつになるのかね」

考えるまでもなく雷哥は答えた。

「六十八《リューシーパー》。惣領の兄貴と同い齢だ」

林先生は思わず目をとじて、時の流れを悼《いた》んだ。

戊戌《ぼじゅつ》の変法を主導したころの彼は、三十をいくらか出たほどの若さであった。今にして思えば、その志《こころざし》がいかに高くとも、西太后《シータイホウ》を始めとする老獪《ろうかい》な守旧派を押しのけての改革には無理があった。

光緒十二年丙戌《へいじゅつ》の年の状元《じょうげん》。林純《リンチュン》先生も同年の進士登第だが、年齢はずっと上だった。

丙戌の科挙試験も、戊戌《ぼじゅつ》の変法も同じ戌《いぬ》の年である。つまり梁文秀《リアンウエンシウ》は二十歳そこそこで第一等の登第を果たし、そのわずか十二年後に国家を変えようとした。

「私が試験に合格したのは、二十七のときだった。それでもまだましなほうさ。民国の大総統にまで出世した徐世昌《シュシイチャン》は、三十にもなっていた。史了《シーリャオ》は天才だよ。いくらか齢を食ったところで、日本のなすがままになるはずはない」

「へえ、そうだったのかね。俺は学問がねえから、進士様の偉さだってよくはわからねえんだ」

氷の上で戯れる子供らを見つめながら、林先生は過ぎにし日々を思い返した。あんなふうに歓声を上げて遊んだ記憶はない。物心ついたときには、目の前に筆と硯《すずり》が置かれていた。

「そうは言うが、兄上と史了が義兄弟の契《ちぎ》りを交わしたということは、あなたもそれなりの出自なのではないかね」

雷哥《レイコオ》はからからと高笑いをした。

「ハハッ、そういうおぼっちゃまなら、俺だっててめえの名前ぐらいは書けるさ。あいにくだが、おやじもじいさまも飢えて死んだ。この下はねえってほどの貧乏人だよ」

「では、なにゆえ義兄弟なのだね」

「史了は手の付けられねえ腕白小僧でな。勉強などせずに、いつだって村の子供らと遊び回っていやがったんだ。このごろ姿を見かけなくなったと思や、村はずれの居酒屋に入りびたって、馬喰《ばくろう》や人足と酒を飲んでいた。十四か十五でいっぱしの酔漢《ツイハン》だったぜ」

つまり、天才だ。

科挙は「童試」から始まっていくつもの段階を経る。そして淘汰された者だけが各省ごとに行われる「郷試《きょうし》」に臨む。ここでおよそ、百人に一人を採る。さらに北京での「会試」では、その選りすぐった二万人から三百人を採る。かくして皇帝臨御の「殿試」において成績の序列が定まり、上位三名を「三魁《さんかい》」と称して、それぞれ「状元」「榜眼《ぼうがん》」「探花」の名誉が与えられた。遥か隋代から続く科挙とは、実にそうしたものであった。

郷試や会試は原則として三年に一度であるから、受験生はそのたびに累積されてゆく。いったい何十万人が競い合っていたのかはわからなかったし、考えたこともなかった。ただひたすら、進士登第をめざしていただけだった。

そのように考えれば、二十七歳の登第はけっして遅くなかったはずである。しかし、同年の成績上位者はより若い者たちで占められていたから、林《リン》先生は「どうにか間に合った」という気がしたのだった。

努力にはきわみがないと人は言う。よい結果の出ぬときは、「能《あた》わざるにあらず、為《な》さざるなり」と叱咤《しった》された。

むろんそう言って督励する人々は、県学の教員も家庭教師も、進士登第には遥かに及ばなかったのだから、聞く耳は持たなかった。

だが、当の受験生は知っているのである。努力にはきわみがある、と。

いわゆる蛍雪《けいせつ》の猛勉強を重ねれば、郷試に挑戦するところまではたどり着く。物の譬《たと》えではあるけれども、蛍火や雪あかりを頼みとするくらいの覚悟で励むのである。

しかし、およそ人間である限りそのあたりが努力のきわみであって、さらなる会試に合格する穎才《えいさい》は、生まれつき頭の出来具合がちがっていた。

すなわち、会試に挑む受験生たちは、はたが何を言おうが承知しているのである。

「能わざるにあらず、為さざるなり」と孟子《もうし》は言うが、こと科挙試験については、「為さざるにあらず、能わざるなり」であると。

若き日の林純《チユン》先生は、おのれの能力を信じていたからこそ、三度目の挑戦で進士登第を果たした。しかし、続く殿試の成績上位者は、なるほど落第知らずの若者ばかりだった。物を言うのはもともとの能力なのだと、改めて知った。

林純先生は地方官をしばらく務めたあと、北京に戻って京師大学堂の教授となった。学問を買われたのではない。官僚政治家としての資質を欠いていたせいだと思う。

中央官界で活躍していた成績上位者たちと、旧交を温めたのはそのころである。

状元の梁文秀《リアンウエンシウ》は、二十代なかばですでに大きな期待を寄せられていた。稀代《きたい》の碩学と謳《うた》われた楊喜楨《ヤンシチエン》の女婿《むすめむこ》ということもあって、その前途は洋々たるものであった。

第二位「榜眼」の順桂《シユンコイ》は、満洲旗人の出自でありながら特典を潔しとせず、堂々と科挙に挑んだつわものであった。だが、のちにはその一途な気性が災いして、西太后《シータイホウ》暗殺未遂事件を起こし、馬家堡《マージアバオ》駅のプラットホームで爆死した。

第三位「探花」。その雅びな名称は唐代の故事に由来する。発榜の三番目に名を掲げられた者は、ただちに馬に乗って長安城内を巡り、牡丹花を得て皇帝に奉った。ゆえに「探花」である。

しかし、王逸《ワンイー》という才子にはその雅名にそぐわぬ武骨な印象があった。聞くところによると、直隷省河間府《ズーリーホーチエン》の郷紳《きょうしん》が一族の名誉と繁栄を欲して、賢い子供を次々と養子に迎えたうちのひとりであるという。実父は太平天国との戦で死んだ、漢軍緑営《りょくえい》の将校であった。

文治の伝統の中では、軍人は軽侮される。おそらく王逸《ワンイー》の才子ぶりを嫉妬して、そうした噂を撒き散らした者がいたのであろう。林《リン》先生の知る王逸は、けっして学を衒《てら》わず、情誼《じょうぎ》に篤く、豪放磊落《ごうほうらいらく》な人物であった。

のちに王逸は卒然として官界を去り、天津《ティエンジン》にあった李鴻章《リイホンチヤン》の幕下に参じて軍人の道を歩んだ。

心ない人々は、やはり血は争えぬと噂したが、林先生はそうとは思わなかった。彼ほどの人物ならば、格別の思慮があって朝袍《チヤオパオ》を脱ぎ、軍服を着たにちがいなかった。

朝鮮をめぐる日本との戦いでは、一軍の将として奮戦したと聞いているが、その後の行方は杳として知れない。

こうして思い返してみれば、光緒丙戌の年の若き三魁は、それぞれに数奇な運命をたどった。未来の国家を担うべき才子たちが、みな不幸な目に遭ったという事実そのものが、瞭《あきら》かな国運の衰退であったと思う。

いったい自分は何をしたのであろう。何かほんの少しでも、国民のために役立つ仕事をしたのだろうか。

林純《チユン》先生は折にふれて、みずからに問い続けてきた。もし「能わざるにあらず、為さざるなり」という孟子の言が正しければ、おのれはとんでもない不忠者なのではないか、と。

「どうしたね、先生」

李春雷《リイチユンレイ》の胴間声で我に返った。氷の上で戯れる子供らを見つめながら、林先生は涙していたのだった。

「いや、寒さが目にしみた」

藍衣の袖で瞼をおさえ、林先生は強がりを言った。

「お役人にはお役人なりの、苦労があったようだな」

その一言は胸に応えた。

「私は何もしていないよ。危ういと思えばかかわりを避け、いよいよとなれば逃げ回った。役人の本性など、そんなものだ。もっとも、中には梁文秀《リアンウエンシウ》のように、けっして没法子《メイフアーツ》と言わぬ者もいるがね」

雷哥《レイコオ》は不甲斐ない悲しみを汲んでくれた。

「つまらんことは言いなさんな。俺にしてみれば、明雪《ミンシユエ》みてえな孫を育ててくれただけでありがたい」

うんうん、と林《リン》先生は泣きながら肯いた。

「お宅の文瑞《ウエンルイ》もすばらしい青年だよ。きっといつか、国を変えてくれる」

若き進士たちの献身が、無駄ではなかったと信じたい。もし文瑞や、その子供らが平和な祖国を甦らせてくれるのならば、自分も何かをしたことになると思った。

「私の口から言うのも何だが、明雪《ミンシュエ》はやさしい娘だ。きっと夫を支えてくれる」

「ああ、いい娘さんだ。だがな、先生。あいにく俺の倅は、世の中を変えられるような人間じゃねえよ」

「まだまだこれからさ」

「いいや。あいつもまだまだだが、お国はもっとまだまだだ。ここまで悪くなっちまったものが、そう簡単によくなるとは思えねえ」

林先生は雷哥《レイコオ》の横顔を窺った。まるで謎かけのような言いぐさだが、何かとても大切なことを言ったような気がしたのだった。

「簡単にはよくならない、か」

「そうさ。よくなるのはずっと先だ。それまで文瑞と明雪には、辛抱してもらわなけりゃならねえ。もしかすると、子供や孫の代までずっとな」

いったい何を言わんとしているのだろう。ぐいと引き結んだ口元には、まるで刺客のような覚悟が感じられた。

「紅巾《ホンジン》。あなたはなぜ軍服を脱いだのだね。もしや張作霖《チャンヅオリン》将軍から、何か大きな使命を言い渡されでもしたか」

雷哥の大きな目が、ぎろりと睨み返した。

「――さすがは進士様だな。おつむの中はまだちっとも錆《さ》びちゃいねえらしい。めったなことは言えねえな」

秘密を暴くつもりはない。だが、孫娘がいつかとんでもない凶事に巻きこまれそうな気がして、林先生は思わず雷哥の腕を摑んだ。

「何もしてこなかった私に、仏罰が下るのは仕方がない。しかし、明雪ややがて生まれる子供らにまで、祟ってほしくはない。どうか危ない目には遭わさんでくれ」

もしや、あの張作霖の財産でも預っているのではなかろうか、と林先生は危惧したのだった。

内戦に勝利して安国軍の大元帥を名乗った張作霖は、紛《まご》うかたなき中原の覇王だった。いっときは誰もが、新たなる王朝の開闢《かいびゃく》を信じた。

辛亥革命以来、二十数年を経ても民国政府は軍閥を統制できず、やはりこの国には共和制が成り立たぬのではないかと、人々は懐疑していた。だから張作霖《チャンヅオリン》が紫禁城《ヅチンチヨン》の玉座に就きさえすれば、王朝の交替という歴史の摂理に基いて、ごく自然に世が治まるのではないかと、林《リン》先生も考えていたのである。

かつて袁世凱《ユアンシイカイ》が強引に帝位に即《つ》き、たちまち引きずり下ろされたときとは事情がちがった。張作霖は革命そのものには関与していなかったのだし、革命が成らぬのであれば混乱のすべてを呑みこんで、「張王朝」の太祖となる条件を満たしていたと思う。そうして、東北において実施されていたすぐれた行政を拡大し、民国の先進の知識を導入すれば、けっして反動的な専制国家ではない立憲君主制の理想国家が、実現できるはずであった。

しかし張作霖は、北京の覇王として市内に住まいながら、太和殿の龍陛《りゆうへい》を踏もうとはしなかった。のみならず、国民革命軍との決戦を避けて東北に戻らんとする帰途に、爆殺されてしまったのである。

さらには、民国に合流した嗣子《しし》の張学良《チャンシユエリヤン》も、政争に敗れて欧州へと去った。

その経緯は謎だらけである。わけても事実上の独立国であった東北政権の資産と、強大な東北軍の軍費がどこに消えたのかは、誰も知らない。

もしや北京の胡同《フートン》に閑居する李春雷《リイチユンレイ》が、その財宝の管理者なのではないかと、林先生は疑ったのだった。

彼がひとかどの人物で、倅の文瑞《ウェンルイ》が非の打ちどころのない好青年であることは承知している。むろん林先生には欲のかけらもない。ただ、孫娘が災厄に巻きこまれることだけを惧《おそ》れたのだった。

什刹後海《シーシャホウハイ》の冬景色を見つめながら、雷哥《レイコオ》は思い定めたように言った。

「親も同然のあんたに、隠し事をしてすまない。勘弁してくれ」

「いや、もう何もおっしゃるな。この話はやめよう」

「だがな、先生。子供に穏やかな人生を送らせたいのは、俺も同じだ」

嘘のない男だと思った。言いのがれはいくらでもできように、秘密を秘密だと言い切ってしまう。さすがは馬上天下を取った張作霖の子分である。

そう思えば、黒龍江《ヘイロンジアン》で孤軍奮闘している馬占山《マーチャンシャン》も、満洲国の重鎮に迎えられた張《チャン》景恵《チンホイ》も、志は異なれどもやはり嘘のない男たちなのだろう。

今さら詮《せん》なきことではあるが、もし張作霖将軍が太和殿の階《きざはし》を昇り、高みくらに座したならば、きっと西太后《シータイホウ》様が夢に見た未来が開けたはずであった。

それはけっして、清朝の復辟ではない。中国の民が中国の大地を統《す》べる、中華の復辟であった。

そのことに気付くと、死のまぎわまで懿諭《いゆ》の筆を握り続けていたという西太后《シータイホウ》様のおもかげが瞼に甦って、林先生はふたたび涙に噎《む》せた。

やはり自分は、何もしなかった。

非不能不為也《フェイプーナンプーウエイイエ》。

できなかったのではなく、しようとしなかったのだ。

俺も耄碌《もうろく》したものだと李春雷《リイチュンレイ》は思った。

もともと口数は少いが、その少い言葉すらうまく選《え》り分けられなくなった。言うべきことと言ってはならないことがよくわからず、しばしば女房に叱られたり、倅に説教されたりする。

あんた、何てこと言うのよ。

爸爸《パアパア》、そういう言い方はよくないよ。

どうやら口や頭は使っていない分だけ、早めに老いてしまったらしい。そのかわり腕力は少しも衰えないし、足腰も立派なものだが。

つい口が滑って、妙なことを言ってしまった。綻びが出れば繕うことを知らないから、どうしようもなかった。

しかもまずいことに、使っていない分だけ体がよれよれの林《リン》先生は、頭が矍鑠《かくしゃく》としていた。

問い質されなかったのはありがたい。うっかり口を滑らせたと知って、気を回してくれたのだろう。林先生はいい人だと、李春雷はしみじみ思った。

「なあ、先生。官員様というのはみなさん頭がいいから、油断ができねえだろうな」

黙りこくっているのもおかしいので、李春雷はどうでもいいことを訊ねた。

「それはそうだが、いきなり銃口を向けてズドンはないからねえ。軍人よりは気楽なものだよ」

二人は声を揃えて笑った。やれやれである。今しがたの失言は、きっと聞かなかったことにしてもらえるだろう。

「軍人にもずる賢いやつはたんといるさ。いや、そうでなけりゃ軍閥の領袖は務まらねえ。まったく、どいつもこいつも」

李春雷はいくらか声をひそめて、ろくでなしどもの名前を挙げた。黎元洪《リイユアンホン》。段《ドウアン》祺瑞《チールイ》。曹錕《ツアオクン》。呉佩孚《ウーペイフー》。馮玉祥《フオンユイシアン》。いちいち算《かぞ》え上げればきりがない。煮ても焼いても食えない連中だった。白虎張《パイフーチャン》の言いぐさを借りれば、いずれ劣らぬ「腐れ卵野郎」か「くそったれ」だ。

「あなたの親分は例外かね」

「那是自然的《ナアシイツーランダ》。あったりめえさ」

「対対《トエトエ》。そうだろうね。張作霖《チャンヅオリン》は物がちがったよ」

その先の話はごめんだ。皇姑屯《ホアングートン》の事件から五年を過ぎても、李春雷《リイチユンレイ》はいまだに白虎《パイフー》張《チャン》の死が信じられなかった。

顔色を読んだのだろうか、林先生は話をそらしてくれた。

「役人もそれは似た者だよ。いずれ劣らぬ忘八蛋《ワンパータン》さ。出世の叶わなかった私の口から言えば、負け惜しみにも聞こえようが――」

つらい思い出が甦ったのか、林先生はそこで声をとざしてしまった。

「やめておけ。おたがい昔話は胸の毒だ」

「いや、みながみなそうだったわけではない。有為の人材は去るか死ぬかして、ろくでなしばかりが残ってしまった。むろん、私もそのうちのひとりだがね」

それが天命なき天下のありさまなのだ、と李春雷は思った。

だとすると、あの天命のあかしは自分が隠し持っていてよいのだろうか。こうしている間にも、心ある人々はみな去るか死ぬかして、ついにはあとかたもなく国が滅びてしまうのではなかろうか。

いったいどうすればいいのだ。

「寒いかね、雷哥《レイコオ》」

林先生は火鉢の脇に屈みこんで、炭を掻《か》いてくれた。せめて龍玉《ロンユイ》の秘密を打ちあけることができれば、どれほど気分が楽になるだろうと思った。

見上げれば弱日《よろび》は斑《まだら》な雲に隠れていた。寒いはずだ。

枯柳の根方に佇む人影があった。先ほどからぼんやりと什刹後海《シーシャホウハイ》の景色を眺めているのだが、長袍《チャンパオ》の後ろ姿は年寄っていて、まさか刺客でもあるまい。人の恨みは山ほど買っていても、李春雷に怖れる気持ちはなかった。

近在では見かけぬ人である。日和《ひより》に誘われて散歩の足を延ばしたのだろうか。

炭を掻きながら林先生が声をかけた。

「もし、そこの人。少し温《ぬく》まっておいきなさい。お茶も一服いかがかね」

声は聞こえているようだが、答えをためらっているふうに見えた。

「さあ、遠慮なさらず」

老人はようやく振り返り、籐《とう》の杖《つえ》をつきながら歩み寄ってきた。いくらか足が不自由らしい。

太陽が雲居を放たれて、什刹後海の氷の上に光が巻き落ちた。その輝きは見る間に拡がり、老人の背を押した。

李春雷《リイチュンレイ》の胸はどよめいた。刺客には見えない。だが、もしそうだとすればきっとこんなふうに、あるとき突然、思いがけぬ身なりで忍び寄ってくるのだろう。

それならそれでいい。ただ、その目的が天命の具体ではなく、自分の命ひとつであることを李春雷は希《ねが》った。

火箸《ひばし》を握ったまま、林《リン》先生が立ち上がった。

「ああ、あなたは」

言葉は繋がらなかった。輝かしい光に染まった老人の長袍《チャンパオ》が、林先生と同じ古びた藍色であることに李春雷は気付いた。

「ワン、イー」

林先生はようやく言った。それは人の名にちがいなかった。老人は足を止めた。

「ああ、やはり林純《チュン》先生か。旧知の人だと思いながら、声をかけるほどの自信がなくて」

よほど懐しい人なのだろうか、林先生は火箸を取り落として両手を拡げ、よろめきながら歩み寄った。

「王逸《ワンイー》だ、王逸だ。あなたはたしかに王逸先生だ」

李春雷は手をかざして、陽光から目を庇った。刺客ではなかったのは何よりだが、命を奪わんとする者よりももっと畏怖すべき何者かが、ふいに現れたような気がした。その老人が柳の下に佇んでいたのではなく、什刹後海《シーシャホウハイ》の氷を踏み渡って、一条の光の道を歩んできたように思えたのだった。

見た目は林純先生と同じ境遇の、隠退した士大夫である。穏やかな表情は学問を究《きわ》めた人にちがいない。だが、その体にまとわりつく血と硝煙の匂いを、李春雷はとっさに嗅ぎ取った。

「よもや生きて会えるとは思っていなかった。北京におられたか」

「いや、長く湖南にいたのです。達者なうちにぜひ今いちど都を訪ねたくて、汽車に乗ってやって参りました。かれこれ四十年ぶりになりましょうか」

「どうだね、王逸。北京は少しも変わっていないだろう」

「是的《シイダ》。焼け野が原になっているのではないかと危惧しておりましたが、何もかも昔のままで。御城の中まで見物して参りました」

「ああ、博物館になっている。このあたりも変わらない。恭《クン》王府も醇《チュン》王府も、昔のまんまだよ」

いったい何者なのだ。李春雷は立ち上がって、二人の老人に席を譲った。

「さあ、温まりなされ。昼食はまだだろう。よろしかったら一緒にどうかね。むろんいやとは言わさぬが」

そこで林純《リンチュン》先生は、ちらりと春雷《チュンレイ》に目を向けた。紹介してよろしいか、と訊いたように思えた。李《リイ》春雷は肯いた。すべてを伝えてほしい、と言ったつもりだった。隠しごとをする相手ではないと確信したからだった。

「彼はたまたま近在に住んでおるのだが――」

林先生はもういちど諒解を求めるように目を向け、春雷も肯き返した。

「東北軍の李春雷将軍だよ。名前はあなたも知っておろうが」

王逸《ワンイー》は驚かなかった。力のある大きな目を瞑《つむ》って、「知道《チータオ》」と呟いたきりだった。

「それだけではないよ。彼は静海《チンハイ》県の出身で、あの梁文秀《リアンウエンシウ》の友人なのだ。しかも、大総管太監《ダアツォンクワンタイチエン》にまで出世した李春雲《チュンユン》の実の兄上さ」

さすがに、「真的《チエンダ》？」と訊き返したが、林先生が「ほんとうだとも」と答えると、何ひとつ疑う様子もなく得心した。

これはただものではない、と李春雷は思った。然《しか》るべき地位や財産があるとは見えぬが、何ごとにも動じず、かつ疑わない。

「王逸君は私の同期生でね。しかるに当たり前の才子ではないよ。李鴻章《リイホンチャン》閣下の帷幕《いばく》にあって、淮《わい》軍を率いた将軍でもあった」

「林老爺《ラオイエ》。過ぎた話はおやめなさい」

王逸が林先生の声を穏やかに遮った。

「ああ、これは失敬した。何もかも過ぎた話ではあるが、諸君らのような傑物を友とすることは、何もできなかった私の誇りとするところだ」

促されるままに、王逸はベンチの端に腰を下ろした。火鉢の熾《おき》にかざされた掌《て》は、野卑な軍人のそれではなかった。

神仏も占いも信じぬたちだが、人生が掌に現われることは知っている。銃把《じゅうは》を握り手綱をしごいた掌ではない。筆を執り続けた柔らかな掌だった。

南中した冬の陽はすっかり力を取り戻して、冬枯れた公園を暖めていた。

東北軍を率いて長江のほとりにまで進んだ全盛の時代を、李春雷はきのうの出来事のように思い出した。南京《ナンキン》も上海《シャンハイ》も、指呼《しこ》の間にあったのだ。白虎張《パイフーチャン》はけっして天下を望んではいなかった。龍玉《ロンユイ》を托すべき人物を、探しあぐねていた。

居酒屋の小僧が茶を運んできた。

「ところで、王逸。湖南ではいったい何をなさっておられたのだね。とんと噂は耳にしなかったが」

「湘潭県《シアンタン》の素封家に拾われて、ご子息の家庭教師をしていたのです」

「何と、家庭教師。いくら何でも、進士の学位を持つ士大夫の仕事ではあるまい」

「おのれの身のほどを思い知ったのです。もはや自分にできることはないが、後生を育てるくらいならできようかと」

嘘のない人だと、李春雷《リイチュンレイ》は思った。衒《てら》いもなく、誇りもしない。

林《リン》先生も感じ入ったように空を見上げた。

「あなたほどの人が目をかけたとは、よほど優秀なお子さんだったのだろうね」

「はい。とうに私の手は離れましたが、世を変えるために戦っております」

軍人か、と李春雷は落胆した。長い軍閥混戦を経て、この国が軍隊の力ではどうにもならぬと思い知った。

「同胞が戦っている場合ではありますまい。蔣介石《ジャンジエシイ》の幕下におられるのですかな」

「いえ、紅軍《ホンジュン》です」

どうしてこの人は、こうもあからさまに物を言うのだろう。李春雷も林先生も、あたりを見回して他聞を検《あらた》めねばならなかった。

「儒者に共産思想は理解いたしかねますが、彼の信ずるところに誤りはありますまい」

王逸《ワンイー》はそう言って茶を啜り、初めて誇らしげに教え子の名を口にした。

「名前はどなたもご存じでしょう。毛沢東《マオヅオトン》。好漢です」

番《つがい》の鵲《かささぎ》が青空を截《き》って飛んだ。

風は冷めたくとも、什刹後海《シーシャホウハイ》は光に満ちていた。

儒者のわからぬものが馬賊にわかろうはずはない。だがそのときふいに、遠い昔、山海関の楼上に立って叫んだ王永江《ワンヨンジャン》の声が、ありありと耳に甦ったのだった。

聞け、東北のつわものよ
われらは関外の野人ではない
餓えた狼でもない
諸君の祖父
諸君の父
諸君の兄
ともにある父祖の御みたまとともに
今こそ長城を越えて
貧しき人々を救おうではないか

掲げる旗は黄龍旗にあらず
青天白日旗にあらず
わが勲《いさおし》は民の平安
兄弟の健康を祝す
兵馬を壮揚せよ

中原の虹の彼方《かなた》に白虎張《パイフーチャン》が探しあぐねた人を、ついに見つけ出したのだと李春雷《リイチュンレイ》は思った。

「林《リン》先生。どうやらあんたは、大した仕事をなすったようだ。腹がへった。昼飯にしようぜ」

きょうというきょうは、この死に損ねのじじいどもに女房の手料理をふるまってやろう。積もる話はそれからだ。

五十

国ざかいの峠道で馬橇《ばそり》を捨てた。

谷間《たにあい》の上りは空が不穏に鳴るばかりだったのに、下りにかかると横殴りの吹雪に変わって、馬が立ちすくんでしまったのだった。

「隊長様、申すわげねがここまで来れァ、あどはもうは一里の下りでがんす。馬ッこに死なれたらわがね。勘弁してくらんせ」

東北本線の小駅から、半日がかりで客ひとりを運んでくれた馭者《ぎよしや》に無理強いはできなかった。一里の下り坂ならば行って行けぬこともあるまいが、帰り途がつらいのだろう。馬は老いていた。

頭を抱えて地吹雪をやり過ごしてから、行手を指さして馭者は続けた。

「一町ごとに電信柱が立ってますけ、目星をつけて行けァまちげえはねがんす。なんもなんも、満洲の寒さに比べりゃどうともねえべ。雪中行軍じゃ思うてくらんせ」

軍隊経験はあるにちがいない。年齢からすると、日露戦争に出征した口かもしれなかった。

代金は出発前に払ってあるが、一円の駄賃に莨《タバコ》を一箱添えて、志津邦陽《しづくにあき》は荷台から降りた。

膝まで沈む雪である。長靴《ちようか》は役に立たぬどころか、裸足で歩くようなものだった。

地吹雪は間断なく寄せてくる。吹き過ぎる間は風に背を向けて踏ん張らねばならなかった。

馭者は狭い峠道で馬を引き廻し、橇の向きを変えた。器用なものである。駄賃をはずめば村まで行っただろうか。今さら後悔しても始まらぬ。ともかく目印の電信柱を見失わぬよう、雪を漕いで歩くほかはなかった。

まさかこれほどの山奥だとは思ってもいなかったので、格別の防寒被服はない。軍帽の顎紐《あごひも》を締めて外套の風防をかぶり、将校背嚢《はいのう》を背負っているだけである。日帰りするつもりで荷物を旅宿に預けてきたのは失敗だった。この吹雪がおさまらなければ、まず帰りようはあるまい。

一町ごとの電信柱。たしかにおよそ百メートル先には電柱が立っているのだが、一吹きすれば視界から消えてしまう。山も道も崖もあったものではない。いったん風に巻かれると方向を失ってしまうので、電信柱が現れるのを待ってから歩き出さねばならなかった。これではまったく捗《はか》がゆかぬ。

しかし、こうしたときには満洲で覚えた知恵があった。軍刀を杖にして、進行方向に立てておくのである。満洲に地吹雪はないが、春には視界ゼロになる蒙古風が吹いた。砂まみれの突風をやり過ごすときは、軍刀をはずして鐺《こじり》をついておくと、すぐに方向を誤たずに歩き出せるのである。

考えてみれば、将校の威を誇るだけの軍刀の使い途《みち》を、ほかには知らない。二十世紀の今、全将校が常に軍刀を吊るしている軍隊など、世界中のどこにもないだろう。

士官学校の予科生徒のころ、教官に不合理な佩刀《はいとう》の理由を質問した。答えは「武人の魂」と鉄拳だった。

立ち上がっても得心できずに、志津は言い返したものだ。

魂は重いものではありません。見せかけだけの魂など、魂ではありません。

しかし、使い途はあったのだ。軍刀を杖にして雪を掻きながら、志津は声を立てて笑った。

昨夜は駅前の旅宿に地元の在郷軍人が訪ねてきて、思いもよらぬ宴会になってしまった。

将軍のような白髯を旧式軍服の胸に垂らした中佐殿。齢はいくつかもわからぬほどだが、二百三高地をひとりで攻め取ったような手柄話をするのには辟易した。

ほかには、村役場の吏員だという予備役少尉と、数年前まで弘前《ひろさき》の師管区で徴兵事務についていたという曹長だった。

特務機関員という職籍はあかせない。名刺の肩書も「関東軍軍司令部付」である。

ところがそう名乗ったとたん、酒宴は一挙に盛り上がった。満洲事変から満洲国建国に至る経緯は、関東軍の大手柄と考えられているのだった。

志津は失望した。関東軍の行動に疑義を抱く軍人はひとりもいない。中央省部や原隊の歩兵一聯隊《れんたい》ならばともかく、こんな片田舎の在郷軍人でさえその気になっている。力こそ正義であるとする空気が、日本中を被ってしまった。

「しかし、戦死した部下の遺族をわざわざお訪《たん》ねになるとは、お前《め》さんも律義なお人じゃのう」

すっかり酔いの回った老中佐殿は、同じことを何べんもくり返した。

馬占山《ばせんざん》に射殺された渡辺勝治《わたなべかつじ》曹長を、志津は一日たりとも忘れたことがなかった。いつか内地の家族に遺品を届けるつもりだったが、みずからの傷も癒えぬうちに武藤軍司令官の専属通訳となり、機会を得ずにいたのだった。

昨年の夏に武藤将軍が急死した。後任の菱刈隆《ひしかりたか》大将の通訳は命じられず、志津は奉天特務機関で雑務についた。そこで正月の休暇にかこつけて、渡辺曹長の生家を訪ねたのだった。

「匪賊の討伐戦だば、渡辺曹長も名誉の戦死だなっす」

この予備役少尉は、中学出の一年志願兵だろう。兵役を務めるかわりに、大金を払って将校の階級を買うような制度があるらしい。たぶん近在の素封家の次男か三男で、村役場に勤めているこの男にとってはうまい話である。

筋書きはできていた。チチハルの守備隊にいたころ、匪賊の討伐に出て部下を失った。それでいい。遺族にもそれ以上のことを伝えるつもりはなかった。

「チチハルあたりの匪賊というと、やはり例の馬占山の配下でごあんすなっす」

弘前師管区にいたという曹長は、ほかの二人に比べれば軍服姿がさまになっていた。実役停年まで勤め上げたのだろう、この手合いは押しも押されもせぬ地域の有名人である。

馬占山という名前には肝を冷やした。あれからの馬占山は、神出鬼没のゲリラ戦を続けた。新聞紙上では何度も戦死して、そのつど甦った。近ごろはすっかり英雄あつかいで、子供らの間には「馬占山ごっこ」が流行する始末だった。

渡辺曹長は馬占山の手にかかったと言えば、この脳天気な連中は大喜びするのだろうか。いや、たぶん大笑いして酒を勧めるだろう。

少しも酔えぬままわけのわからぬ宴が果てたのは、駅頭にしんしんと雪の降り積む夜更けだった。

地吹雪の合間に、ようやく村落の影が見えた。

険しい山が迫っており、とうてい豊かな土地柄とは思えない。たぶん一年のうちの三分の一は雪に鎖されている。

ここで生まれ育った渡辺は、二十歳《はたち》の徴兵検査を経て入営し、十六年を軍隊で過ごした。詳しい身上は知らない。ひとりひとりが諜者である特務機関員は、おしなべて私事を語らなかった。

それでも人なつこい性格の渡辺は、酒が入ればよく口が回った。ときには意気投合して、大いに国を憂えたものだった。

風は山から吹き下ろすのではなく、狭い土地を貫くように吹き抜けていた。杣人《そまびと》たちの暮らす村に思えた。

ここで生まれた子供が現役で軍隊に入り、陸軍曹長にまで出世するのは、およそ考えうる限り最高の人生と言ってよかろう。もし休暇をとって帰省したならば、村人が万歳三唱で迎えるほどの英雄にちがいなかった。せめてその魂を背負って帰るのだと、志津は思った。

風が募って村落の影を消してしまった。峠の坂道は下り切ったので、崖を踏み外す心配はないが、あたりは茫々《ぼうぼう》たる雪原だった。軍刀を立てて地吹雪に背を向け、やり過ごしてからまた雪を掻いて歩き出した。

渡辺の支那語は巧みだった。とりわけ東北方言は達者で、北満と南満の言葉を流暢に使い分けた。体格もよく押し出しが利くから、チチハルの商人といえば怪しむ者はなかった。

おそらくこの村に生まれ育てば、日本語の読み書きも満足ではなかっただろう。そのことがかえって、支那語の修得には好都合だったのかもしれない。

渡辺は思慮深い男だった。特務機関員として謀略の第一線に立ちながらも、関東軍の行動については疑問を抱き続けていた。何ごとも上意下達の軍隊にあって、冷静な分析ができる者は将校の中にもそうはいない。

満洲国を批判したのは、あの最後の夜だった。

この話には無理がある。日本の領土にするならまだしもわかるが、親日政権を満洲に立てるのは無理がある――たしかそんなことを話した。それは三月の建国から一ヵ月しか経っていないころのことである。

志津にはそのときの言葉が、渡辺の遺言に思えてならない。あるいは、日本人の良心の声に思えてならない。

また風に巻かれて、志津は地蔵のように立ちすくんだ。

この僻村《へきそん》で生まれ育った子供が、軍隊で知恵を授かり、知識を得た。士官学校出の将校とはちがった意味で、渡辺は純粋培養された軍人なのかもしれない。彼らには軍隊を動かす力は与えられていないが、そのかわり良心と良識があるはずだった。

もし渡辺曹長が健在であったなら、武藤軍司令官の突然の死を、どのように解析しただろうか。


昨年夏の出来事が、志津にはいまだ悪夢に思えてならない。

五月三日、武藤大将は元帥府に列せられた。大将の定限年齢は満六十五歳だが、元帥の称号を得た者はその限りではない。すなわち、江戸時代末年の生まれで、九月には六十五歳の定限を迎える武藤大将が、引き続き関東軍司令官の地位にとどまることは確実になった。

たとえそうした目的を全うするための称号であっても、当然の措置であると志津は思った。武藤将軍は執政溥儀《ふぎ》の信任も篤く、日満の閣僚からも敬されていた。実に余人を以《もっ》てかえがたい、満洲国の守護神であった。

一年近くもの間、専属通訳として将軍と顔を合わさなかった日はないと言ってもよい。外出時は常に同行したし、来客のないときは軍司令官室の隣りの副官室に控えていた。副官も秘書官も複数名だが、通訳の交替要員はいなかったから、誰よりも長い時間を将軍とともに過ごしたと思う。

そんな志津の目にも、健康の異状は見受けられなかった。新京の寒い冬を迎えても風邪ひとつひかず、健啖で精力に満ちていた。ロシア駐在が長かったからだろうと、人々は噂したものだった。

七月のなかばに、将軍は旅順に出張した。当日の朝になって副官から、通訳は同行せずと命じられた。予定になくとも急な接客があるかもしれぬ将軍の出張には、通訳官の同行が通例だった。

さわやかな夏の風が渡る朝、軍司令部の玄関で将軍を見送った。それが永遠の別れになってしまった。思えば奉天飛行場で将軍を出迎えた日も、やはり夏空は一刷《ひとは》けの雲もなく晴れ上がっていた。

七月二十二日に旅順から帰った将軍は、そのまま病床についた。何でも旅先で飲んだソーダ水に当たって、腹をこわしたという話だった。

軍司令部内は各部署の機密に満ちているので、噂や臆測が横行することはない。たとえ耳に入っても口にはせず、というのが軍司令部勤務者の習いであり、掟でもあった。すなわち、「軍司令官閣下はソーダ水に当たって腹をこわした」のである。

しかしその日のうちに、先任副官が伝えた。

「閣下は黄疸《おうだん》を発症されたので、目下内地より内科外科の軍医が空路急行中」

はたして、ソーダ水に当たるものか。腹をこわして黄疸が出るか。内地から軍医が派遣されるとは、いったいどうしたことだ。

誰もが同じ疑問を抱いたはずである。だが、志津は確信した。これは病気ではない。

武藤将軍は謀略の限りをつくした関東軍の旧勢力を駆逐した。板垣少将は何ら権威のない執政顧問とされ、土肥原少将は第九旅団長に転補された。石原《いしわら》大佐に至っては陸軍兵器本廠付という、あからさまな閑職に追いやられた。そのほか、関東軍の急進的な将校は総入れ替えされた観があった。

参謀本部の永田《ながた》鉄山《てつざん》少将が画策し、武藤大将が大鉈《おおなた》を揮ったと言われている。つまり、将軍は彼ら旧勢力の恨みを買っていた。

七月二十六日、「元帥のご容態は予断を許さず」の旨が報告された。危篤である。

臨終は翌二十七日の午前七時四十五分であったが、事実は秘匿された。公表は翌二十八日で、臨終時刻も同日午前六時四十七分とされた。

らなかった。
混乱を避けるために発喪《はつも》を遅らせることはあろうが、時刻を細密に偽る意味はわか
軍司令部における告別式は、さらにその翌日の七月二十九日であった。このあわた
だしさも理解できぬ。いずれ本葬を営むにしろ、内地の縁故が参列できぬまま遺体を
茶毘《だび》に付するのは、真夏とはいえ性急すぎると思った。
葬儀には執政閣下も臨席した。青黒いお顔のいっそう沈鬱に青ざめておられるご様
子が、遠目にも拝察された。
弔辞は「悲痛のあまり御声の出《い》でざるやも図《はか》られず」という理由で、侍従が代読し
た。そして弔辞が終わると、執政はただちに式場を去った。
最敬礼で見送るとき、シルクハットで口元を隠した執政閣下と一瞬目が合った。悲
しみに耐えがたく席を辞するふうには見えなかった。むしろそのまなざしには怒りが
こめられていた。「おまえも一味か」とでも仰せになっているようだった。
公表された死因は肝臓癌である。肝臓は沈黙の臓器といわれて、症状がなかなか顕《あら》
われにくいそうだが、だにしても常にかたわらにあった志津には信じ難かった。
肝臓病は険悪になると、腹水が溜まって動けなくなるという。仮に、気丈な将軍が
病気をひた隠していたとしても、志津がまったく気付かぬはずはなかった。

葬儀をおえたあとの軍司令部は暗澹《あんたん》としていた。誰もが武藤将軍の幕僚だったのである。疑問を声にしようものなら、見えざる手によって口を封じられるような気がしてならなかった。

いくど思い返しても、その夏の出来事は現実味を欠いている。志津にはいまだ悪夢としか思えなかった。

武藤将軍に追贈された爵位や位階勲等を、心から苦々しく思ったのは自分ひとりにちがいない。

それらはみな、将軍に満洲を托した天皇陛下の御名によって贈られた名誉だからである。

何もできぬおのれを足蹴《あしげ》にするようにして歩むうち、ようやく雪に埋もれた村落に入った。

風はいくらか収まったが、手足の指は痺《しび》れきっていた。

軒下まで嵩上《かさあ》がった雪道を滑り下りて、農家の戸を叩いた。じきにホーイと呑気《のんき》な声が返ってきた。戸を開けた老人は志津をひとめ見るなり、でんぐり返るようにして土間にひれ伏してしまった。

うろたえる老人を宥めながら膝をついて、渡辺勝治の家を訊ねた。

「ありがてえ話だじゃ。五聯隊の隊長様がやぐやぐこんたなところまで」

これが昭和の話だろうかと思った。青森の歩兵第五聯隊は渡辺曹長の原隊なのだろう。

「隊長様」はおそらく「将校」の意味で、村人たちはその程度しか軍隊の知識を持たぬようだった。

実役停年まで勤め上げても日本に帰るつもりはない、と渡辺は言っていた。満洲に骨を埋めるつもりだ、と。

あれこれ理屈を並べ立てながら、結局自分は軍隊を何も知らなかったのだと志津は思った。

歓呼の声に送られて入営し、二等兵から曹長まで出世すれば、郷里の英雄として凱旋するのだと思いこんでいた。しかし現実は、帰る家も耕す畑もない兵隊が、下士官を志願して軍に残るのである。そうした寄る辺ない国民をこぞって戦争をさせ、死ねば名誉の戦死と嘯《うそぶ》いて勲章を投げるのが軍隊であった。

老人が笠と蓑を着て導いてくれたのは、村はずれの杉林のきわに、押せば倒れそうなほど傾いて建つ貧しい家だった。

「おーい、五聯隊の隊長様がよォ、雪ッこ漕いで、やぐやぐ訪《たん》ねてくなんしたど」

家の中の騒ぎが収まるまで、志津は雪の中に佇んでいた。現役入営は正月明けと決まっている。この村を出た二十歳の渡辺は、どうやって青森まで行ったのだろうと思った。歓呼の声も幟旗《のぼりばた》もなく、口べらしのためにこの村を出て行った。お国のためも何もなかろう。ただおのれの居場所を求め、日に六合の飯を食わんがために。

チチハルの茶館の二階で、誰に看取られるでもなく事切れていた渡辺曹長の死顔が甦って、志津はきつく瞼をとじた。

遺族に問われても、伝えるべきことは何もなかった。

「勝治は運のええやづで」

渡辺曹長の兄だという男は、いつの時代のものともわからぬ紋付袴を野良着の上に着て、囲炉裏端《いろりばた》にかしこまったままだった。

戦死が好運であろうはずはない。志津が答えあぐねるうちに、兄はとつとつと語った。

「あのころはで、甲種合格だども入営は籤引《くじび》きでごあんした。勝治はアダリをいっぺんで引きあんした」

嫌みや皮肉を言っているわけではない。日に六合の飯を食う権利を、引き当てたと言っているのである。

「こんたな山奥で、お茶ッこもねがんす。お許しえってくらんせ」

そう言って兄嫁がおそるおそる差し出した茶碗には、白湯《さゆ》に栗の実が浮かんでいた。

「酒はねがか」

言葉がよくわからず、「おかまいなく」と言いそびれるうちに、兄嫁は藁筵《わらむしろ》をかぶって家から出て行った。

「二度目の女房《あっぱ》であんす。勝治が出征したあどの嫁っこすけ、顔も知《す》らねがんす」

それでも鴨居には、父らしい人の肖像画に並んで、軍服姿の若い渡辺の写真が掲げてあった。入営か出征の折の記念写真であろう。階級章は曹長の三ツ星に修整されている。

粗末な家には不釣合なほど立派な仏壇のかたわらに、人形のように小さな老母がじっと座っていた。

「おらよりも、母様《かがさま》に聞がせてくらんせ。腹ば痛めた倅ですけ」

志津は仏壇に線香を上げ、身じろぎもせぬ老母と向き合った。

自分はこの人の子供を見殺しにしたのだと思うと、下げた頭をもたげることができなかった。死んだ兵隊は天皇陛下の赤子《せきし》である前に、この人の産んだ子供だった。

志津は将校背嚢から遺品を取り出した。羊革の手袋と、渡辺が愛用していた万年筆である。いつか郷里に届けようと思って、持ち歩いていた品々だった。重傷を負った志津が入院している間に葬《とむら》いはおえてしまったから、髪も爪もなかった。

兄が囲炉裏端を這ってきた。

「えがったなア、お母《が》さん。こんだは満洲の石《いす》っころでばねぞ。ほれ、勝治の手袋と万年筆だじゃ」

志津はぎょっとして、「石ですか」と訊き返した。

「んだ。ほかには神社のお札みでなもんが入《へ》っていだども、戦地だば仕方《すかた》ねなっす。こんたなものを届《とつ》ぐて下さんして、おありがどうござんす」

渡辺曹長より一回りも年上に見えた。その間には兄も姉もいるはずだが、夭逝《ようせい》したか売られたか兵隊に取られたのだろう。いずれにしろこの貧しい村を出た子らは、二度と帰らぬように思えた。

兄は万年筆を手に取って、破れ袴の膝の上で愛おしんだ。

「一等卒になった正月に帰《けえ》ってきだとき、軍隊はええどこじゃ、飯ば腹いっぺえ食《け》るし、読み書きも教《おせ》てけるて、喜んでおりあんした」

徴兵検査は学力を問わない。だから教育のない兵隊には、読み書きや算術を教える。教育期間中は助教が、内務班に配属されれば面倒見のいい古兵が、付きっきりで教えこむのである。学問のない兵隊たちにとって、軍隊は学校だった。

「読み書きもろくにできねがった勝治が、下士官に出世して、憲兵の試験も受がってなす、月づき十円も銭っこさ送ってけだのす」

志津の知る渡辺勝治は能書家だった。報告書の文字は几帳面だったし、筆も上手に使った。むろん趣味ではなく、支那人になりすますためには必要な技芸だったのだろう。

「手紙は届いておりましたか」

「はア、憲兵学校さいた時分は、せえごまに寄こしたったがね。ここしばらくは音沙汰なぐて、心配《しんぺえ》しておりあんした」

特務機関員は私的な通信をしない。定めではないが躾である。弾を撃ち合う戦争とはべつの、謀略戦の前線に立っているのだから、正体も所在も明かせなかった。

老母は煙抜きから射し入る光の中に、ちんまりと座っていた。見上げれば天井板もなく、溶けそこねた雪がちらほらと舞い落ちていた。

俯《うつむ》いた母をまっすぐに見据えて、志津は苦しい嘘を語った。

「匪賊の討伐に出ましたのは、一昨年四月二日の未明であります。あたりはまだ一面の雪景色でした。気温は、まあ零下二十度ぐらいでしたでしょうか。討伐隊はチチハル守備隊と憲兵隊の混成で、指揮は本官が執りました――」

みちみち考えてきた嘘である。まるで軍歌の一節か、新聞の三面記事から切り取ってきたような内容だが、せめてわかりやすい武勇伝を置いて行かねばならないと、志津は思っていたのだった。

晩《おそ》い惣領息子であろうか、十歳ばかりの少年が奥の間に続く板戸から坊主頭を覗かせた。

老母が小さく叱った。

「お前《め》はあっつさ行ってろ。聞ぐでねえ」

その一言で、志津の嘘はこごえついてしまった。どのように飾り立てようと、母親にとっては武勇伝にならぬのだ。

「隊長様――」

老母は乾いた掌で遺品の手袋を被った。まるでありもせぬぬくもりを、確かめるようなしぐさだった。

「勝治は、痛《いだ》くねがっただべか」

はい、とだけ答えた。それは嘘ではない。

「切《しえっ》ねぐはねがっただべか」

はい、ともういちど答えた。嘘は封じられてしまった。

「だば、話はもうは、それで良《え》がんす。勝治はしめえまで、運のええ子じゃった」

それから母は、四角く切り取られた光の中にいっそう小さくちぢかまって、勝治や勝治やと呼びながら手袋を胸に抱いた。煙抜きから舞い落ちる雪が、悲しみを宥めるように綿入れの背で溶けた。

「お母《が》さん、もすこす丈丈《じょんじょ》どせねばわがねど。偉え隊長様が、やぐやぐ勝治の形見さ持ってきてけだんだ。泣いてはならね。名誉の戦死ではねが」

そう諭しながら、兄も泣いてしまった。封じられた嘘のかわりに、何かひとつでも真相を語りたいと思ったが、特務機関員としての任務も、末期《まつご》の様子も軍機に属するものだった。

「名誉の戦死などではありません」

志津は背筋を伸ばして言った。兄がぎょっと顔を向けた。言い方が悪かったと、志津はすぐに訂正した。

「もとい。名誉の戦死などはありえません。戦死はむごたらしく、理不尽なものであります。ですから、せいぜいお国を呪って泣いて下さい」

意味は通じまい。しかし、いつかわかってくれるかもしれぬ真実の声を、この家に残しておきたかった。

「だば、隊長さん。勝治のやづは、何かお恥《しょ》すい真似でもすたんだべか」

いや、と志津は強くかぶりを振った。

「渡辺曹長は下士官兵の手本でした」

日本がまちがっているのだ。支那の山河を奪ってわがものにせんとした。その戦には大義のかけらもなく、醜《みにく》い利欲のあるばかりだった。渡辺はそんな戦争の犠牲になってしまった。

兄嫁が濁り酒の入った酒瓶を抱いて戻ってきた。戸を開けたとたん、地吹雪が土間を白く染めた。

何やら気まずい話になったと感じたのか、兄は老母の背をさすりながら話頭を転じた。

「満洲は作物がすっごたま穫れで、開拓団さ選ばれりゃ、十町歩の畑がもらえるそうでごあんすなす。おらほの田圃は一町五反ですけ、夢みでな話でがんす」

日本国中が満洲熱に浮き立っていた。そこに行きさえすれば、必ず幸せになると誰もが考えている。まるで伝説の桃源郷のように。

「こんたに吹いたのでば、帰《けえ》るに帰れねな。あすは樏《しより》ッこさよえるはで、泊ってくらんせ」

風が唸っている。きょうは夜っぴて満洲の実相を、説いて聞かせようと志津は思った。

兄の年齢では移民など無理だが、幼い息子に幻想を抱かせてはなるまい。夏と冬の気温差が八十度にもなること。いかに在郷軍人を集めて武装開拓団を組織しても、必ず匪賊の餌食になること。そしてその匪賊にとっては、開拓団こそが山河を奪った匪賊であること。

雪に晒されたせいか、古傷が痛んでならなかった。若い渡辺曹長の遺影を見上げて、それが生き残った自分にできるせめてもの供養だと志津大尉は知った。

五十一

昭和九年は潑剌《はつらつ》と明けた。

少くとも東京市民は、等しくそう感じていた。元旦から連日の快晴で風もなく、日中の気温は十度にも達した。

昨年五月の塘沽《とうこ》停戦協定成立以来、大陸情勢は安定していた。満洲国も三年目を迎えて、今年はいよいよ共和制から帝制へと移行するだろうと噂されていた。そうとなれば、満洲帝国は名実ともに大日本帝国の友邦となり、なおかつ従順な弟となるのである。

景気は徐々に回復していた。帝都復興の余勢を駆ったビルディングが競い立ち、昨年暮には収容観客数四千人を誇る「日劇」が、数寄屋橋《すきやばし》の袂に開場した。

一月一日にはその後を追って、東京宝塚劇場の柿落《こけらお》とし公演が開幕した。宝塚少女歌劇団の、本格的な東京進出である。

そうした繁栄を支えているのは、満洲国に対する期待感であった。日本本土のおよそ三倍の国土に、無尽蔵の天然資源が眠るとされる満洲国は、日本にとってすでに見果てぬ夢ではなく、国民にとっても遥かな場所ではなくなっていた。

しかし、新年の潑剌たる空気を醸《かも》し出す最大の要素は、満洲国でも宝塚レビューでもない。

昨昭和八年も押し詰まった十二月二十三日午前六時三十九分、皇室に待望の男子が誕生したのである。

市内十八ヵ所のサイレンが一斉に鳴り響いたのは朝七時前だった。その瞬間、通勤途中の人々はみな路上に足を止め、自動車は停止してエンジンを切り、電車の乗客は寒風も厭《いと》わずに窓を開けた。

誕生を告げるサイレンは一分間、それで終わってしまえば内親王で、十秒ののちにもういちどサイレンが鳴れば、待望の親王とされていた。

天皇はすでに四人の子をもうけていたが、すべてが内親王であった。帝国憲法および皇室典範の定むるところにより、皇位は男子が継承する。

東京中が息を詰める長い十秒間ののちに、晴れ上がった朝空をとよもしてサイレンが渡った。だが、その二度目のサイレンを聴いた者はほとんどなかった。静寂を割ってたちまち湧き上がった歓呼の声が、サイレンの音を消してしまったからだった。

日嗣《ひつぎ》の皇子《みこ》――すなわち生まれながらの皇太子である。奉祝一色に染め上げられて年は暮れ、興奮さめやらぬまま年が明けた。

陸軍大学校教官吉永将《よしながまさる》大佐が思いがけぬ来客を迎えたのは、そうしためでたい正月の七日である。

軍歴のほとんどを張作霖《ちょうさくりん》の軍事顧問として過ごした吉永には、そもそも軍人の知己が少なかった。だからこそこの若い将校は忘れ難かった。

「お久しぶりです。覚えておられますか」

日曜の午後である。志津邦陽は玄関で気を付けをしたまま吉永を待っていた。

「忘れるものかよ。まあ、上がりたまえ」

思いもよらぬ人物の来訪は嬉しかった。出会ったのは昭和四年の夏であったから、かれこれ五年ぶりになる。

ガス・ストーブを焚《た》いた応接間に通した。

「陸大で支那語の教官をなさっていると聞きました。特段の用事はありません」

訪ねておいて用事がない、と言う。相変わらずまっすぐな男である。陸軍将校には珍しい長髪だった。

「もしや、武官府にいるのかね」

五年前の信じ難い任務を、吉永は思い出したのだった。かつて志津は、張作霖爆殺事件の真相を究明するために、当時北京公使館付であった吉永を訪ねた。任務の発令者は天皇陛下だった。

今も武官府にあって陛下に供奉《ぐぶ》しているのならば、髪を蓄えていてもふしぎはない。

志津は軍服に似合わぬ豊かな髪を撫でつけながら答えた。

「奉天特務機関におります。五年前にはからきしだった支那語も、ずいぶんマシになりました」

志津の語るところによれば、武藤軍司令官の専属通訳を務めていたというから、「マシ」どころではあるまい。軍法会議に送られ、陸軍刑務所に収監されるほどの問題児ではあったが、一方ではすこぶる優秀な将校だった。

「陸大は受験しなかったのか」

「興味がありません」

茶を運んできた母が、胡乱《うろん》な目付きで志津を睨んだ。このごろは急進的な青年将校の存在が問題視されている。表向きは国を憂いながら、実は国家顚覆《てんぷく》を目論んでいるのではないかと疑われる連中である。

「怪しい輩《やから》ではありませんからご安心なさい。志津閣下の息子さんでね、北京にいた時分に知り合った仲です」

「ああ、さいですか」とほほえみ返したものの、母の表情から訝しさは消えなかった。もし今の志津大尉の穏やかな外見から、かつての反骨ぶりを見通したとすれば、まさに女の第六感が働いたというほかはない。

ところが、母が応接間を出て行くとじきに、志津はいきなりのっぴきならぬ話を始めた。

「けっして武勇伝などではありません。聞いていただけますか」

そう前置きをしたなり、志津は湯吞茶碗で掌《てのひら》を温めたまま唐突に言った。

「馬占山に撃たれました。今も傷が疼《うず》いてかないません」

特段の用事はないと言いながら、この男は深い話をしにきたのだと思った。内地からは満洲の事情がわからない。同様に満洲にいたのでは、中央省部の情報が入らない。

「任務か」

「いえ、ちがいます。自分は休暇中です」

「よし。では、話を続けてくれ」

志津は一昨年四月の、チチハルにおける事件の顚末《てんまつ》を語った。このたびの休暇では、馬占山の凶弾に斃《たお》れた部下の家に遺品を届けたのだと言う。

聞くほどに吉永は、着流しの襟を正した。この男は、いったいどういう星の下に生まれついたのだろう。畏《かしこ》くも天皇陛下の密使に選ばれて、爆殺事件の真相を調査した。そしてまた、馬占山の脱走に立ち会い、重傷を負った。その後は武藤元帥のかたわらにあって、満洲国が形を成してゆく経緯を、つぶさに目撃したにちがいない。

「ところでその後、陛下のお召しはあったのか」

「いえ。あれからは陸軍刑務所に逆戻りして、禁固六月《ろくげつ》の刑期を務めました。釈放後は原隊に復帰せず、特務機関に転属となりました。しかし、徒労であったとは思いません。陛下は報告書をご覧になっておられるはずです。お役に立っていると思います」

さればこそ、平穏な今があるのだと信じたい。日本に支那を支配する大義のあろうはずはなく、満洲国はその出自こそともかくとして、日本の傀儡《かいらい》国家などであってはならなかった。

「ひとつ、つまらぬことを訊いていいか」

「何なりと」

吉永は志津大尉の顔をまっすぐに見つめた。

「天命の具体について、聖上《おかみ》にはお伝えしたか」

志津の表情がこわばった。

「いえ」

「なぜだね。畏れ多くも陛下が差し遣わされた勅使ではないのか。知り得て奏上せざるは、不忠ではないのかね」

むろん責めたわけではない。秘密を語らなかった真意が知りたかった。

しばらく言葉を選ぶふうをしてから、志津大尉は答えた。

「軍人は木偶《でく》ではありません。日本のためにならぬと思えばこそ、自分は勅命に抗いました。判断に誤りはなかったと思います」

吉永はほっと息をついた。この男は信頼できる。軍人は忠義であるよりも、正義でなければならぬと知っている。だから龍玉《りゅうぎょく》の所在を、陛下にお伝えしなかった。

「よくやった。君の判断に誤りはない。しかし――」

吉永は茶を啜った。一息に言える話ではなかった。

「どうしたわけか、永田閣下がご存じだった。面と向かって訊かれたよ。龍玉はどこにあるのだ、と」

とたんに志津大尉は、両手で顔を被い、頭を抱えこんでしまった。

「陛下は、ご存じなのですか」

「いや、それはあるまい。ただし、満洲でことを構えた連中は知っていたはずだ。龍玉さえ手に入れれば、少くとも支那全土を支配できるのだ、とね。もっとも、永田閣下は信じていないだろう。あの人は怪力乱神の類を嫌うからな。こうおっしゃっていたよ。石原はファナティックだと。戦争は一種の科学なのだから、当事者たる軍人は理知的でなければならぬのに、石原はファナティックだとね」

志津が愁眉《しゅうび》を開いた。それから、いかにも言い出しかねていたように声をひそめた。

「実は、そのファナティックな軍人に、きのう会ってきました」

「何だと。仙台に寄ったのか」

遺品を届けたという部下の生家は岩手だと言っていた。

「はい。四聯隊の中隊長をしている士官学校の同期を訪ねて、取り次いでもらいました。自分は土肥原閣下に目をかけていただいておりましたから、石原大佐とはまんざら知らぬ仲ではありません」

石原莞爾《かんじ》が満洲における謀略行為の、首謀者であることにまちがいはない。武藤将軍の軍司令官着任に伴い、満洲事変にかかわった旧勢力は一斉に首をすげ替えられた。

わけても、兵器本廠付という閑職に追いやられた石原の処遇は、あからさまな懲罰人事だった。むろん、永田鉄山の差し金である。陸士同期の土肥原や板垣は手の内に入れても、五期も後輩の石原はいずれ扱いかねる危険人物であると、永田はみなしたのだろう。兵器本廠付などといえば、次の人事で予備役編入となってもふしぎはない。いわば、もう後のない左遷だった。

ところが、どっこい石原莞爾は死ななかった。兵器本廠付とされたわずか二ヵ月後、松岡洋右《まつおかようすけ》全権の随員として国際連盟総会に出席するために、ジュネーブへと向かったのである。リットン報告書に基き、満洲国を承認するか否かを諮る臨時会議であった。

吉永にはそのあたりの経緯がよくわからない。大陸政策については石原と同腹にちがいない松岡全権の指名とも思えるし、また会議で満洲問題を詰問された際、十分に回答のできる論客は、石原のほかには見当たらなかったのかもしれぬ。

では、なぜ永田は石原の復権を座視したのか。その疑問については、永田本人の口から聞いていた。

──石原の理論は国際法上の認識を欠いている。国際連盟の規約も、不戦条約も、日本が批准した九ヵ国条約すらも頭にはないのだ。よってここは、やつの独りよがりを反省させる、いい機会ではないのかね。

石原を信奉する者は多い。軍人の階級を超越した、あるいは軍人であることすらも超えた、一種のカリスマである。永田はそうした連中の横槍に屈したのだろうが、それを奇貨と考えるのは、いかにも柔軟かつ明晳《めいせき》な永田らしかった。

国際連盟総会の随員を、もとの閑職に戻せるはずはなかった。むろん中央省部の要職につけるわけにもいかない。だとすると、ここで大佐職である聯隊長を経験させておくのが、妥当な人事だった。

聯隊は陸軍部隊編制の基本単位である。よって軍旗は宮中において天皇から親授される。上級部隊である師団や旅団には、この名誉が与えられていない。戦闘は聯隊が行うものと、伝統的に考えられているからである。わけても歩兵二千を指揮する歩兵聯隊長は、軍人の中の軍人とも言える名誉職であった。

常備歩兵師団十七個の麾下《きか》には、六十八個の歩兵聯隊がある。それぞれが近県出身の兵で編成される、郷土部隊である。職業軍人たる聯隊長以下の将校は、同地の出身とは限らない。

石原大佐を聯隊長職につける。しかしその人事には思わぬ障害があった。どの師団長も、石原を麾下の聯隊長として迎えることに難色を示したのである。

師団長は陸軍中将で、なおかつ親補職であるから、麾下部隊長の人事については当然お伺いを立てなければならぬ。その師団長たちが、石原に対する賛否はともかくとしても、問題児を引き取ろうとはしなかった。師団長から見れば、陸軍省の人事局長などは出来がよくても後輩であるから、嫌だと言えば通る。

結局、石原を引き取ったのは仙台の第二師団であった。

石原と第二師団は縁が深い。まず、原隊の会津若松六十五聯隊が、第二師団の麾下である。石原は陸軍大学校を卒業したあとも、中隊長を務めたことがあった。

そして、石原が関東軍作戦主任参謀として計画を練り上げた満洲事変の主力が、第二師団だった。こうした宿縁からすれば、石原の引き取り手は第二師団しかない。

折しも師団長職は、事変の英雄とされた多門《たもん》二郎《じろう》中将から、皇族将軍の東久邇宮《ひがしくにのみや》稔彦《なるひこ》王に代わった。多門中将が懸案を申し送ったのか、宮家が拒否できずに問題児を引き取ったのかは知らない。ともかくこうして、石原大佐は仙台歩兵四聯隊長として復活したのだった。

「わざわざ何をしに行ったのだ。よもや君は、石原の崇拝者ではあるまいな」

その名を口にするだけでも穢《けが》らわしい。顔を思いうかべるだに不愉快だった。

嫌悪感に理屈はない。やつらが張作霖を殺した。しかも、同じ日本人の、この片足ももろともに吹き飛ばした。

志津大尉は憮然とした。よほど心外であったらしい。

「弁解をさせていただきます。石原大佐の信奉者は、あなたに合わせる顔がないはずです。自分は、武藤閣下の突然の不幸がいまだに信じられません。昨日はそのあたりを詰問するために、四聯隊を訪ねました。返答のいかんによっては、刺し違える覚悟でした」

吉永は真向から志津を睨みつけた。表情には嘘も誇張もなかった。

「それではテロだぞ。五・一五や血盟団の大馬鹿者とどこも変わりがない」

「いえ。石原は政治家や財閥とはわけがちがいます。軍を私物化して、日本を破滅させます。日本の大陸政策は明らかに侵略であり、満洲国は日本の傀儡国家であります。その計画を主導した人間が、なぜ今ものうのうと軍務についているのか、自分には理解しかねます」

「落ちつけ」

吉永は小声で叱りつけた。

武藤元帥の突然の死については、悪い噂がまことしやかに流れていた。

「確信があるのか」

「確信はしておりますが、証拠はありません」

「ならば、なぜ確信できる」

「自分は通訳官として、参謀や副官よりも武藤閣下のお側近くに仕えておりました」

志津がこの家を訪ねた理由を、吉永は知った。心から敬愛する人間を殺されたのだ。自分があの白虎張《パイフーチャン》を目の前で殺されたように。

吉永は柱時計を見上げた。松の内の日曜である。この先は素面《しらふ》で聞く話ではなさそうだった。

「これから用事はあるかね」

「いえ、予定はありません」

「正月をやっていけ。もとは士官生徒の日曜下宿だ。居ごこちは悪くないぞ」

母を呼んだ。さては用意していたかと思われるほどじきに、燗酒《かんざけ》と肴《さかな》が運ばれてきた。

「ごゆっくりしてらして下さいまし。七草のお粥も炊きますからね」

恐縮する志津の背に回って、母は軍服をふわりと脱がせた。さすがに軍人のあしらいには慣れている。

五十二

仙台に立ち寄るつもりなどはありませんでした。

部下の里の囲炉裏端で寝つけぬまま、あれこれ考えこんでしまったのです。

前夜は地元の在郷軍人と、その晩は部下の家族や村人たちと飲み、国民が満洲をどのように考えているかを思い知りました。

五族協和の理想郷。王道楽土の別天地。しかるに漢民族は満洲の統治権を放棄した。われら日本人が、三千万人民のためにかの地を統治するのは当然だが、そこを百歩譲って、現地人の自発的な意志による国家を造らせ、その後ろ楯となった。日本民族には、世界統一の天業をなす使命がある。満洲の資源と、日本人の叡智《えいち》と大和魂とが結びつくことを、欧米諸国は怖れている。彼らが主導する国際連盟などは、一日も早く脱退すべきである――。

まるで石原大佐が、在郷軍人や村人たちの口を借りて、演説しているようでありました。

満洲国がどのような経緯をたどって成立したか、自分はよく知っております。刑期をおえて特務機関に配属されてからは、謀略こそがおのれの任務だと信じてきました。

そんな自分を目覚めさせてくれたのは、馬占山であります。

彼が脱走したあとの執務室は、天井といわず壁といわず、弾丸の穴だらけでした。

還我河山《ホアンウオホーシャン》。

その一言が書き置きでした。字が書けぬはずの馬占山は、きっとその四文字だけをあらかじめ手習いしていたのでしょう。

吉永大佐殿にはまさしく釈迦に説法でしょうが、読み下しは「我、山河に還る」ではありませんね。「我に山河を還せ」です。

その書き置きを一瞥《いちべつ》したとたん、自分は真実を知りました。日本は、満洲を奪ったのです。それも正当な戦果としてではなく、ありとあらゆる嘘をでっち上げて、やくざまがいの戦争を仕掛け、力ずくで奪い取りました。そして、その悪業を被い隠すために、五族協和の理想郷を、言うにこと欠いて「東洋のアメリカ」を、あくまで現地人の自発的意志によると主張して建設しました。満洲国の正体はそれであります。

われら日本人にとって、満洲とはいったい何なのでしょうか。

長い歴史を繙《ひもと》いても、日本が満洲を欲したためしは一度もないはずです。おそらく唯一のかかわりは、日露戦争の戦場であったということ、すなわち日本と満洲の間には、以来たった二十八年の歴史しかありません。

自分は日露戦争の戦時下に生まれました。吉永大佐殿や石原大佐殿は、幼年学校に在校中だったはずです。日露戦争に従軍した軍人は、年ごとに退役していきます。

満洲を領有する。もしくは友邦を造る。そうした考えの根本には、ソヴィエト連邦に対する恐怖心があるのだと思います。満洲を押さえておくことは、国防の絶対要件だからです。

第一次五ヵ年計画を経たソヴィエトは、かつての帝政ロシアとは比べものにならない工業生産力と軍事力を保有するに至りました。実に目前の脅威であります。

しかし恐怖心は武士道に悖《もと》る。だから誰も本音を口にできない。美辞麗句の立前に糊塗されて、実はその存在理由がよくわからない国家が、満洲国なのです。

戦争は進化する。そして将来必ず、白色人種の覇者たる米国と、有色人種の代表たる日本が決戦をし、日本民族による世界統一の天業は成る。よって日本はその第一段階として、満洲を確保しておかねばならない。

日本人はこうした大言壮語に弱いのです。古来、和を以て貴しとなすとし、何ごとも話し合って解決し、謙譲を美徳とし、突出することを嫌った。御歴代の天皇も、政治を担った摂関家や将軍家も、そうした心がけは同じでした。むしろ信長や秀吉のように、独裁的であった指導者は政権を全うすることができなかった。

だから大言壮語は魅力的なのです。大風呂敷を拡げて、こうだと言い切れば信じてしまうのが日本人なのです。

自分が石原大佐の信奉者に思われたのは、いささか心外でした。いえ、話の順序をたがえたのですから、誤解されても仕方ありませんが。

関東軍を引きずり回したのは、石原大佐ひとりではない。しかし、彼が中心人物であったのはたしかです。上官である板垣閣下も土肥原閣下も、石原大佐に操られました。

それでもさすがに、満蒙領有論には同意しなかった。武力によって満洲をわがものとするのは、いくら何でも国際世論が許さぬからです。そこで石原大佐が妥協し、満洲国建国という独立国家案に落ち着いた。

正直のところ自分は、突然の変節に驚きました。これがあの傲岸不遜《ごうがんふそん》をもって鳴る石原莞爾か、と。

そして、同時に確信したのです。この人には信念がない。何ごとも教本通りにはやらず、他人と同じことを言いたくない、ただの臍《へそ》曲がりなのだ、と。彼の敬愛するナポレオンと、似ていなくもない。つまり、軍略家としてはすぐれていても、政治と外交はからきしなのです。土肥原閣下が「満洲のロレンス」と呼ばれ、川島芳子が「ジャンヌ・ダルク」になぞらえられるのなら、おのれは「ナポレオン」になりたいと、石原大佐は考えたのでしょうか。

馬鹿な話です。

武藤閣下の突然の不幸を、石原大佐のしわざとするのはいささか詭弁でしょうか。すでに満洲を離れていたのですから、アリバイはあります。しかし、それを言うのならば、皇姑屯《こうことん》のクロス地点における例の重大事件にも、関与していないことになります。昭和三年六月四日の時点で、彼は持病の中耳炎を悪化させて入院中でした。

しかし、関与していないはずはない。満洲事変の発端となった柳条湖《りゅうじょうこ》事件の手口は、細部に至るまで皇姑屯と同じです。

つまり石原大佐は、アリバイを持ちながら事件を遠隔操作するという、一種の魔力を持っているのではないかと思いました。むろん確証はありません。しかし自分は確信しています。武藤元帥は石原に殺された。

列車の中でそうこう考えこんでいるうちに、我慢ならなくなったのです。もしそうであるなら、生かしておくわけにはいかない。

いえ、まさか天誅ではありませんよ。自分は武藤閣下を尊敬しておりました。つまり、仇討《あだう》ちであります。

突然の訪問にもかかわらず、石原大佐は年賀の来客をみな待たせて、自分を聯隊長室に迎え入れました。

「内地に戻ったのか」

「いえ、正月休暇であります」

自分は執務机の前に佇立したまま、いきなり訊ねました。

「聯隊長殿は武藤閣下を弑《しい》されましたか。もしくは、誰かにそのような指示をなさいましたか」

室内には自分を連れてきた同期の中隊長と、聯隊副官がおりました。「何をッ」という声がして、背中に殺気を感じました。

しかし石原大佐は、ひとり泰然としておるのです。

「冗談か。志津大尉」

「冗談ではありません。お答え下さい」

　刺し違えるつもりでした。たとえ背中から斬りつけられても、石原の顔は軍刀の間合いに入っていた。

「よし。冗談でないのなら、俺もまともに答えよう。断じて潔白である。満洲国はかけがえのない人を失った」

　それから大佐は、何ごともなかったかのように部下たちを宥め、紅茶など淹れさせて自分を歓待しました。回答の真偽はわかりません。しかし、彼には人をたぶらかす才能があります。

　同期も副官も、たぶん冗談の応酬をしたのだと思ったはずです。自分自身でさえ、そんな気にさせられたのですから。

　聯隊長室には小さな檻が置かれていて、ウサギが飼われておりました。それは何も聯隊長の趣味ではなく、除隊後の兵の生活に資するために、聯隊を挙げてアンゴラウサギの飼育をしているのだそうです。

　国民の義務とはいえ、二年間の兵役は農家にとって痛手であります。だから除隊時にはアンゴラウサギの番《つがい》を持たせて帰し、農家の利益になればよい、ということであるらしい。

内地ではあまり普及しておりませんが、満洲ではアンゴラウサギの繁殖は広く行われています。

ほかにも石原大佐は、兵隊の福利厚生について語りました。

三度の兵食を必ず食べて、味と栄養価を確めている。浴場に循環式の浄化装置を設けて、清潔な湯を供給している。兵営内の唯一の娯楽である酒保を改善した。私的制裁を撲滅するために、内務班は同村同郷人で編成し直した。

聞くほどに、わからなくなった。英才なのか、異才なのか。仏なのか、魔物なのか。

もし石原大佐がこのさき復活するとなれば、永田少将と並び立つようなことになるのでしょうか。

自分は永田閣下を存じ上げません。本日は特段の用事もなくお邪魔いたしましたが、用事をあえて申せば、日本の将来であります。

忌憚なきご意見を承われれば幸いです。けっして他言はいたしません。

五十三

大同大街の街路樹には、輝かしくこんもりと樹氷の花が咲いている。

首都の冬景色を窓ごしに眺めながら、まさかこのみごとな氷の花も企まれたものではあるまいな、と北村修治《きたむらしゅうじ》は思った。

建国宣言からたった二年たらずの間に、新京は国都としての威容を整えつつある。その形成過程をずっと見ているならともかく、遊軍記者として北支《ほくし》や満洲の諸都市を飛び回っている北村は、新京を訪れるたびに魔法をかけられたような気分になった。

これが日本の底力なのだと思えば、誇らしくもあり、怖いような気もした。けっして口には出さぬが、北村は満洲国建国の大義を信じてはいなかった。

「やあ、北村さん。明けましておめでとうございます」

大阪毎日の記者が莨《タバコ》をさし向けた。日ごろ喫煙の習慣はないが、勧められれば喫《す》う。それは礼儀でもあるし、一服つけながら情報を交換するのは、遊軍記者たちにとって重要な仕事のうちであった。

そもそも記者たちの間には、慇懃《いんぎん》な挨拶がない。頭を下げ合ってたがいの近況を伺う余裕などないからである。世間から無礼者の代名詞のように言われるのは、そのせいだろうと思う。

「やあ、おめでとうございます。頂戴しますよ」

「しかしまあ、何ですな。新年早々、新聞記者を協和会に集めて、いったい何の話でしょうね」

どうやらこの記者は、正月休暇のピンチヒッターであるらしい。マッチの火を受けて、北村は答えた。

「満洲国映画国策研究会の第一回オーディションと聞いています」

「オーディション？　そいつは面白そうだ。いよいよ本格的に劇映画を作るんですかね」

「さあ、いくら何でもそれは時期尚早でしょう。むしろ、新年会の余興にそういうものを用意した、と」

北村は新聞社や出版社の記者たちが集うホールを見渡した。協和会本部は周辺の官庁とは趣《おもむ》きを異にした、瀟洒な煉瓦《れんが》造りの二階建てである。

協和会が報道関係者を集めて新年会を催すというのも理屈に合わないから、映画俳優のオーディションという奇策を思いついた。そういう話ならば取材に行かぬわけもなし、その後が酒宴となっても、正月ならば不自然ではない。もっとも、満人は旧正月を祝うので、市民生活はいまだ過年《グオニエン》の仕度にあわただしい。

「ところで、北村さん。私はこの協和会というものが、今ひとつわからんのですがね。発会式の宣言などを読んでも、すこぶる抽象的ですし、いったい何をやっているのだろうと考えても、これがまたよくわからんのです」

大阪毎日の記者は窓ごしに大同大街の樹氷を眺めるふりをしながら、小声でそう訊ねた。

どこに耳があるか知れない。カーテンの裏に隠しマイクが忍ばせてあるか、私服の憲兵や特務機関員が紛れこんでいるか、いや、もしかしたらこの大阪毎日がスパイでないとも限らない。

北村は差し障りのない返事をした。

「そりゃあ、君。手本はナチ党でしょう。面倒な経緯をいっさい省いて、現在の機能だけを生かそうとすればこうなります。妙案だと思いますよ」

エッ、と記者は大げさに驚いてから、しばらく考えこんだ。何も悩むほどのことはあるまい。誰がどう考えても、満洲国協和会はナチ党の焼き直しだった。

昭和七年七月、すなわち建国からわずか四ヵ月後に、満洲国協和会は結成された。

もともとは「協和党」という名称で起案されたが、溥儀《ふぎ》執政が納得せずに、「協和会」と命名されたらしい。「党」が恨み重なる「国民党」を連想させたのか、あるいは「党」そのものが帝政にふさわしからずと考えたのか。

そうしたエピソードに加えて、名誉総裁が溥儀、会長が鄭孝胥《ていこうしょ》国務総理、名誉顧問には元関東軍司令官と、軍官のトップがずらりと顔を揃えていたのだから、たしかにナチ党の途中の経緯を省略して結果だけを実現した、いわば一党独裁の単独政党であると言える。

大阪毎日の記者が言う発会式の宣言とは、「王道政治の宣化をはかる」というものであったが、なるほどこの文言は抽象的でよくわからない。

王道政治、すなわち古代中国の帝王が実践した仁徳《じんとく》の政《まつりごと》は、満洲国のスローガンであって、一部の人々が勘ちがいしたように、帝政をめざすという意味ではない。すなわち、「王道」の対義語は「共和政体」ではなく「覇道」なのだから、日本軍の紛うかたなき「覇道」によって誕生した満洲国が、たちまち「王道」を唱えるとはずいぶん都合がいい話だと、日中の知識人たちはこぞって呆れたはずであった。

ともあれ、このさき満洲国が行う仁徳の政を、国民にあまねく行き渡らせることが協和会の使命であるらしい。

日本と満洲国はあくまで「友邦」であり、いわんや関東軍は満洲国政府に対し「不干渉」でなければならないから、協和会の果たす役割は重大なのである。いわば満洲国という巨大な機械の、制御装置だった。

「なあるほど――」

と、大阪毎日の記者は勝手に得心した。

「ナチ党ねえ。執政がヒトラー総統とは思えませんが、妙案と言えばそうですな」

「アドルフ・ヒトラーはいませんが、ヨーゼフ・ゲッベルスはいますよ。ほら、お出ましです」

北村はさりげなく記者から離れた。どうやら情報は一方通行の相手であるらしい。親しくしても利益はなし、かえって危険かもしれない。

記者たちがホールに並べられた席につくと、ステージには小編成のオーケストラが登場し、放送局のアナウンサーとおぼしき声色の司会者が、審査員を紹介した。

甘粕正彦。その名を聞いて、ホールには無言のどよめきが拡がった。

建国直後に、彼が警察長官にあたる民政部警務司長に抜擢されたことはよく知られているが、その姿を目前にするのは初めてである。

麴町憲兵分隊長であったころ、関東大震災のどさくさに紛れて、無政府主義者とその内縁の妻と、幼い甥までも扼殺した。判決は懲役十年で、指折り算えても今年は十一年目である。つまり幼児を含む三人を手にかけた殺人犯が、その安すぎる刑期すらおえぬうちに出獄し、満洲国の警察長官となり、今また映画研究会の委員として壇上に立っている。しかも観客は、事件をつぶさに知っている新聞記者たちである。

「本日は寒さもことさら厳しく、また新年早々にもかかわらずお運びいただきまして、心より感謝いたします」

そんな口上で始まった挨拶は、いかにも「宣徳達情」を任務とする満洲国協和会の一員にふさわしく、軍人や官吏にありがちの横柄さをいささかも感じさせなかった。仕立てのよいホームスパンの三ツ揃いを着て、細い縁の丸メガネをかけている。坊主刈だが武張《ぶば》った印象はなく、笑顔が柔らかい。

「――まことに遺憾ながら、満洲国の教育水準は高いとは申せません。否、日本を初めとする文明諸国に比較すれば、劣悪と申しても過言ではありますまい。読み書きのできぬ国民にいくらビラを撒いても、ポスターを貼っても、パンフレットを配布しても、宣伝教化の実はまったく上がらぬ。よって、教育の充実を期するはもっともでありますが、何ぶんそれは時間のかかる話でありますから、まずは映画が有効と判断して、満洲国映画国策研究会を設立した次第であります。むろん将来はこれを発展させて、研究などではない実利実益を伴《ともの》う映画会社とする所存であります」

甘粕はマイクロフォンの前に立ち、両手は後ろに組んだままである。官吏の演説といえば原稿の棒読みと決まっているが、実に立て板に水のさわやかさだった。

「映画は今や大衆娯楽の王者であり、なおかつ国民の思想信条に最も影響力を持つ、宣撫宣伝の手段でもあります。いきおい、上海製作の映画などには相当の検閲をかけねばならぬのですが、これらがまた長城を越え、あるいは海路を伝って密輸されてくる。しかるに、国民には支那語の娯楽を提供しなければならぬ。ではいっそのこと、満洲国において映画を製作すればいかがか、というのが満洲国映画国策研究会なるものの発想でありました」

甘粕と映画との接点が見えた。軍事警察官たる憲兵として「大手柄」を立てた甘粕は、満洲国に迎えられて警務司長の要職に就いた。検閲は警察の領分である。プロパガンダの主役である映画を彼が支配するのは、当然の手順であった。

「上海映画やハリウッド映画を排斥しようなどという、狭い了簡はもとよりありませぬ。あくまで国民が思想的に偏向せぬよう、また将来有望である映画産業を、それら外国に独占されぬよう、満洲映画の発展を期すものであります。そして、叶《かの》うことならば優良なる映画を外国に輸出し、王道主義の建国精神ならびに民族協和の理念を、世界に頒布《はんぷ》せんとするものであります。そのあたり、どうか諸兄のご理解をたまわり、今後もご支援ご鞭撻のほどお願いいたします。つきましては本日、映画研究会主催の第一回オーディションを企画いたしました。未来の映画スターをめざす男女二十一名、専門家の審査のほかに、諸兄の拍手喝采やら弥次溜息やらも考慮させていただきますので、ひとつよろしくお願いいたします。さて、何かご質問等ございましたら、わたくしから答えさせていただきますが――」

甘粕がホールを見渡すと、たちまちいくつかの手が挙がった。壇上から指名された記者は、社名と姓名を名乗ってから質問をした。

北村は甘粕の堂々たる態度に肝を潰した。日本の闇を背負っている人物が、ジャーナリズムに対峙しているのである。のみならず質問を受けると言う。この自信は、いったい何を根拠としているのだろう。

「優良なる映画の輸出というのは、対支那宣撫工作の一環と考えてよろしいでしょうか」

甘粕は答える。

「いかにも、それが主眼目であります。ただし、国際連盟調査団の報告書を読んでもわかる通り、満洲国は欧米諸国から少なからぬ誤解を受けております。よき映画を通じて、彼らの理解を得られれば幸甚であります」

きれいごとは言わない。映画の輸出は宣撫工作だと言い切る。それでも記者たちの反感を買わないのは、この男のカリスマ性だと北村は思った。軍隊の闇から生まれた、甘粕正彦という異形の軍人である。

「――この方法は、ナチ党のヨーゼフ・ゲッベルス宣伝大臣を手本とされたのでしょうか」

ひやりとして振り返ると、はたして質問者は大阪毎日の記者である。

真似たと言われれば腹も立つだろうに、甘粕は満面の笑みで応じた。

「たしかにナチ党の方法は研究し、参考にもいたしました。しかしながら、わたくしはゲッベルス閣下のように、いくつもの大学で学んだ秀才ではありませぬ。教育と申せば、政治学も経済学もただの一時間すらない特殊な学校をおえまして、マアそのあたりの専門分野については、ヒトラー総統よりも詳しいくらいでありますが、ご覧の通り背広に着替えてしまえば糞の役にも立ちませぬ」

記者たちはドッと笑った。ユーモアに富んでいる。今も殆《あやう》い質問に答えたのではなく、それを躱《かわ》したのである。かつて陸軍将校であったという告白は、実にスレスレのユーモアだった。

自由な時代の言論を殺し、罪なき幼児まで殺した男である。けっして笑ってはならぬと北村は唇を引き結んだ。

ひときわ大声を上げて、北村は名指される前に立ち上がった。

「朝日新聞の北村修治と申します。本日は未来の映画スターを選抜するオーディションと伺っておりますが、まだ会社もできぬ前から役者を公募するなど、時期尚早ではありませんか。それともこの企画は本気ではなく、われわれジャーナリストを接待する新年会の座興でしょうか。だとすると私は、報道の公正さを期するために、オーディションを見るわけにはいきません。回答をお願いします」

ホールは静まり返ってしまった。北村の物言いは、「この男は人殺しだ」と甘粕を指弾して、記者たちの良心を喚起させたようなものだった。

しかし甘粕は、顔色ひとつ変えなかった。坊主頭を撫でて、「いやいや、厳しいご指摘ですな」と苦笑した。

「朝日の北村さん、でしたか。はい、ではひとつ、正直に返答いたしましょう。たしかに、オーディションの後には粗餐《そさん》を用意させていただいておりますがね、それは何も、妙な下心があるわけじゃない。零下二十度の正月に人を呼びつけておいて、屠蘇《とそ》の一杯もふるまわぬわけにはいかぬでしょう。北村さんもどうか反骨精神をやみくもに発揮なさらず、協和会を理解していただきたい。五族協和の理想を実現するにあたっては、まず何よりも日本民族の協和です」

この回答もまた、満場の笑いに包まれた。躱された。しかも北村の名を二度口にしたときは、丸メガネの底の視線がきっかりと据えられていた。恫喝《どうかつ》を感じたのは、思いすごしではあるまい。

関東大震災から十年を経て、帝都は立派に復興した。いやむしろ、未曾有の災害を奇貨として、昭和の新時代にふさわしい近代都市へと生まれ変わったと言ってもよい。

だが、罪まで消えてよいものか。

北村修治はその日、悪魔と天使を見た。

それは、日本という国が画一的で規格的で、小ぢんまりとまとまっているのに比べ、満洲国がどれほど奔放不羈《ほんぽうふき》な、良く言うなら大きな可能性のある国家かということを、北村に思い知らせた。

司会者の説明によれば、協和会の支部を通じて、三ヵ月前からオーディションの受験者を大々的に募集し、各都市における厳正なる予選の結果、二十一人の男女がこの

「決勝戦」に駒を進めたらしい。

しかし、そんな話は初耳である。席の左右に訊ねても、知らぬと言う。新聞記者が誰も知らぬのだから、少くとも「大々的に募集」したはずはなく、「厳正なる予選」も眉唾《まゆつば》であろう。

審査員席には甘粕のほかに、東宝《とうほう》のプロデューサーを称する男と、声楽家だという老女が座ったが、北村は二人の顔も名前も知らなかった。

その後ろに、金属パイプを列《つら》ねたチャイムと、古めかしい銅鑼《どら》が置かれており、燕尾服を着たオーケストラの楽団員が控えている。審査員が「見るに堪えず」と断じれば、非情の銅鑼が叩かれてただちに退散、「努力を要す」はチャイムひとつ、みごと合格の場合はチャイムが華やかに連打される。

司会者がそのようなルールを説明している間に、観客席の通路をレストランのボーイがめぐって、飲み物を配った。

甘粕の目のつけどころは正しいと思う。これからは映像の時代である。内に向かって国威を発揚するにせよ、外に対して宣撫宣伝の工作をするにせよ、映画は最も効果的な方法に思えた。

北村の質問を躱したのは、たしかに時期尚早だからである。しかし満洲国における自己の存在を訴えるためには、記者たちに対して今このときに、遠大な計画を発表しておく必要があると甘粕は考えたのだろう。

関東軍の軍人も外交官も役人も、いつか辞令を受ければ日本に帰る。満洲国は数年間の任地にすぎない。だが甘粕正彦にはすでに帰るべき祖国がなく、この満洲国に根をおろして、やがて骨を埋めるほかはないのである。つまり、彼が主導して国策映画会社を設立するために、このオーディションはたとえ内容が空疎であろうと、重要な布石であり、実績でもあった。むろん、時期尚早だという指摘は、そもそも一介の大陸浪人にすぎぬ甘粕の立場からすれば、まるで的を外していたのである。

そこまで読み切って、ペーチカの暖気に乾燥した唇を葡萄酒で湿らせたころ、ようやく上手《かみて》から一番目の演者が登場した。

オーケストラは動かず、ふいに幕の陰から鉦鼓《しょうこ》が鳴り渡り、胡弓が奏された。隈《くま》取りも艶《あで》やかな京劇の女形《おやま》が現れた。なぜこれが映画のオーディションかと意表をつかれたが、考えてみれば庶民の娯楽は、いまだに映画などより観劇なのである。つまり、京劇の役者が隈取りをといて映画俳優になろうと、あるいは京劇そのものが映画になろうと不合理ではなく、それどころか日本における映画と歌舞伎の関係のように、むしろ興行としては早道なのかもしれなかった。

手元に配布されたガリ版刷りのパンフレットによると、今をときめく名優、梅蘭芳《メイランファン》の愛弟子ということだが、まずそれはあるまい。愛弟子ならば何も映画に身を売らずとも、立派に舞台に立てるはずである。

しかし彼の不幸は、そうした臆測ではなかった。審査員も観客もみな日本人で、その芸がいったいうまいのか下手なのかもわからないのだった。

さんざ歌わせ踊らせたあげく、採点はチャイムひとつ。「努力を要す」ではなくて、「わからない」という意味である。

映画プロデューサーが知ったかぶりの講評をし、通訳が演者に伝え、それでも梅蘭芳の愛弟子はさほどがっかりした様子もなく舞台下手《しもて》に消えた。

二番手は旅順工科大学の日本人学生二人組で、演劇部に所属していると言う。もし合格したならば、ともに科学者の前途を抛《なげう》って映画俳優になる、と覚悟のほどを語った。

大学生だけあって出し物はずいぶんお堅く、「マクベス」の五幕八場からマクベスとスコットランド貴族マクダフの掛け合い。長ゼリフをたがえることなく演じたが、シェークスピア劇にはありがちな自己陶酔が鼻について、好感は抱けなかった。

この程度で科学者の道を捨てられては迷惑、という判断かどうか、たいがい芝居をさせたあと非情の銅鑼が鳴った。それがたまたま、「降伏なんぞするものか！」というマクベスのセリフと重なったものだから、ホールは爆笑の渦《うず》に呑まれた。

三番手は白系ロシア人の美少女。愛らしい民族衣裳を着て唄う民謡はけっしてうまくないが、美人は得でおまけのチャイムひとつ。もっとも、どれほど美人だろうと日本語も支那語もいけないでは、女優として使い途があるまい。

そのあたりで北村は気付いた。支那人、日本人、白系ロシア人、という並びは、とうてい「厳正なる予選の結果」とは思われぬ。どう考えても、はなから協和会のお膳立てであろう。甘粕の実績を積むために、面白くもおかしくもない大道芸に付き合わされているのかと思うと、胸糞が悪くなった。

ところが、そうこうしつつ辛抱して葡萄酒も何杯か過ごしたころ、退屈なステージの上に天使が舞い降りたのである。

トックリのセーターにだぶだぶのズボンをはき、ハンチングを斜《しゃ》にかむった十四、五歳の少年が登場した。それはオーディションの受験生ではなくて、たとえば大道具の助手がマイクロフォンを調整するために出てきたようなさりげなさだった。

だから彼が両手を腰に当てて「ステンカ・ラージン」を朗々と唄い始めたとき、誰もが藤原義江《ふじわらよしえ》のレコードに口だけを合わせて、スピーカーの音量を確かめているのだと思った。

しかし、「吾等《われら》のテナー」藤原義江の声に似てはいるが、高く細く、女性のように澄んでいる。第一、壇上のオーケストラは伴奏しており、なおかつ指揮者も楽団員たちも手を動かしながら、それぞれがぎょっとした表情で少年を見ているのだった。

北村はパンフレットを指でたどった。受験番号十三番、田宮修。十四歳。国籍は日本。東京府立第一中学校在学中。そのほかの添書きは何もない。

体つきは華奢だが、齢のわりに背は高い。色白で鼻筋が通り、目元の涼しい美少年である。衣裳さえ着せれば、今の今でも天才歌手として売り出せるだろう。

「ステンカ・ラージン」を唄いおえると、万雷の拍手が湧いた。いささかの羞《はじら》いもなく、片手を胸に添えて喝采に応えるさまが堂に入っている。

本当に素人か、それも府立一中の生徒なのか、と北村は疑った。少年は明らかに、観衆や審査員を食っていた。

歓声がおさまらぬうちに、少年は指揮者に目配せを送り、指をはじきながら「ワン、ツー、ワン、ツー、スリー、フォー」とリズムを取った。

華やかなスウィング・ジャズに合わせて、少年はタップを踏み始めた。見せているのではない。楽しんでいる。

観客も見ているだけではなく、巻きこまれた。何人かが立ち上がり、体を揺すって手拍子を取り始めた。狭いステージを広く使って少年は舞い踊り、力余ってサクソフォンの譜面台を倒してしまっても、まるで台本のうちであるかのように乱れなかった。

記者たちの多くは、上海や天津の支局勤務を経験している。いきおい租界のダンスホールに入りびたっていたから、ジャズには親しんでいた。田宮少年はそんな道楽者の記者たちをも虜にしたのだった。

そのうち少年の粗末な身なりが、このレビューのために誂えられた舞台衣裳のように思えてきた。だぶだぶのズボンも、ずり落ちた縞柄の靴下も、何度も高く投げ上げては剽軽《ひようきん》な顔をして冠りなおす大黒帽のようなハンチングも。

タップダンスが終わってチャイムが連打されても、指笛や歓声はやまなかった。司会者が少年の肩を抱いてマイクロフォンの前に立たせた。

「みごと合格ですよ、田宮君。歌や踊りはどこで習ったのですか」

「え。ああ、特別習ったわけじゃありません。浅草のレビューやら、ミュージカル映画を見て真似しました」

地声もいい。いかにも変声期を過ぎて、みずみずしい大人の声を獲得したばかりに思えた。

「それじゃあ、チャーリー・チャップリンのような、芸人のお子さんというわけじゃないんですね」

少年は憮然とした表情で一歩退《ひ》いた。それから腰に手を当て、体を反り返らせて偉そうに言った。

「実の父親は、爵位も議席も持っています。母は花街の女ですから芸人の血は流れているけれど、小唄端唄や日本舞踊は嫌いです」

人々の溜息がひとつの声になった。しかし、話ができすぎている。表情も動作も大げさだ。つまりこの少年は、嘘をついているにちがいないのだが、オーディションのステージで芝居を打っているとも思えた。

「ということは、華族様のご落胤《らくいん》。それは大変だ。ご家族はご存じなのですか」

「知るわけないでしょう。冬休みにこっちにいるおじさんを訪ねてきたんです。そしたら、駅の待合にポスターが貼ってあって、面白そうだな、と」

記者たちは「新京のおじさん」について考えている。政府の要人や大使館員や関東軍司令部に、華族はいないかと噂をしていた。

嘘に決まっている。だがこのステージでは罪にならぬ。やはり演技を見せているのである。

「ああ、そうそう。田宮は母方の苗字ですから、考えても仕様がありませんよ」

少年は記者のひとりを指さして言った。実に名演技である。たぶん半数の記者は、少年の話を真に受けているだろう。

「では、審査員の講評をうかがいましょう」

甘粕が手を挙げた。表情は満足げにほほえんでいる。

「ひとつ肝心要《かなめ》をお訊きしたいんだが、ここから先はまともに答えて下さい」

さすがは元憲兵大尉である。すべてお見通しだ。

「姓名および、府立一中の生徒という身上は本当かね」

照会すればわかることである。田宮少年はにっこりと笑って答えた。

「はい、本当です」

甘粕は腕組みをして肯いた。

「さきほど君は、面白そうだから応募したと言いましたね。だが、オーディションに合格したからには、もう面白半分では困るのです。映画製作にはまだ多少の時間がかかるが、その間研修生として学んでもらわねばなりません。給料も身分も保証されます。一方、府立一中の生徒ならば、一高、帝大、と進んで末は満洲国の役人になるかもしれません。これは大きな決断を要しますよ。どうしますか」
天才少年の登場に最も仰天したのは、甘粕であったにちがいない。満洲国における
おのれの立場を確保するためだけのオーディションに、願ってもないスターが出現し
た。いわば瓢簞《ひょうたん》から駒が飛び出したような話である。甘粕にしてみれば、咽から手が
出るほど欲しい才能であろう。
三人の審査員は長机の上に鳩首して議論を始めた。司会者が卓上のマイクロフォン
を遠ざけた。
やはり親御さんの意思が必要だろう。
学校にも問い合わせてみなければ。
しかし、それではこちらから拒否しているようなものでしょう。
ステンカ・ラージンはともかくとして、ジャズやタップはいけませんな。まだ十四
歳ですよ。公序良俗に反します。
何年か後には立派な大人ですよ。今から育てれば看板スターになります。
――と、たぶんそんな意見を闘わせているらしい。
だが、甘粕正彦の主張は明らかである。
――ここは日本ではありません。満洲国です。

満洲国の魅力を一言で表せばそうなる。運命によって規定され、硬直してしまった人生をもういちど変えうる場所がここだった。そのことは、たとえば執政溥儀にとっても、甘粕正彦にとっても、むろん北村自身にとっても同様だと思えば、政治的な傀《かい》儡《らい》性などはどうでもいいことのように思えるのである。すなわち満洲国は、存在そのものが国民の夢であり、光明であった。

「僕の回答を聞いていただけますか」

田宮少年が唐突に言った。それから指揮者に歩み寄って、何か二言三言。少年はマイクロフォンの前に戻ると、ハンチングの庇を上げ仁王立ちになって、両拳を左右の腰にあてた。

どうやらその格好が、お得意のポーズであるらしい。

勇壮な前奏は音程が高すぎると思われたが、天使の歌声はのびやかだった。

少年は覚悟を歌にした。

俺も行くから君も行け
狭い日本にゃ住み飽いた
海の彼方にゃ支那がある

支那にゃ四億の民が待つ

俺には父も母もなく
生まれ故郷にゃ家もなし
慣れに慣れたる山あれど
別れを惜しむ者もなし

昨日は東　今日は西
流れ流れし浮草の
果てしなき野に唯独り
月を仰いだ草枕

国を出るときゃ玉の肌
今じゃ槍傷刀傷
これぞ誠の男児《おのこ》じゃと
微笑む顔に針の髭

五十四

「好了《ハオラ》、好了！　ほおれ見たことか。あたしァひとめ見たときから、あの子はただものじゃあないと思ってたんだ。よほどの勘働きがなけりゃ、誰が好きこのんで家出者の面倒なんぞ見るものかね。いいかい、正太《ジョンタイ》。あたしァ、おまえたちの母親だ。そこいらの胡同《フートン》で行き倒れるところを、この家まで連れてきて、茶を飲ませ飯を食わせ、風呂銭までめぐんで生き返らせてやった。腹を痛めたわけじゃあないが、死んだ子供を生き返らせたんだから、やっぱり母親だろう」

寿太太《ショウタイタイ》は片言の日本語に支那語を混ぜてまくし立てる。木築正太もこの半月ばかりの間にずいぶん支那語を覚えたから、言っていることはだいたいわかった。

「だからどうだって言うんだい、太太」

「そりゃあおまえ、決まってるだろう。子供の稼ぎは親のものさ」

「兄貴はまだ稼いじゃいねえよ。映画に出てお足を貰うのは、ずっと先の話だ」

「ああ、それでけっこうさ。いいかい、正太。おまえもよく覚えておくんだよ。金の使い途もわからない子供が稼いだら、悪いやつらに狙われる。親に渡しておけば、なくなる心配はない。だからおまえたちの稼いだ金は、あたしのものだ」

「無茶は言うなよ、太太。兄貴が聞いたらおさらばだぜ」

寿太太《ショウタイタイ》は四十だと言っているが、たぶん十年前から四十だと思う。日本語が達者なのは、奉天の日本人町にずっと住んでいたからだそうだ。

兄貴の説によると、寿太太が長くいたのは奉天の妓楼で、それも上等の店だったから日本人の客がついた。なるほど言われてみれば、堅気の女とは思えぬ化粧をしているし、年甲斐もなく媚《こび》を売ったり、科《しな》を作ったりする。

「ところで、未来の映画スターはどこへ行っちまったんだね」

上機嫌で竈《かまど》の火を掻きながら寿太太が訊ねた。どうやら今晩は、合格祝いにとっておきの白い飯を食わしてくれるらしい。

「美子さんに伝えてくるって」

「ヨシコって、ああ、あの別嬪さんか。そうかね。母親より他人が先ってわけだ」

「兄貴に悪気はねえよ。同じ日本人なんだから仕方ねえ」

「おまえたちを助けちゃくれなかったじゃないか」

「そんなの、わかってるだろ。美子さんはワケアリなんだ。てめえのことだけで精一杯なんだからよ」

これも兄貴の説によれば、美子と連れの男は夫婦ではなく、駆け落ちなのだそうだ。もっとも兄貴と正太も兄弟ではないのだから、嘘はおたがいさまである。三日がかりで夜更けの新京駅にたどり着き、右も左もわからずに待合室をうろついていたら、同じ列車に乗ってきた美子に声をかけられた。

正太は逃げ腰になったが、兄貴は役者だった。また、連れの男は明らかにかかわりを避けていたが、美子はやさしかった。

後から考えれば、実は美子たちもどうにか新京まで逃げてきて、右も左もわからずに何かを訊ねようとしたのかもしれなかった。巡査や駅員に訊く度胸がなくて、日本人の子供に目星をつけた。むろんそれも、兄貴の説である。

そうこうしているうちに改札口が騒々《そうぞう》しくなった。新聞記者が入り乱れ、フラッシュが炸裂した。まさかあの「男装の麗人」が同じ列車に乗り合わせていたとは。

だが残念なことに、見物をしている場合ではなかった。どさくさに紛れて待合室を出ると、あんがいのことに駅頭には旅宿の客引きが大勢いて、日本語と支那語こもごもに声をかけてきた。夜も十時を過ぎれば、客引きもこの列車で店じまいなのだろうか、駆け落ちだろうが家出人だろうが盗ッ人だろうが、金さえ払えば何でもござれ、というふうだった。

結局その夜は、日本人町の南広場に近い、障子も畳も床の間もある旅館に四人で泊まった。「夫婦と甥二人の遊覧旅行」という筋書きである。

しかし、どうにかこうにか事が運んだのはそこまでだった。

翌日は美子たちと別れて宿を変えた。瀬川という連れの男が、同行を嫌がったからだった。

居場所が定まったら、新京駅の伝言板に書き込む。なかなか落ち着けなくても無事は報《しら》せ合う。そう約束して別れた。本当の身の上など知りもしないのに、あえて問わず語らず、相身たがいで情が通じた。

兄貴と正太はその足で支那人街に紛れ込んだ。異国情緒にひたってみたかったし、日本人町より人目につくまいと思ったからだった。

正太はれっきとした窃盗犯である。兄貴の事情は知らないが、日本人の目は気にしていた。旅費を親の財布からくすねたくらいで、人目を憚《はばか》るはずはない。

市場を見物して山盛りの食料に仰天し、屋台で買い食いをし、大道芸人に喝采を送り、食堂に入って身ぶり手ぶりの注文をした。日本円はどこでも通用したし、釣銭の満洲紙幣や硬貨は物珍しかった。いや、何よりも見るもの聞くものすべてが面白く、口に入る食べ物はいちいち舌がとろけるほどうまかった。これこそ王道楽土だと思った。

今にして思えば、その面白おかしい一日のどこかから、狙いを定められていたのだろう。東三馬路《トンサンマーロ》の裏路地の、わざわざ見つけた目立たぬ安宿に泊まり、朝になって気が付けば有り金がごっそり消えていた。

錠前は下ろしていたのだから、旅館もグルに決まっているのだが、何しろ言葉がちんぷんかんぷんで、まさか警察を呼ぶわけにもいかない。そこで通訳を買って出たのが、近所の胡同《フートン》に住まう寿太太《ショウタイタイ》だった。

「あたしとおさらばして、食っていけるものならそうするがいい。頼るところもない子供が、何を言いやがる」

寿太太は米を研ぎながら、意地悪く横目を使って、吐き棄てるようにそう言った。この人が何を考えているのか、正太にはまるでわからない。善人なのか悪人なのかも。

家出をしてはるばる日本からやってきた兄弟、としか言ってはいない。寿太太も深くは訊ねなかった。では素性も知れぬ日本人の兄弟をなぜ匿うのかと考えると、そこから先がわからなかった。娘ならば金に替わりもしようが、十四と十一の男である。

満洲は土地が余っているから働き手として売れるのか、それとも親の居場所を探って身代金をせしめる魂胆か、などと考えたが、こればかりは兄貴のおつむも回らなかった。

「なあ、太太。兄貴はまだ十四だから、金を稼ぐのは何年も先だぜ。それまでずっと、俺たちを養ってくれるんか」

正太は梁《はり》に飛びついて体を揺すりながら言った。新京の民家は天井が低い。冬の寒さや春の蒙古風を凌《しの》ぐためである。そのまま逆上《さかあが》りをして天井が軋《きし》んでも、寿太太《シヨウタイタイ》は叱らなかった。

「おまえたちは似ても似つかない。そういう嘘をつかなきゃならない子供を、追っ払うことなんぞできないよ」

「さっきは金をよこせって言ったくせに」

梁の上は暖かかった。そうして竈の前に蹲《うずくま》る太太の背中を見おろしていると、里の母親が思い出された。

倅がお店《たな》の売上金をかっぱらって逃げたのだから、ただではすまないだろう。親がお縄にはなるまいが、一生かかって金を返さなければならないかもしれない。

金が欲しかったのではない。満洲に行きたかったのだ。だったら旅費だけを盗めばよかったとも思うが、そんな器用なことなどできるはずはなかった。そしてとどのつまりは、持ち金をごっそり盗まれた。因果な話だ。

「あの別嬪さんはどこにいるんだね」

「駅前のヤマトホテルだって」

正太はとっさに嘘をついた。美子も寿太太も正体は知れないが、やはり日本人の味方である。ワケアリの男と女が新京随一のヤマトホテルに泊まれるはずはない。実は南広場に近いあの日本旅館に、今も居続けている。

寿太太の家に落ち着いて何日か経ったころ、約束を思い出して新京駅に行ってみたところ、「元ノ旅館ニ居マス」という伝言があった。それはそれで心強いのだが、二人の災厄を聞いた美子が送りがてら寿太太の家までついてきたものだから、話はたいそうややこしくなった。

どうやら美子は、てんで世間知らずの奥様であるらしい。事情があってこの子らの面倒を見切れません、ひとつよしなに、などと言いながら、瀬川や兄貴が止めるのも聞かず、手の切れるような十円札を何枚も寿太太に押しつけたのだった。

「なあ、太太。美子さんをゆすったってもう銭は出ねえよ。もともと赤の他人なんだから」

「そんなことは承知の上さ。あの人たちもひどい目をつかなきゃいいと、思ってるだけだよ。どうも日本からやってくるやつらは、やぶれかぶれが多すぎる」

正太は梁の上で俯《うつぶ》せた。やっぱり太太《タイタイ》は悪い人じゃないと思った。

「同じ日本人だからって、おまえたちもあまりかかずらわないほうがいいよ。この家にいる分には心配ない。飯もたんと食わしてやる」

米の炊き上がる匂いに、正太は鼻を蠢《うごめ》かした。美子から大金を貰ったのだから、米の飯ぐらいは毎度食わしてほしいと思うのだが、日ごろはぼそぼそとした高粱飯《コーリャン》である。

「太太は人相を見るんか」

「不懂《ブードン》、不懂、わかるものかね。ろくな人生じゃないから、人の生き死にや幸不幸が、何となくわかるようになっただけさ」

兄貴はとびきりの福相で、美子には凶相を見たということだろう。

「おいらはどうなんだい」

太太は屈んだまま梁を見上げて、ハハッと高笑いをした。

「だから、人相なんてわからないと言ってるだろう」

本当はわかっているのではないか、と正太は怖くなった。そうではないとしたら、とても頭がいいにちがいない。だとすると、もっと怖い気もするが。

「兄貴はひとめ見てただものじゃあないと思ったんだろう。だったらおいらのことも、わかってるんじゃねえのかよ」

寿太太《ショウタイタイ》はおもむろに立ち上がって、薹《とう》が立ってはいるがかつては美人だったにちがいない笑顔を、梁の上の正太に向けた。

「好了《ハオラ》、好了！　兄貴はやっぱり思った通り、ただものじゃあなかった。おまえの運命はたいそうなものじゃあないから安心をし。好了、好了。人間は当たり前が一番。吉も凶もないのが一等幸せさ」

満洲くんだりまで流れてきて、吉も凶もない人生だとは思えない。それに、誰よりもただものじゃあないのは、この太太にちがいないと正太は思った。

五十五

六人の私服憲兵が集合をおえるのを待って、酒井《さかい》大尉は令状を読み上げた。

「被疑者氏名、瀬川啓之。年齢二十七歳。逮捕事由、陸軍刑法第九十六条、応召遅延。現在地は吉野町四丁目若松旅館。一八一五《ひとはちひとごお》に所在確認。現在時刻一八三〇《さんまる》、食事

中と思われる。尚、同行者は池上美子、二十九歳。この者については拘引の要なし。以上」

若い上等兵が手を挙げた。

「同行の女から事情聴取をしなくてよろしいのですか」

「必要ない。幇助《ほうじょ》は認められない」

「それはそれとしても、人妻ならば姦通罪の現行犯ではないのでしょうか」

古株の憲兵たちは苦笑した。旅順の憲兵教習所から着任したばかりの上等兵は、勤勉な熱血漢で見どころはあるのだが、周囲は少々持て余し気味である。

「姦通罪は親告罪だから、現行犯逮捕はありえんよ。仮に告訴があっても、憲兵隊の領分ではない」

酒井大尉が端的に答えると、憲兵たちはどっと沸《わ》いた。上等兵は納得できない顔だが、こと細かに説明している暇はなかった。

「かかれ」と命じると、憲兵たちは一斉に会議室を駆け出した。背広姿もあり、綿入れの袍《パオ》を着て満人に変装した者もいる。酒井は革のジャケツの襟を立てて鳥打帽を冠り、黒いマスクで口を被った遊び人の体《てい》である。

しかしそのなりで憲兵隊本部を出ると、氷点下二十度の冷気が骨にしみた。道路もロータリーもでき上がってはいるが、あたりは巨大な建物が玩具のようにしか見えぬ雪原である。

憲兵たちは二台の自動車に分乗して出発した。大同大街を北にたどれば、じきに旧市街に入る。吉野町はそのただなかの繁華街だった。

命令を受領したのはきのうの午後である。憲兵隊長に呼ばれて、命令というより相談事のように話を持ちかけられた。

物事には何でも本音と建前がある、と憲兵隊長は切り出した。すなわち本音というのは、若い男と駆け落ちした女房をひそかに連れ戻したい。誰が。何々閣下の私事ならば、まだしもわかる。陸軍省御用達の会社の社長からの依頼だというのだから畏れ入る。

では建前はというと、これがまた感心するような妙案だった。女房の相方、つまり瀬川啓之なる銀行員は、就職するとじきに、いわゆる一年志願の幹部候補生として陸軍に短期入営した。銀行側から見れば、うらなりの大学出に心棒を入れる研修のようなもの、軍隊から見ればいざ動員がかかったときの将校の確保で、いわば持ちつ持たれつ、少しも珍しい話ではない。

しかし職場に戻っても軍籍はあるのだから、もし召集令状が届けばただちに馳せ参じる義務がある。女房に逃げられた社長は、陸軍省のお偉方に泣きを入れ、袖の下でも摑ませたのかどうか、あわれ瀬川啓之に召集令状が出た。

陸軍刑法第十一章「違令ノ罪」のうち、第九十六条「応召遅延」の項に曰く。

在郷軍人故《ゆえ》ナク召集ノ期限ニ後《おく》レタルトキハ左ノ区別ニ従《したご》テ処断ス

一、戦時ニ際シ又ハ事変ノ為召集ヲ受ケタル場合ニ於テ五日ヲ過キタル者ハ二年以下ノ禁錮ニ処ス

二、其ノ他ノ場合ニ於テ十日ヲ過キタル者ハ一年以下ノ禁錮ニ処ス

つまり亭主は、姦通罪の親告という屈辱を免れて、女房を取り返す妙手を思いついたのだった。

徴兵忌避の逃亡者は毎年二千人に及ぶ。しかし幹部候補生は珍しい。むろん、将校は志願者であるから、正しくは召集に応じなかったのであり、徴兵忌避には当たらないのだが。

そうした本音と建前を臆面もなく明らかにしたうえで、「将校の応召遅延は皇軍の面目にかかわる」と、憲兵隊長はわけのわからぬことを言った。

二人の所在が判明したのは、旅館からの通報だった。

年を跨《また》いで長逗留している不審な男女。宿帳には夫婦とあるが、どうにもそうとは

見えぬ。めったに外出もせず、びくびくと人目を避けている。

そこで、番頭と仲居を呼んで手配写真と照合し、瀬川啓之にまちがいないとの証言を得た。

「大尉殿――」

隣りに座る熟練の曹長が、思い余ったように話しかけてきた。車は凍りついた大街をゆっくりと走っている。

「やはり、女の身柄も確保したほうがよろしいでしょう」

「令状は瀬川啓之に出ている。女を拘引する理由はない」

メガネの曇りを襟巻で拭いながら、酒井は冷ややかに答えた。曹長が溜息をついた。

「わかり切った話ですが、的は瀬川ではありませんよ」

「ほう、そうかね。だが、令状のない者を引っ張るわけにはいかない」

「隊長殿から口頭命令はなかったのですか」

「何だ、それは。俺は何も聞いていない」

やれやれ、ともういちど息をついて、曹長は説得を続けた。

「自分も事情は知っておりますが、いい気持ちはしません。隊長殿も口が腐るからはつきりとは言えんのです。男はどうでもよいのです。あまり意固地にならんで下さい」

「本音と建前がちがうというのだな。軍隊にそんな理屈が罷り通ってたまるか。ましてやわれわれは、軍法を司る憲兵だぞ。法をおもちゃにしやがって」

曹長は呆《あき》れたように窓を向いてしまった。煮ても焼いても食えぬ頑固者だと思ったのだろう。

酒井大尉には覚悟があった。陸軍省のお偉方と出入業者の間に、どのような義理があろうと知ったことではない。この話はおかしい。法の正義を侮辱している。よって自分は、あくまで陸軍刑法第九十六条に則って被疑者を逮捕する。同行の女がでっち上げられた罪を幇助しているはずはない。これを逮捕したいのなら、あくまで姦通罪を適用すべきである。

むろん酒井が「建前」に沿ってそのように行動したところで、誰も咎めることはできないはずだった。

吉野町の街路にはネオンサインが灯り始めていた。何もかも凍りついたまま、艶《なまめ》く夜が帳《とばり》を開ける。

そもそも応召とは、陛下のお召しに応ずる名誉である。それを駆け落ちした女房の捜索に利用するとは許し難い。もし今、法にかかわる者がこれを看過すれば、いずれは国家にとって都合の悪い人間を、片ッ端から戦場に送りこむような時代がくる。国民を守るべき法の尊厳が損われてしまう。

法律を学び、法に携る者のここは正念場だと酒井は思った。


映画のオーディションに受かったと言ったら、瀬川も美子もびっくり仰天して、お祝いに旅館の夕飯を食べて行けと勧めた。

刺身も味噌汁も恋しいが、寿太太《ショウタイタイ》はきっと白い飯を炊いてくれているだろう。足元の明るいうちに帰りたいと言って、田宮修は吉野町の若松《わかまつ》旅館を出た。東三馬路《トンサンマーロ》の寿太太の家までは、凍った道を三十分も歩かねばならない。

オーディションのために買い揃えた古着は、思いのほか暖かい。この外套だけを残して学生服も府立一中の制帽も捨ててしまおうと、田宮修は考えている。

吉野町の街路は碁盤の目になっていて、若松旅館はその角から角へと黒塀を渡している。塀の内と外は、日本と満洲にきっぱりと分けられていた。

どう見ても二人は夫婦ではない。奥様と番頭の駆け落ちとでも言えば、そんなところだろうと思える。

シベリア鉄道でパリにハネムーンだと言っているが、通過査証がなかなか取れずに半月というのは、どうも話が怪しい。修と正太によくしてくれるのも、自分たちが心細いからだろう。駅だの百貨店だの銀行だのと、使いッ走りをするたびに小遣もくれる。

修はべつだん、二人を頼りにしているわけではなかった。むしろ、二人がいったい何者でどんな罪を背負っているのか、はたしてパリまで逃げおおせるのか、それとも心中でもするのか、などという暗い興味をそそられているのである。瀬川は背の高い二枚目、美子はとびきりの別嬪で、そのまま銀幕の中に嵌めこんでもふしぎはないくらいだった。

電信柱の蔭に、鳥打帽を目深に冠ってマスクをかけた男が立っていた。修は視線をそらして早足になった。

黒塀の角を曲がると、やはりソフト帽の庇を下ろした屈強な男が、すれちがいざまにじろりと修を睨みつけた。

さらにその先の目抜き通りには、エンジンを回したままの乗用車が、二台つらなって停まっていた。

歩きながら修は、さてこの捕物を見届けるべきか、それとも一目散に逃げるべきかと迷った。

新京の一日は昏れそうで昏れない。空はまだ青みを残したまま、針で突いたような星がきらめいていた。

それにしても協和会の食堂でごちそうになったカツレツはうまかったなと、修はべつの頭で考えた。

オーディションの合格者は二人きりだった。もうひとりは修と同い齢の愛くるしい中国娘で、鈴を振るようなソプラノの持ち主だった。

これはけっして正月の座興ではありません、と協和会の人は言っていたが、まだ映画を作る予定はないようだった。それでも、何か不都合があればすべてこちらに任せてほしい、と断言してくれた。つまり、修の場合で言うなら、生活の面倒を見て親を説得して、東京を売る原因になった悶着も、みんな解決してくれるという意味だと思う。

むろん二つ返事で飛びつくほど、修は子供でも馬鹿でもなかった。こっちの「不都合」は並大抵のものではない。しゃべるだけしゃべって知らんぷりをされ、警察に引き渡されでもしたら一巻の終わりである。

ここは迷っているふりをして、しばらく様子を窺ってみようと修は思っていた。

ところで、あの美男美女はこれで一巻の終わりか。シベリア鉄道でパリへの逃避行でもなく、かと言って旅館の梁から吊る下がるでもなく、何ともつまらない幕切れである。

造り物のように氷をまとった街路樹の枝を見上げて、俺の知ったこっちゃねえやと、修は帰り道を急いだ。昏れそうで昏れないこの時刻は、魔物が棲むようで好きになれない。

「ねえ、ヒロちゃん。そろそろ宿替えをしたほうがよくはないかしらん。心付けはたんと渡してあるし、宿代も前払いしてあるけど、ひとっところに半月は長すぎるわ」

メガネをかけて膝前に並べられた夕食を検《あらた》めながら、池上美子は提案した。

この旅館は安心できる。番頭も仲居も余分な口はきかないし、女将は顔も見せない。たぶん夫婦ではないと勘づいて気を回しているのだろうが、それはそれで結構な話だった。

ただ、飽きてしまったのだ。海が遠いから献立は毎日が似たもので、ほとんどが肉か乾物、刺身といえば鱒《ます》と決まっている。ホテルならばメニューで選べるが、日本旅館はあてがい扶持で辛抱するほかはない。

「あすあさってにも査証が揃います。そしたら、ハルビンかハイラルで待てばいい」

女学校時代の親友の夫が南満洲鉄道に勤めていて、事情をどこまで聞いたものやら美子のために奔走してくれた。おかげでドイツとポーランドの査証はすぐに取れたのだが、肝心のソヴィエトが手間取っていた。それがなければ国境を越えられない。オトポールからモスクワまで六日がかりの特急は週に二便。いや、国境のオトポールまで行けばもう追手はかからない。


「ねえ、あすあさってに揃うのなら、ヤマトホテルに移りましょうよ。ヒロちゃんは考えすぎよ。誰も私たちのことなんか、探しちゃいないんだわ」

言い返そうとした声を、瀬川はビールで飲み下した。

窓ガラスは二重で、スチーム暖房が通っている。二階の奥まった部屋は吉野町の喧噪と無縁だった。八畳の座敷にコタツのある三畳の次の間が付いており、隠れ家としてはまず申し分ない。

しかし退屈である。夜は誰はばかることなく愛し合うにしても、まさか真昼間からというわけにもゆかぬし、内地とちがって本や雑誌がふんだんにあるわけではない。新聞が楽しみだなどと、まるで年寄りの気分だった。

日に一度は外出するが、三十分もすれば瀬川が寒いから帰ろうと言い始める。寒さも寒いが臆病風に吹かれているのはたしかだった。

一方の美子は、平穏な日々が続くうちに何もかもが思い過ごしのような気がしてきた。いざこうなれば夫は嫉妬する理由もなくなり、なおかつ女房のヒステリーに首をすくめるでもなく、女たちとよろしくやっているのかもしれない。

そういうことならばパリで一年か二年のんびりと暮らし、ヨーロッパを漫遊するうちに今後の策も思いつくだろう。

その間に瀬川の子を産みたい、と美子は思った。

「ごめん下さいまあし。すっかりご無沙汰しております、大連の酒井でございまあす」

酒井大尉は玄関で人を呼んだ。打ち込みのときは客を装ってさりげなく声をかけると、申し合わせてある。凶悪犯ではないのだから、旅館に迷惑をかけず、ほかの客にもなるたけ気取られぬように事を終わらせたかった。

ならば二人か三人で手は足りるのだが、六人も付けたというのは、陸軍省からの密命を憲兵隊長が重く見たからで、酒井はそのあたりも腹に据えかねていた。

馬占山逃亡のときのチチハル憲兵分隊長ということで、罪もないのに冷飯を食わされている。あげくの果てにこんな汚れた任務を命じられた。

軍律違反ならば容赦はしない。だが、軍律違反にかこつけて駆け落ちを捕まえるのである。これが憲兵将校の任務かと、思うだけでも腹立たしかった。

「あぁら、酒井さん。お久しぶりですなあ、ようお越しやす」

と、初対面の女将はなかなかの役者である。むしろ後から出てきた番頭のほうが及び腰で、仲居は顔も見せなかった。

「さっそくご案内いたしましょか」

「ああ、お願いします。みなさん、お食事中ですね」

「はい、さようでございます」

「お忙しいところ申しわけありませんなあ」

酒井が靴を脱いで上がると、二人の部下が影のように続いた。そのほかの配置は門前の路地に二人、裏口に一人、庭先に一人、どうあがいても逃げようはない。

あえて夕飯どきを選んだのは、かえってほかの客に気付かれぬと考えたからである。真夜中の打ち込みは確実だが騒動になる。

大階段を昇ると、月かげの差し入る庭ぞいの廊下が延びており、客は断わったものか障子ごしの灯はなかった。

番頭が黙って廊下の突き当たりを指さした。酒井が肯くと、番頭を押しのけて二人の部下が前に出た。

「夜分おそれ入ります」

返答を待たずに酒井は座敷に乗りこんだ。部下も続いた。男はコップをかざしたまま、女は箸を持ったまま凍りついていた。

酒井は屈みこんで令状をつき出した。

「ギャングではないから安心なさい。瀬川啓之だな」

はい、と男は神妙に膝を揃えた。

「陸軍刑法第九十六条により、逮捕する。現在時刻十九時十三分、逮捕」

エッ、と瀬川が声を上げて驚いた。

「憲兵隊ですか」

「そうだ。意外だろう」

「あの、逮捕事由がよくわかりません。なぜ陸軍刑法なのですか」

「おまえ、法学部か」

「はい、そうですが」

皮肉な話もあるものだ。かつて軍隊とは無縁だった法科の学生が、学んだ法の中でも無縁だろうと思っていた陸軍刑法をめぐって、こんなふうに対峙している。しかも、日本を遠く離れた満洲で。

俺もこいつも、いったいどこでどうまちがえたのだ。

いや、悪いのは俺たちじゃない。大学を出ても就職先が軍隊しかないような不景気を、事実上の植民地経営で回復させようとする政治は、資本主義の退歩にちがいない。いや、歴史の退行にほかならない。俺たちは無理な工程の歯車からこぼれて、未成の製品のまま、自分がどこの誰で、何のために存在しているかもわからぬままこうして向き合っている。ただ、陸軍刑法を因縁《よすが》として。

「応召遅延だ」

「召集を受けたおぼえはありません」

「本籍地にはとうに令状が送達されている。十日を過ぎたから逮捕状が出た」

瀬川の憎しみのこもったまなざしが、酒井を睨みつけた。

「あるいは、と思っていましたが、本気でこんな汚い手を使うとはね」

「ああ。俺もそう思うよ」

酒井は視線をそらして女を見つめた。池上美子は体の芯を抜き取られたように呆然と座りこんでいた。

「この男の逃亡を幇助しましたか」

女は顎を振って否んだ。

「ならば用はありません。あなたの令状もありません。迷惑だからこの旅館はすぐに出なさい」

部下たちは口を挟まなかった。これは抗命ではない。令状に従って任務を遂行しただけである。酒井を罰する法のないことも、部下たちは知っている。

着替えをする男の背を女は黙って見つめていた。今生の別れだと思っているのだろうか。切なげに「ヒロちゃん」と呼びかけたが、男は振り向きもしなかった。

「手錠はかけない。面倒を起こすなよ」

はい、と瀬川は答えた。ホームスパンの三ツ揃いは上等で、やはり銀行員は給料がいいのだろうと思った。

部下たちが瀬川を引き立てたあと、酒井はもういちど女に言い含めた。

「あなたは関係ない。すぐに新京を出るがいい」

どこまでわかってくれただろうか、女はふしぎそうに酒井の顔を見つめて「はい」と答えた。

五十六

暇である。

六十余年の人生を顧《かえり》みても、さしあたってやるべきことのないこうした日々は、たとえ一日たりともなかったと思う。

張作霖《チヤンヅオリン》の幕下にあっても、趙爾巽《チヤオルシュン》のもとにあっても、袁金鎧《ユアンチンカイ》はまめまめしく働いた。あちこちから持ち込まれる庶務雑務を、片っ端から処理するのが彼の役目だった。顔が広いわりには人望がなく、おだてられれば否《いや》とは言えず、なおかつ如才なくて器用であったから、自然にそうした役回りになった。だからいつだって忙しかったのである。

誰もが暇ならばよい。だが、どうやらそうではなさそうだった。

袁金鎧は執務室の窓辺に倚《よ》って、雪化粧をした大同広場を見渡した。氷点下の寒さの中で、どこもかしこも昼夜わかたぬ突貫工事が続いている。今の新京《シンジン》には、自分のほかに暇な人間などひとりもいないように思える。

三月一日の帝政実施まで二ヵ月足らず、むろんすべてが完成を見るはずはないが、全世界の注目を集めるそのときまでに、できる限りの体裁を整えるべく工事は続いていた。

それにしても、新京《シンジン》の都市計画には舌を巻く。模型を見たときは、いったい何十年後の風景だろうとなかば他人事《ひとごと》のように思ったものだが、金をかけるだけかけ、時間は縮めるだけ縮めて、今や実現されつつある。

たとえば、この立派な執務室が、急ごしらえの仮ずまいだとはとうてい思えない。天井は高く、床も壁も厚く、アーチ窓は広い。

昨年の初夏に、魔法のように完成した二つの庁舎には、袁金鎧《ユアンチンカイ》がその名を列《つら》ねる参議府をはじめ、政府機能の多くが入っている。第一庁舎は四角ばった西洋風、第二庁舎は塔や屋上に瓦屋根をあしらった中国風である。いずれも巨大な建物であるから、べつだん窮屈ではない。

ところが、少し離れた順天広場に面して、よりいっそう巨大で豪奢な国務院庁舎を、目下大急ぎで建設中なのである。その大きさといったらまったく目を疑うばかりで、とうてい日本人が設計したとは思えぬ。第一、東京の国会議事堂が十数年もかけていっこうに出来上がらぬのだから、やはりこれは魔法と言うべきであろう。

完成の暁には、参議府もそちらに移るらしい。ほかにも巨大庁舎は順天大街に面していくつも建設中で、それらが出来上がれば、大同広場の第一庁舎と第二庁舎は、それぞれ新京特別市公署と首都警察庁の専用になるという。いやはや、さても贅沢な話である。

建国から二年足らず。首都建設と帝政移行。暇な役人などいるわけがない。ところが政府の重鎮にちがいない袁金鎧《ユアンチンカイ》には、さしあたってやらねばならぬことが何もなかった。

執政の諮問機関たる参議府には、議長以下八人の参議がある。いわば元老である。しかし、執政閣下がどうお考えになり、参議がどのような助言をしようと、事実上の決定権は関東軍司令官にあるのだから、ほとんど意味を持たぬ名目だけの重臣にちがいなかった。

たとえば、このたびの帝政移行について、執政閣下は大清の復辟とお考えになっている。辛亥革命によって退位させられたご当人が、ふたたび帝位に就かれるのであるから、たしかにそうであろう。したがって来たる三月一日に予定されている登極式には、復活した皇帝が龍袍《ロンパオ》を着用して臨み、天壇に拝跪《はいき》して天と愛新覚羅《アイシンギヨロ》の祖宗に報告をし、併せて天下に大清復辟の宣明をしなければならぬ。

好《ハオ》。すばらしい。そしていつか長城を越えて北京に帰り、皇帝陛下はふたたび紫禁《ヅチン》城《チョン》の高みくらに就かれる。「後清」の歴史が始まる。

しかし、関東軍の考えはちがった。そもそも満洲国は、東北人民の自発的意志によって作られた国家であって、清朝の復辟ではない。執政閣下は先朝皇帝としてではなく、その卓越せる御人格と御威徳によって迎えられたのである。よって清朝古来の儀礼等は必要性がないばかりか、国際関係上も好もしくない。執政閣下はあくまで満洲帝国皇帝として即位なされるべきである。

好。こちらもわからんではない。いや、理想を追うよりも現実を見極めれば、そういう結論になる。

話がちがうではないか、と執政閣下は怒りをあらわになさった。天津《テイエンジン》から東北に迎え入れられた条件は、何よりも「大清復辟」だったと主張なされた。

さて、どうだろう。言った言わないの水かけ論であるうえに、関東軍の軍人たちはそっくり入れ替わっている。

執政閣下は臍を曲げる。関東軍は知らんぷり。袁金鎧《ユアンチンカイ》は蝙蝠の性を十全に発揮して、今も調整に当たっている。

しかし、それとて難しい話ではない。執政閣下がどれほどご不満であろうと、関東軍の優位は揺るぎないからである。すなわち、復辟宣言はいっさいせずに、執政閣下がしぶしぶ納得せざるをえない程度の譲歩を、関東軍から引き出せばよい。

しかも、すでに落としどころは見えている。仮宮殿に内外の賓客を集めて公式の登極式典を挙行し、時と場所を改めて私的な儀式を行えばよいのである。公私の立場を使い分ければ、問題は何もない。

ただし、早くに提案すれば、やれ規模だの予算だのと揉めるから、もうどうしようもないぎりぎりのところで、熟慮の結果を装いながら言い出す。執政閣下の了解さえ得れば、ただちに計画を実現するだけの根回しもおえている。

よって今は、さしあたってやるべきことが何もない。

雲間から薄陽がさして、大同広場の雪景色を眩《まば》ゆく輝かせた。袍《パオ》の懐から色眼鏡を取り出す。あんがい似合うと思う。

何もかも不自然なこの国家は、色眼鏡を通して見るがいい。ほの暗い水の底に沈めてしまえば、いくらかは信じられる。

「閣下、急なご来客ですが、いかがいたしましょう」

秘書官が来客の名刺を恭《うやうや》しく捧げた。

南満洲鉄道の課長は知った人だが、連絡もとらずにいきなりやってくるとは、どうしたことであろう。しかし無下にはできぬ。満鉄は関東軍とはちがった意味で、満洲国のもうひとりの支配者である。ましてやその課長は、ゆくゆく理事に出世すること まちがいなしと噂される人物だった。

「老師好《ラオシハオ》！」

じきに扉が開いて、衝立の向こうから若い課長が顔を覗かせた。帝大卒の選良のくせに、少しも偉ぶるところがない。中国語は堪能である。

「啊呀《アーヤー》、好久 没見了《ハオジヨウメイチエンラ》」

やあ久しぶり、と袁金鎧《ユアンチンカイ》は課長に歩み寄って手を握った。そう言うほど親しいわけではないが、おたがい親しいと思いこむことは肝要である。

「唷《ヨオ》？」

課長と抱き合ったまま、袁金鎧は「おや？」と目を剝いた。

「你好《ニイハオ》」

「こんにちは。その節はどうも」

戸口に佇んでいるのは、滅法な美女である。見覚えがあるのだが思い出せぬ。

「ご存じでしょう、閣下。こちらは池上美子さん。家内の女学校時代の親友です」

池上美子《チーシャンメイヅ》。名前は知らぬが、たしかにどこかで会っている。

考えるまでもなく思い出した。昨年の暮れ、満鉄急行の一等車に乗り合わせた女だ。たしかあのとき、困り事があればいつでも訪ねていらっしゃい、などと言って名刺を渡した覚えがある。

「閣下とはかねて面識はあるのだが、ひとりで訪ねるには参議府の敷居が高すぎる、というわけで私が同伴しました。どうか相談に乗ってやってはいただけませんか」

折目正しい北京語で課長は言った。

ほおれ、見たことか。だからつまらぬ見栄を張るものじゃない、と袁金鎧はおのれでおのれを罵った。

一等展望車に乗っていた連れの男は、どう見ても亭主ではなかった。不貞。駆け落ち。おそらくややこしい話になって、泣きついてきた。

おいおい、私は満洲国参議府参議なのだよ。気易く人生相談を持ちかけるような小物ではないのだよ。むろん大物とまでは言わぬがね。

しかし、そうは思っても満鉄課長の頼みを無下にはできず、ましてや妙齢の色香にほだされて、機嫌よく応接椅子を勧めてしまった。

どうせ大した悩みではあるまい。男に逃げられて途方に昏《く》れたか、亭主から追手がかかったか。せいぜい姦通罪の手配書が回ったので、どうにかしてくれというところだろう。

好好《ハオハオ》。何だって私に任せなさい。そう、何だって任せなさい。

ところが、ことのなりゆきはさほど簡単ではなかった。

司法部も警察も、袁金鎧《ユアンチンカイ》の息がかかった役人が大勢いるから、どうとでもなる。だが、相手が悪すぎる。泣く子も黙る関東憲兵隊では、口の出しようがない。


「貴様、いったい何を考えとる」

従兵が退室したとたん、隊長の怒りが爆発した。

将校が将校を殴るというのは、酒席の喧嘩でもない限りありえない。よほど腹が立ったのだろうが、わけも聞かずにいきなり暴力をふるう人間に、法を戴く資格はないと酒井大尉は思った。

踏みこたえて姿勢を正すと、軍服の胸ぐらを摑み上げられた。唾を飛ばしながら中佐は怒鳴りつけた。

「いいか、酒井。俺は、馬占山を取り逃がした貴様に、汚名返上の機会を与えたつもりだった。それが何だ、被疑者は逮捕しました、同行の女は幇助の事実が認められぬので逮捕しませんでした、だと。事情はあれほど説明したではないか。いったいどういう了簡だ。俺に対する嫌がらせか」

隊長は執務机に戻り、酒井が夜更けまでかかって録取した供述調書を床の上にぶち撒けた。

「こんなものはどうでもいいんだ。すぐに女を引っ張ってこい」

「逮捕事由が見当たりません。明らかな幇助が認められない限り、軍籍のない国民を憲兵隊に拘引するわけにはいきません」

隊長は机を平手で叩いた。

「理屈は聞かんぞ。だから言わでものことまで説明したではないか。何をしているんだ。ただちに若松旅館に走って女を捕まえてこい」

酒井大尉は軍服の襟を斉えて、一歩進み出た。

「いやであります」

隊長は怒りで青ざめた顔を上げた。

「何だ、貴様。今何と言った」

「いやだと申しました」

「抗命だぞ」

「いえ、ちがいます。帝国軍人がこのような命令を出すはずはありません。上官の命令は畏《かしこ》くも――」

隊長が不動の姿勢をとったのを見てから、酒井大尉は言葉を続けた。

「天皇陛下のご命令であります。しかし、駆け落ちした陸軍御用達の商人の女房を、逮捕せよとの大詔が渙発されたとはとうてい思われません。よって自分は、陸軍刑法第九十六条に基き被疑者を逮捕しましたが、同行者を拘引せよとの命令には従えません。それは皇軍を私する不届き者がでっち上げた、偽命令にちがいないからであります」

隊長は絶句してしまった。この上官に恨みはない。与えられた任務に得心ゆかなかっただけである。

雪景色を背にして、隊長は窓枠に腰を預けた。腑抜けたような姿が老けて見えた。士官学校出だが絵に描いたような老頭児《ロートル》中佐で、次の将校人事で大佐に昇進できなければ、五十三歳の実役定年になるとこぼしていた。

それでも酒井は、法の正義を侮辱した上官を許すことはできなかった。陸軍省の誰かしらの意を受けて、東京の憲兵司令部から新京の関東憲兵隊へ、さらに新京憲兵隊へと達せられたこの命令に異を唱える者はなかった。それは彼ら憲兵が、法律家ではなく軍人だからなのだと思った。

ならば、自分が法の正義を守らねばならない。軍人である前にひとりの法律家として。また、命令の実行者として。

たとえその結果、何の恨みもない上官が満五十三歳の実役定年を迎えざるをえなくなったとしても。

「そういう肚積もりだったのなら、どうしてはなから言ってくれなかったのだ」

早朝の隊長室にはペーチカの暖気もまだ届かず、声は溜息のように白かった。

命令を受けたその場で異を唱えたなら、隊長はべつの者を行かせただろう。そして誰が行こうが、女は幇助の疑いありとして拘引されたはずである。ならば自分が行くほかはないと、酒井は考えたのだった。法の悪用を阻止できるのは、自分しかいないと思った。

隊長は床に散った供述調書を拾い集めて執務机についた。ていねいに録取された冒頭部を読んで、酒井を睨みつけた。

瀬川啓之の供述は、池上美子との駆け落ちの顚末に終始している。大陸情勢も一段落した今、召集があるなど考えてもいなかったと瀬川は言った。当然である。召集令状は池上美子の夫の依頼を受けた、陸軍省内の誰かがでっち上げた。

そこで酒井は、瀬川を説得して駆け落ちの顚末を語らせた。逃避行のさなかでは召集を知ることができなかった、という筋書きである。つまり、池上美子の夫が最も忌避する事実を瀬川に暴露させ、公然たる供述調書として録取した。

「隊長殿も捺印ねがいます」

「正気か、貴様。応召遅延を姦通罪に差し替えるつもりか」

「もともとは姦通罪として親告されるべき案件です。自分は軍事警察官として、軍法が辱《はずかし》められるのを座視するに忍びません。軍法によって裁かれる兵隊たちの身にもなって下さい。今こうしているときにも、陸軍刑務所の物相飯《もっそうめし》を食っている兵隊がいるのです。毛布一枚も与えられぬ重営倉で、寒さに震えている兵隊もいるのです。姦通罪の親告を避けて軍法を利用するなど、軍を侮辱しております。それに加担した軍人は、魂を金で売ったとしか思えません。よってこの案件は、現場にあるわれわれが拒否すべきであります。説明を要するのであれば、自分が軍司令部にも陸軍省にも出向いて申し述べます」

酒井は怒りで声を裏返しながら、一気にまくしたてた。

騒ぎを聞きつけて事務室を隔てる内扉が開き、将校や古手の下士官が顔を覗かせた。誰も声をかけないのは、自分の理をわかっているのだろうと酒井は思った。

部下たちを一瞥して、隊長は声を低めた。

「貴様の言うことは正論だ。だが、少しは損得を考えろ。大人になれ」

どうして軍人は本分を忘れてしまったのだろう。個人の損得など、まっさきに捨て去らねばならないのに。

どうして軍人は謀略を好むようになったのだろう。正義を滅してまで求める結果など、あってはならないのに。

「隊長殿にご迷惑をおかけしたことは、おわびいたします。しかし、自分は不当な拘引はできません。ほかの者に命じて下さい」

誰も手を挙げてくれるなと、酒井は背中で言ったつもりだった。

窓の外で風が唸り、氷の粒が吹き寄せた。街路はあらまし出来上がっても建物の疎《まば》らな新京では、吹雪に巻かれて行き倒れる人もある。

あの女は行くあてもなくさまよっているのではないかと、酒井大尉は気を揉んだ。

「まさかとは思うが、貴様、馬占山を取り逃がしたのではなくて、わざと逃がしたのではあるまいな」

「ちがいます」と答えたものの、酒井にはそう断言するだけの自信がなかった。むろん、馬占山をわざと逃がしたはずはない。ただ「王道楽土」よりも、「還我河山《かんがかざん》」のほうが真実だと思えるからだった。

胡同《フートン》の奥の寿太太《ショウタイタイ》の家は、煉瓦の重みで一尺も地面にめりこんでいる。屋根と壁の間にもずいぶんすきまがあって、雪がちらつけばすぐにそうとわかる。けさも暗いうちから顔に雪が降りかかって目が覚めた。

だが、あんがいのことにこの家は暖かい。台所を挟んだ二つの部屋には温床《オンドル》が通っていて、羊毛の万年床はいつもぽかぽかと温《ぬく》まっていた。大蒜《にんにく》の匂いにもすっかり鼻が慣れて、このごろでは少しも気にならない。

兄貴はぐっすりと眠っている。きのうの晩、白い飯を腹いっぱい食べたあとで聞かされた話を、正太は思い返した。夢ではないと思う。

吉野町の若松旅館のまわりに、私服刑事が何人も張り込んでいた。きっと瀬川さんと美子さんを捕まえにきたのだ、と兄貴は言った。

二人が夫婦ではないことはわかっている。人目を気にしているふうもあった。兄貴の推理によると、どうやら美子さんは亭主持ちらしいのだが、そのことが警察に追われるほどの罪だとは、正太にはどうしても思えなかった。

聞いたとたん、居ても立ってもいられなくなったが、正太にできることは何もなかった。お尋ね者は自分も同じだった。

「早啊《ザオア》、太太」

正太は蒲団から抜け出して、朝飯の仕度をする太太に声をかけた。このごろでは耳で覚えた支那語が、考えもせずに口から出るようになった。

「早安《ザオアン》」

竈に石炭をくべながら、寿太太は顔だけ振り向けて答えた。

太太の使う日本語は乱暴だが、支那語はまるで小鳥が囀《さえず》るようで耳にここちよい。

「小便もれちまう」

「外は寒いよ」

太太が投げてよこした馬褂《マーコワ》を着て、正太は胡同に出た。

どの家にも便所はない。銭湯はあるのに公衆便所はない。男も女も羞《はじら》うことなくそこいらで用を足す。

吹き抜ける風に震え上がった。そこいらと言っても、家の前で小便を垂れるわけにはいかない。少し先に四合院の塀が続いていて、定《き》め事なのか暗黙のならわしなのか、そのあたりが胡同の住人たちの便所だった。

「早啊」

先客の女に挨拶をして、正太は塀に向き合った。小便の出切る間ももどかしいほどの寒さである。ふるさとも雪深い村だが、ここよりはずっと暖かかった。馬褂の背に氷の礫《つぶて》が吹きつける。零下二十度の下だろう。

覚めきらぬ頭の中で、二人は今ごろどうしているのかと考えた。べつべつの牢屋に入れられて、駆け落ちのいきさつをあれこれ白状しているにちがいない。

自分のことをしゃべるかもしれない、と思うと気が気ではなくなった。木築正太という名前も知っている。有り金を盗まれて、寿太太《ショウタイタイ》の厄介になっていることも。しかし、まさかお店《たな》の売上をくすねた小僧だとは知らない。話の中に名前が出ようものなら、ひとたまりもないと正太は思った。

「こうしちゃいられねえや」

だからどうする、というあてはないが、ともかく寿太太の家は出なければならない。こんな危《やば》い話に、どうして今の今まで気付かなかったのだろう。

急ぎ足で戻りかけて、真向《まっこう》から氷の吹き寄せる胡同《フートン》に正太は足を止めた。凍った睫《まつ》毛《げ》をしばたたく。寿太太の家の前に、熊皮の帽子を冠った大男が佇んでいた。

警察だ。たぶんそこいらじゅうに警官が潜んでいて、寿太太が扉を開けたとたんドッと踏み込むつもりなのだ。

大男は正太に気付いて振り返った。鋭い眼光に射すくめられて、逃げようにも体が動かなかった。

「早啊《ザオア》――」

先に口をきいたのは男のほうだった。嗄《しわが》れた低い声で何かを訊ねたが、正太にはまるでわからなかった。

「太太は何も知らねえんだ。乱暴はしねえでくれろ」

しげしげと正太を見つめてから、男は「日本人《リーベンレン》」と訊ねた。正太が肯くと、くわえ莨《タバコ》の唇をひしゃげてにっこりと笑った。

正太は胸を撫でおろした。どうやら警察ではないらしい。新京の警察官は日本人と支那人がまぜこぜだが、日本語の話せない支那人が自分を捕まえにくるはずはないと思った。

「寿太太の家だけど、お客さんですか」

身ぶり手ぶりをまじえて言うと、男は即座に「是的《シイダ》」と答えた。聞く分にはいくらか日本語がわかるようだった。

眉毛も睫毛も髭も真白に凍っている。狐の襟が付いた外套は上等で、たぶん商人か地主だろう。日本語の達者な寿太太は、みんなから重宝されている。

腰の高さまで沈んだガラス窓をこすって、寿太太が客人を見上げた。よほど思いがけない顔だったのか、「アイヤヤー」と驚く声も聞こえた。

たちまち扉が開いた。客人を招き入れてから、寿太太《ショウタイタイ》は正太の腕を摑んで家に引っ張りこみ、横殴りの雪が流れる胡同《フートン》の左右に目を凝らした。その様子を見て正太は、客人が当たり前の人間ではないと知った。

雪煙を巻いて扉が閉められ、錠前が下ろされた。

「偉い人なんだから、きちんと挨拶をし」

起き抜けの兄貴はわけもわからずに頭を下げ、正太も改めて「こんにちは」と日本語で言った。

男は竈の前に屈みこんで凍えた体を温めた。熊皮の帽子を脱ぐと白髪まじりの坊主頭で、外套の下には綿入れの袍《パオ》を着ていた。大男に見えたのは着膨れのせいだった。

「太太のコレか」

と、兄貴が親指を立てて囁いた。

「まさかよ。そんなふうじゃなかったぜ。それに、金持ちのじじいが妾を囲うんなら若い女だろ」

「支那人の金持ちは妾なんざ囲わねえさ。知ってっか正太、一夫多妻っての。不自由をさせなけりゃ、女房を何人持ったっていいんだ。まあ、どうやらそういう仲でもなさそうだけどな」

寿太太は男の訪いがよほど思いがけなかったようで、ひどく興奮していた。男はその肩を叩いて宥《おとな》めながら、兄貴と正太に目を向けて、「どうして日本人の子供がいるのだ」というようなことを言った。

「修哥《シウコオ》、窓を隠しとくれ」

兄貴が窓をアンペラで被った。地面にめりこんだ家の中は、竈の熾《おき》の色に染まった。

オサムだのショウタだのという人の名前は言いづらいのだろうか、太太は兄貴を「修哥」、正太を「正《ジョン》」だの「正太《ジョンタイ》」だのと呼ぶ。

男が声を立てて笑った。太太も大笑いをした。

「何がおかしいんだよ」

兄貴がムッとしたように訊き返した。

「名前は似ているが、顔はちっとも似てないってさ」

太太は兄貴を指さして「シウコオ」と言い、男に指先を返して、「シウコオ」と言った。「シウ」が平らか尻下がりかのちがいだった。

それから太太と男は、またやりとりをして笑った。

のだって」


「何を言ってるんだよ」

「いえね、あんたが映画スターの卵だと言ったら、俺様はもう映画スターみたいなものだって」

「えっ。映画スターなのか、このおっさん」

「そうじゃないよ、修哥《シウコオ》。映画スターみたいなものさ」

「ふざけやがって。人を笑いぐさにするなよ」

兄貴は強情っぱりで、いったん臍を曲げると丸一日も口をきかない。

正太は梁に飛びつくと、逆上がりでくるりと這い上がった。

「好《ハオ》！」

男が手を叩いた。調子に乗った正太は、もういっぺん体を回して、今度はそのまま梁に跨《また》がってみせた。身の軽さなら誰にも負けない。

「好！」

男の言葉を寿太太《シヨウタイタイ》が通訳した。

「おまえの顔じゃ映画スターにはなれないが、馬賊にはなれるかもしれない、ってさ。その気があるんなら、黒龍江《ヘイロンジアン》まで連れ帰ってやるが、どうする。さあ、どうする正太。悪い話じゃあないよ」

「ハハッ、悪かねえや」

　正太は梁の上で笑った。だが、それきり息が詰まってしまった。男が袍《パオ》の懐から拳銃を取り出して、ごとりと卓の上に置いたのだった。

　さすがの兄貴もびっくりして後ずさり、寝室の敷居に足を取られて転がった。

「本当《マブ》かよ、太太。このおっさんは馬賊の頭目なんか」

　正太はようやく言った。

「ああ、そうさ。それも、そんじょそこいらの攬把《ランパ》とは格がちがう。あたしゃ長いなじみで秀哥《シウコオ》なんぞと呼んでいるがね」

　そこで寿太太は、たぶん「名前を言っていいか」と男に訊ねた。

「対《トエ》。没関係《メイクワンシイ》」

　かまわねえよ、と男は答えた。

「いいかい。あんたら、まちがっても口にするんじゃないよ。この人は馬占山《マーチャンシャン》。満洲馬賊を束ねる、馬占山総攬把《ツオンランパ》さ」

　心臓が口から飛び出そうだ。正太は腹這いになって梁にしがみついた。

　空は轟々《ごうごう》と唸りを上げている。歪んだ壁のすきまから、氷の粒が吹きこんできた。

「僕はだめですか」

兄貴が言葉遣いを改めて言った。

「不好《プーハオ》」

足を組み、卓に頰杖をついたまま、馬占山《マーチャンシャン》は冷ややかに顎を振った。

「あんたは映画スターになるがいいさ。だが、正太《ジョンタイ》はどうしようもない。ちがうかね。あたしアよくは知らないけど、そういうことなんじゃないのかね」

太太《タイタイ》は何もかもお見通しだったのだ。

「おまえ、どうするんだ」

兄貴が梁を見上げて訊ねた。そんな情けない声を聞くのは初めてだった。

「どうするって、俺ァ感化院になんざ行きたかねえもの」

「死ぬかもしれねえんだぞ」

「かまわねえよ。馬賊で死ねたら本望じゃねえか」

馬占山将軍ともあろう人が、行きずりの日本人を本気で子分にするはずはない。だが、ここでついて行かぬ手はない、と正太は思った。しがみついてでもついて行こう、と。

神出鬼没の馬占山。ようやく捕まえたと思えば偽者で、ついに射殺したと報じられれば、数ヵ月後には影武者だったという記事が載った。そんなことを何年もくり返しているうちに、日本軍の敵である馬占山は、庶民や子供らの英雄になってしまった。

初対面の人に名を訊かれれば、「馬占山《ばせんざん》」と答えるのが大人の洒落であり、子供らの間では「馬占山ごっこ」が大はやりだった。

それにしても、日本軍が血まなこで探している馬占山が新京に現れるとは、まさに神出鬼没である。

「あたしに厄介をかけるな、だとさ。いいみやげももらった」

そう言って寿太太《ショウ》が拡げた麻袋の中には、みっしりと札束が詰まっていた。

「太太は、馬占山の女房なんか」

兄貴の声は震えていた。太太は笑いながら通訳をし、馬占山は聞いたとたんに胸を叩いて笑った。

「そうじゃないよ。あたしには亭主がいるんだ」

それは初耳である。正太は梁の上から身を乗り出した。

「もう死んじまったけどね。亭主の名は張作霖《チャンヅオリン》。あたしは五番目の女房の、寿玉梅《ショウユイメイ》。六年の間に二十も年を食っちまったが、どっこいそれほど錆びちゃいない」

五十七

広場は高潮に浸《つ》かっていた。

さほど遠からぬ未来、この中世の都市はアドリア海に沈んでしまうらしい。そうした噂が観光客を引き寄せるためのデマゴギーでないのは、目前の有様を見ても明らかだった。ヴェネツィアは沈む。だからことさら美しい。

感心なことにヴェネツィアンたちは巨大な池になったサン・マルコ広場を、膝まで水に浸《ひた》って横切ってゆく。数段高くなった回廊は、観光客の専用だった。

しかも、カフェ・フロリアンの前にはステージが設えられて、小さなオーケストラが水上のビバルディを演奏していた。彼らは飽くことなく、日がな一日「四季《レ・クアットロ・スタジョーニ》」をくり返す。

「いよいよお別れね。楽しかったわ」

フランス語訛りの拙《つたな》い英語で黒衣の女は言った。

ヨーロッパでの最後の数日間を共にして、この鼻持ちならない女がどうして貴顕の男どもを虜にするのか、よくわかった。相手がどれほどの人物であれ、けっして男に敬意を払わないからだ。

たとえば、私との会話に際しては必ず末尾に添えねばならぬ「将軍《ゼネラル》」という尊称も、彼女だけは絶えて口にしなかった。それは無礼きわまりないのだが、あえてたしなめることのできぬ空気を、彼女はまとっていた。

おのれが敬されず、任意の人物に貶《おと》しめられる。だが、他人と対等であることがこれほど心地よいとは知らなかった。並居るボーイフレンドの中には、この居心地のよさがマゾヒスティックな快感に変わってしまった、殿下や閣下もいるにちがいない。

「ココ」という愛称は、「囲われ女」という意味があるらしいが、そんなことにこだわる人間は世界中にひとりもいないだろう。ガブリエルという本名よりも、ずっとよく似合うのだから。

年齢は――これがまったくわからない。こうして冬の陽光を浴びながら、カフェ・フロリアンのテラスで向き合っていても。

私の知る限り、生まれ年は一八八三年から一八九〇年の間で、つまり概算で四十三歳から五十歳ということになる。べつにどうだっていい。彼女の正しい年齢は、「妙齢《ブルーミング》」である。

「少し気の早いクリスマス・プレゼントを贈りたいのだが」

ココがウールジャージーのドレスの胸で弄《もてあそ》んでいるのは、首から幾重《いくえ》にも巻いた模造品の真珠だった。ヴェネツィアの入り組んだ小路《カッレ》には、真珠を扱う宝飾店が多くあった。

「それは、友情のしるしかしら。それとも、恋のかたみかしら」

ふいのフランス語を少し考えてから、私は迷わず答えた。

「君に恋してはいない」

「友情なら、いらないわ」

孤児院に育って、修道尼になるかお針子になるかしか方途のなかったココは、そもそも友情などという曖昧な感情など、信じていないのだろう。

機嫌を損ねたように足を組みかえ、細巻の莨《タバコ》をくわえて、それでも艶《あで》やかな微笑を絶やさずにココは言った。

「あのね、ジュエリーが本物である必要はないの。私が本物だから」

そのとたん私は、怪しい既視感に捉われて彼女を凝視した。ジョークではない。ココはイミテーションのネックレスを指先で弄びながら、ローヒールをはいた足を組んで、不敵な微笑を私に向けていた。

さて、こんな傲岸不遜な人間が、かつて私の周辺にいたはずはない。ではこの既視感は何としたことだろうとしばらく考えて、私はふしぎな結論を見た。

父に似ているのである。張作霖《チャンヅオリン》に。まるでさまよえる魂が、時と場所を隔ててこのフランス女に取り憑いたように思えた。

どこが似ているというわけではない。ただ、「私が本物だから」という物言いは、「俺様は張作霖だ」という父の口癖に符合した。

「そうか。では、遠慮しよう」

平静を取り戻して、私は不遜な女にほほえみ返した。

「友情をアドリア海に沈めたくないからね」

ココは聞こえぬふりをしてサングラスをかけ、サン・マルコ広場の水鏡に映る冬の青空を見つめた。

私の皮肉はひとつのエピソードに基いている。

ココ・シャネルの周辺を彩る華麗な恋人たちの中に、極め付きの貴顕がいた。イギリス国王の従弟、ウェストミンスター公爵である。

彼は不機嫌な恋人の歓心を買おうとして、コートダジュール沖に停泊したヨットを下り、モナコの宝飾店から息を呑むほど美しいエメラルドを持ち帰った。そして月光に磨かれた甲板に佇む彼女の掌《てのひら》に、貝殻でも置くようにさりげなく、仲直りのあかしを載せた。ところがココは、何のためらいもなく、宝石を地中海に落としたのだった。まるで、貝殻でも棄てるように。

彼女にまつわるエピソードは、真偽のほどはともかくとして枚挙にいとまないのだが、それらはけっして醜聞にはならず、すべてが神話となった。そのあたりも、ココと父は似通っていた。

生まれつきの権威を持つ人間が、どれほど努力しようと手に入れることのできぬ神性。すなわち、ありうべからざる飛躍的な出世をとげた人間しか獲得することのできぬ神性を、ココと父はともに具《そな》えていた。

「誰も気付かないね」

私はカフェ・フロリアンのテラス席を横切って歩む人々を目で追った。

「ヴェネツィアですもの」

ココの言葉は少なく、しかし研ぎすまされている。わからなくても問い返してはならず、かと言ってわかったような顔もできない。

クリスマスまではまだ間があり、寒さがつのるうえに高潮も寄せてくる閑散期ではあるが、それにしても私たちに気付く人はなく、新聞記者の影も見当たらなかった。

私とココに配慮しているのは、少し離れたテーブルにつく私服の護衛官たちと、メゾン・シャネルの秘書だけだった。

たぶん、こういう意味だろう。ヴェネツィアの過剰さに、私たちは埋もれてしまっている。歩いていようが佇んでいようが、目に入ってくる珍奇なものはいくらでもあって、もし目敏《めざと》い人が私たちに気付いたとしても、それはサン・マルコ寺院のファサードやローマ時代の馬の像、大鐘楼やムーア人の時計塔から目をそらすほどの椿事《ちんじ》ではない。

「ご存じかしら。歴代のヴェネツィア総督は海と結婚したのよ」

「海と？」

「そう。そこのドゥカーレ宮殿の舟着き場から黄金のお召し船に乗って、沖合のリド島へ向かうの。総督のしるしたるコルノ帽を冠り、シルクサテンの赤いマントを着て。そして船の先《みよし》に立ち、海との結婚を誓って指輪を水面《みなも》に投げる」

私は思わず溜息を洩らした。

「もしや、それが君の答えだったのかね」

「そうよ。でも彼は、ヴェネツィアの祭祀を知らなかった。指輪を海に投げることが、どんな意味なのか知らなかった」

「公爵夫人になりそこねたな」

「いいえ。公爵が私の夫になりそこねたのよ」

ふと考えた。父もまた中華皇帝になりそこねたのではなく、中国が父を皇帝に迎えそこねたのではないか、と。

高潮はいっこうに引く気配がなかった。水上のオーケストラは飽きもせずに、ビバルディを奏で続けていた。「四季《レ・クアットロ・スタジョーニ》」。あまりに有名なその曲のほかに、ビバルディの作品を私は知らない。

女給がコーヒーを運んできた。ずいぶん待たせたわりには、小さなカップの底に、冗談としか思えぬほんのわずかのコーヒーが沈んでいた。イタリアはどこも似たようなものだが、ビバルディの時代から続くこの店のそれは、とりわけ少なかった。嗜好品ではなく、アラビアから渡った媚薬とされていたころのなごりなのだろうか。

過分のチップを渡すと、女給はレースの飾りの付いた前掛けの胸に手を当て、片膝を屈して古めかしいお辞儀をした。

亜麻《あま》色の長い髪と青い瞳を持った、美しい娘である。名を訊ねれば羞いながら、

「ヴェロニカ。ヴェロニカ・パラーディオ」と答えた。

コーヒーはやはりアラビアの媚薬なのだろうか。たった一口の液体が飲み下す間もなく喉にしみ入るまで、私はヴェロニカに恋をしていた。

足元から鳩が翔《はばた》いて我に返った。

「お疲れのようね」

「いや、ご心配なく。明日コンテ・ヴェルデ号に乗船すれば、眠り続けるほかはないから」

「今夜は眠らなくてもいいのかしら」

「おのぞみとあらば《イフ・ユー・ウイッシュ》」

ココは答えずにほほえんで席を立った。私のかたわらにヴェロニカの姿はなく、どうやら過分のチップにありついたらしいボーイが、うやうやしく「ありがとうございます《グラッィエ・ミッレ》」と言った。

ここはヴェネツィアなのだ。何百年も昔のカフェ・フロリアンの女給が、時を踏み惑ってコーヒーを運んできたとしても、さほどふしぎではあるまい。

「どこへ行くのだね」

「ティエポロを見に。ご存じかしら、ジョバンニ・バティスタ・ティエポロ」

「ヴェネツィアの画家なら、ティツィアーノではないのかね」

「いえ、ティエポロよ。ティツィアーノもティントレットもヴェロネーゼも、ついでに見ればいい」

ココはベルベットの黒衣の裾を少しつまみ、いよいよ嵩《かさ》を増して回廊を浸し始めた高潮をものともせずに歩き出した。

文句はつけられまい。ローマではあのベニート・ムッソリーニさえも、彼女のうしろを歩いていたのだから。

父の命日は奇《く》しくも私の誕生日と同じだった。

以来、私は誕生日を祝わない。むろん「恭賀誕辰《ゴンホアダンチエン》」は禁句である。六月四日。私は西暦一九〇一年のその日に生まれ、父は一九二八年のその日に死んだ。

蔣介石《ジャンジエシイ》との決戦を避けて、父は奉天《フォンテイエン》へと去った。だが私は強大な東北軍を束ねたまま北京にあった。そうして国民革命軍との事後交渉に当たるためだった。もしはかばかしい結論を見出せなければ、ただちに戦端を開く覚悟はできていた。だから、自分は死ぬかもしれないと思っていたが、父が死ぬなど夢にも考えてはいなかった。

張作霖《チャンツオリン》はこの世にひとりきりだが、私には弟たちがいた。あのころの私の覚悟とはそうしたものだった。

奉天からいち早く届いた電報には、爆破事件はあったが父は無事だと記されていた。だから私は大したことだとは思わずに、予定通り誕生パーティーを催した。

今も私は、父の死を知らずに人々の祝賀を受けていた自分が赦《ゆる》せない。

しかしその秘匿は、父の第五夫人すなわち私にとって五番目の母に当たる、寿玉梅《ショウユイメイ》の知恵だった。父は人を見る目が確かだった。女を選ぶ目も。ほかの妻たちに較べればさほど美人とも思えぬ彼女は、しかしすばらしい頭脳と胆力の持ち主だった。

父の乗った列車が爆破されたと知ったとき、寿玉梅はとっさにこう考えたのである。

日本軍のしわざにちがいない。目的は張作霖を殺すことではなく、東三省を占領することだ。だから日本軍に出兵の口実を与えてはならない。忍従しなければならない。

現場となった皇姑屯《ホアングートン》の鉄橋は、終点の瀋陽《シエンヤン》駅からわずか二・八キロメートルの地点にあり、爆発音は張氏帥府まで聞こえたという。

父は即死したわけではなかった。まっさきに現場に駆けつけた李春雷《リイチユンレイ》将軍が、瀕死の父を車に乗せて張氏帥府に向かったのだった。

迎えに出た寿玉梅は大声で言った。

「いつまで車に乗ってるのよ。ぐずぐずしてないで、さっさと降りなさいな。はい、お帰りなさい」

ほかの家族の出迎えは止めて、寿玉梅《ショウユイメイ》と李春雷《リイチュンレイ》で一芝居打ったのである。奉天《フォンティエン》の街なかにある張氏帥府は周辺の建物から厳重に監視されており、また邸内にいる侍衛や使用人たちの中には、日本軍の密偵が紛れこんでいたからだった。

「まあまあ、こんなに酔っ払っちゃって。気持ちはわからないでもないけど」

李春雷は小柄な父を抱きかかえて車から降ろした。

「いやはや、酔い潰れていたのが物怪《もっけ》の幸い。何も覚えちゃいないだろう。さすがは天下の豪傑だ」

父は寿玉梅の居館である小青楼の東院に運びこまれ、ほどなく息を引き取った。

政庁たる大青楼や、その西に続く広大な邸宅ではスパイの目があると考えたのだろう。だにしても、ほかの母たちや多くの弟妹たちの手前、第五夫人が父の末期《まつご》を独りじめにするというのはよほど難しい話である。寿玉梅は思いも寄らぬ事件に遭遇して、類い稀なリーダーシップを発揮したのだった。

この機転のおかげで、日本軍は父の消息を捉《つか》めなかった。張作霖《チャンヅオリン》が「テロの犠牲」になったのなら、出兵の立派な口実になる。しかし生きているとなれば、東北軍の頭越しに満洲を占領できるはずはない。

奉天総領事や関東軍は、さまざまの手を使って探りを入れた。張氏帥府はあらゆる角度から四六時中監視され、出入業者や清掃人にはスパイが紛れ入り、しまいには外交官夫人が堂々と訪れて、見舞いを申し入れた。

それでも父の生死は不明だった。寿玉梅の作戦は微に入り細を穿って、たとえば事件の際に壊れた父の老眼鏡を、わざわざ新調させたりした。

私が父の死を知ったのは、一週間も経ってからだった。重だった部下たちは三日後には伝えられていたらしいが、私は知らなかった。このことについては、むろん不本意ではあったが、私の立場と年齢と気性と健康状態を考慮すれば、いたしかたなかったのだと思う。私は東北軍の第三方面軍司令官として、北京およびその近郊に強大な兵力を展開していたのである。そしてその主力は、山海関まで百キロメートルしかない京奉線ぞいの灤県《らんけん》にあった。

父の仇《あだ》は天の仇より憎い。その仇を討たざるは不孝である。もし私があのとき真実をつぶさに伝えられていたならば、何のためらいもなくただちに山海関を越えて、父の仇を討っていただろう。

しかし、寿玉梅も李春雷も読み切っていたのだ。たとえ仇を討ったとしても、それでは日本の思う壺だと。結果としては東三省を日本の領土にしてしまう、と。

呑気なことに私は、父の死など露知らずに誕生パーティーを催し、一週間後には予定通り灤県に赴いて第三方面軍を北京へと撤退させた。その任務を完了したとき、ようやく参謀長が真実を伝えたのだった。

「少帥《シャオシュアイ》。これであなたは、張作霖《チャンヅオリン》大元帥の後継者となった」

言葉を確かめると、気が遠くなった。父が死んだ。あの張作霖が。あの白虎張《パイフーチャン》が。

息子の私ならずとも父を知る人すべてがその訃《ふ》に接して、同様の衝撃を受けたと思う。気を喪いかけ、踏みこたえて天を仰ぎ、言葉を忘れて号泣した。

親の仇は討たねばならない。だが、今はそのときではない。

寿玉梅《ショウユイメイ》と李春雷《リイチュンレイ》はそう思い定めて、私に真実を伝えなかった。

父が息を引き取ると、寿玉梅はただちに秘書を呼んで「遺書」を作成した。死後に遺書を作るというのも妙な話だが、彼女に言わせれば、どのみち父は字が書けなかったのだし、自分は夫の胸のうちをすべて知っているのだから、紛れもない張作霖《チャンヅオリン》の遺書なのだそうだ。

もっとも、その内容を見れば彼女の言い分に誰も文句はつけまい。後継者には彼女が父との間に儲けた四人の弟たちの名は見当たらず、「張学良《チャンシュエリヤン》」とのみ記されていた。

のちに寿玉梅はこんなことを言った。

「あたしは子供らの母親である前に、張作霖の女房だ。子供らはあたしの息子である前に、張学良の弟だ。四人まとめてあんたにくれてやるから、煮るなと焼くなと勝手にするがいいさ」

父はそんな第五夫人を信頼して、小青楼の東院を与えたのだった。そして寿玉梅は、その二階に私の異母妹たちを住まわせ、実母たちにかわって教育を施した。なおかつ、四人の実の息子は自分の手許に置かなかった。

ところで、私は父の死を知ってからも悲しみを色に表してはならなかった。日本の謀略を頓挫せしめ、野望を挫くためには少しでも時間が必要だったからである。

親が死ねば、息子は百ヵ日の喪に服し、白衣を着て、髪も切らず髭も剃ってはならない。よって私はどこに光っているかわからぬ密偵の目を謀《たばか》るために、毎朝父の霊に詫びながら軍服を身につけ、髪をオールバックに整え、髭をあたった。張作霖は生きていなければならなかった。

しかし、いつまでも関内にとどまっているわけにはいかなかった。私は父の後継者なのである。奉天《フォンテイエン》に戻って東北をまとめ上げねばならない。

私と参謀たちは、炊事兵のなりをして京奉線の食堂車に乗りこんだ。背嚢のかわりに鍋を背負い、銃ではなくしゃもじを、サーベルではなく包丁を持って。そんな私たちに気付く者はなかった。密偵どころか部下の兵隊ですらも、私を炊事兵と信じて疑わなかった。

そうして人知れず奉天《フォンテイエン》の張氏帥府に戻った私は、変わり果てた父と対面し、その死を内外に公表した。事件発生からすでに二週間あまりが経っていた。

私の帰還により政情はたちまち安定した。東北軍はふたたび結束した。満洲をわがものにせんとする日本の野望は喪われた。今にして思えば、一言一句に唇を噛みしめ、一挙一動に息をつめるような二週間だった。

こうして皇姑屯事件は、「南軍便衣隊」すなわち蔣介石《ジャンジエシイ》の放った刺客のしわざということになった。しかし真実は誰の目にも明らかであったから、私は親の仇も討てぬ腰抜けの汚名に耐え続けねばならなかった。

父の死は私にとってまったく思いがけなく、また結果的には日本にとっても関東軍にとっても、無意味なものとなった。

小青楼の客間に安置された父の亡骸《なきがら》と向き合いながら、私はひとつのことばかり考えていた。もしやこの死に様は、龍玉《ロンユイ》の怒りなのではないか、と。父は天命の具体の守護者でありながら、天に抗って長城を越え、黄河も越えて天下のおよそ半分を手中にした。

言い伝えによると、天命なき者が龍玉を私せんと欲せば、五体は粉々に砕け散るとされる。実に父の体は、そうした有様だった。

謀略によって東北を混乱させ、居留民保護という名目で出兵し、主要都市を制圧する。ならば父を殺す必要などなかったのではないか。南満洲鉄道を爆破するか、奉天の街なかで騒動を起こすだけでも十分だったのではないか。

考えるほどに、これはそもそも謀略などではなくて、目に見えぬ力に操られた日本軍が、わけもわからぬまま父を殺したような気がしてきた。それくらい父には、殺害される理由がなかったのである。

私は七月一日に東三省保安総司令に就任し、東北軍を父から継承した旨を宣言した。そして父の葬儀を盛大に挙行した。

何ごともなかったかのように、つかのまの平和が訪れた。父は伝説になった。たとえ流民の子であろうと天下を望むことができるのだという、満洲の夢のみを残して。

迷路のような小路《カツレ》を歩みながら、私は父の人生をかいつまんで語った。

「すばらしいわ。満洲の夢《マンチユリアン・ドリーム》ね」

ココは私の話に興味をそそられた様子だった。私たちの歩みは、クリスマスの飾りに埋まったショウ・ウィンドウを覗く観光客よりも遅くなっていた。

「見果てぬ夢だったが」

「夢の続きは、あなたが見ればいい」

ゴンドラの行きかう運河を渡り、またさらなる小路をさまよって、中世の教会と館に囲まれた小さな広場に出た。私たちはどちらが誘うでもなく、華麗な彫刻に彩られた大理石の貯水槽に腰を預け、建物に沿って鉤《かぎ》の手に切り取られた青空を見上げた。

「ティントレットもヴェロネーゼも、こういう正直な青空は描かなかったわ。ヴェネツィア総督の権威に似合わないから」

私は総督宮殿《パラッツオ・ドウカーレ》の暗鬱な壁画の数々を思い起こした。

「ありのままがいい」

「そうよ。自然が美しい。飾ろうとすれば、何だって醜くなってしまうの。もともと美しい女の体を、ごてごてと装飾する必要はないわ。シルエットがあればいい」

「プア・ルック」

「そう。貧乏《プア》は美しい。飾ろうにも飾れないから」

教会の石段に猫を抱いた老婆が座っているきりで、あたりはしんと静まっていた。

高潮の囁きも陽気な船頭の歌声も、この広場には届かなかった。

ココは装飾をシルエットに変えた。父の人生もまた、似たようなものだったのかもしれない。貧乏人が成り上がったのではなく、飾ろうにも飾りようのない貧乏人のまま、美しい貧乏人になった。

「あなたが羨ましいわ。翼を拡げるだけでいいんだから。私は翼を生やさなければならなかった」

降り注ぐ冬の光を受けとめるように、ココは両掌をかざして目をとじた。

——その男は流暢な中国語で言った。

「お父上は覇道を進まれましたが、将軍は王道を歩むべきであります」

どの口が言う。しかし私は怒りをおくびにも出さず、男がうやうやしく奉った「王道論」なる進言に目を通した。

土肥原賢二《けんじ》。事件の数ヵ月前に東北軍の軍事顧問となったこの男が、謀略に関与していないはずはなかった。信用の置ける軍事顧問たちは、父と同じ列車に乗ったまま、もろともに吹き飛ばされたのだ。

国家統一の理想は、今や私の忍耐にかかっていた。脅迫であろうが甘言であろうが、けっして言い返してはならなかった。

くだらない進言は、斜めに読んでも理解できた。つまり、私が蔣介石《ジャンジエシイ》と和するも戦うも、日本軍としては反対なのである。もしそうとなれば、父と同じ目に遭わせてやると言っているようなものだった。では王道とは何かといえば、東三省を中国から独立させて、私が皇帝に即位するということであるらしかった。

私は冷静に答えた。

「祖国には叛《そむ》けない。父のしなかったことは、私もしない」

土肥原大佐は詰め寄った。

「祖国《ズーグオ》！　何と懐しい言葉だ。この戦争まみれの国を、将軍はまだ祖国とおっしゃるのか。父親を殺されても、まだ」

私は奥歯を嚙みしめて、大青楼のテラスに影を落とすマロニエの葉叢《はむら》を見上げた。拳銃を抜かぬよう、左手で右手を握りながら。

耐えよ忍べよと、満洲の風が囁いた。私は花花公子《ホワホワコンヅ》であり続けなければならなかった。

「君は同じ話を、鄰葛《リングア》にも持ちかけているのではないかね」

土肥原の顔色が変わった。鄰葛は楊宇霆《ヤンユイテイン》の字《あざな》である。日本の士官学校を出て、父の参謀長まで務めた彼が、関東軍とねんごろの仲であることを私は知っていた。

「めっそうもありません、将軍。どうしてあなたの部下である楊閣下に、こんな話ができましょう」

私はとっさに言を翻した。

「喂《ウエイ》、喂。何を言っているんだね。鄰葛からも私を説得させるつもりなのだろう」

土肥原の態度でわかった。日本を後ろ楯にした独立国家の建設。私が承諾しなければ楊宇霆を担ぎ出す肚積りなのだ。むろん、私を亡きものにして。

「何やら頭の痛くなりそうな論文だが、後でじっくりと読ませていただくよ。鄰葛にも相談してみよう」

私は籐椅子に沈みこんで瞼をとじた。土肥原の敬礼には軽く手を挙げて応えた。軍靴の音が去ると、私は秘書官を呼んで「王道論」を手渡し、ひとこと「焼《シャオ》」と命じた。

むろんそれは、紫禁城《ヅチンチヨン》を追われた廃帝が、まだ天津《テイエンジン》の日本租界に身を寄せていたころの話である。

大運河に架かるアッカデミアの橋は、長らく鋼鉄製であったのだが、今年になってわざわざ昔通りの木製に付け替えたという。イタリア人は大したものだ。

「夕景色には早かったわ」

鷗の行方を目で追いながらココは言った。なるほど河口にはサンタマリア・デッラ・サルーテ教会の純白のドームがあって、風景が夕映えに染まればさぞかし美しかろうと思えた。

「でも、やっぱりティエポロね」

ここで夕昏れを待てば、美術館が閉まってしまうという意味なのだろう。いったいにココの言葉は、シルエットの独り言に似ていた。だが、徒《いたず》らにデコラティヴであるよりはいい。

アッカデミアのギャラリーに歩みこみ、いくつもの画室を見向きもせずに通り過ぎたあとで、ココは奥まった一室の円形の油彩画の前に立ち止まった。

青空から光がこぼれ落ちていた。壁に穿たれた円窓ではない。光ばかりではなく音楽まで溢れ出ているような気がして、私は思わず周囲を見渡した。

「ジョバンニ・バティスタ・ティエポロ。不器用で、雑で、外連《けれん》たっぷり。神をからかっているようにも見えるわ。でも、彼はヴェネツィアの闇に青空を豁《ひら》いた」

私は声を失って瞠目した。ティエポロの描く空は、ティントレットやヴェロネーゼのそれどころか、みちみち仰ぎ見てきたヴェネツィアの空にもまさっていたのである。神々の作り給うた青空よりなお青い、まっさおな大空だった。

私には翼があるのだと思った。それを持たなかった父が、生まれながらにして背に植えつけてくれた翼が。私はほんの少しの勇気をふるって、翼を拡げるだけでよかった。

皇帝になどなりたくはない。ひとかけの権威もいらない。命と替えて祖国をひとつにすることだけが、私の使命だと知った。

この青空を豁くのだ。硝煙に濁った祖国の大地の上に。誰も描こうとしなかった、正直な青空を。

「さあ、行きましょう、将軍。ヴェネツィアの夕景色には、まだ間に合うわ」

細く小さな黒衣の女は、そう言ってメヌエットでも踊るように私の手を引いてくれた。

五十八

一九三三年十二月十五日、私はおよそ八ヵ月に及ぶ欧洲滞在をおえて帰国の途についた。

ヴェネツィアを出港してアドリア海をたどり、十二月十九日にポートサイドを経てスエズ運河を通過する。クリスマスは紅海だろうか、アラビア海だろうか。三十日にコロンボ。すっかり健康を回復した私の目は、インド洋のサファイア・ブルーもアラビア海のエメラルド・グリーンも、とまどうことなく見分けられるにちがいない。

ベンガル湾で新年を迎え、シンガポールに一月二日着。六日に寄港する香港《ホンコン》からは、四十人余りのかつての部下たちが乗船してくるという。そして八日の上海では、蔣介石《ジャンジエシイ》がみずから出迎えるらしい。

さて、彼の耳元で何と言ってやろうか。

――出て行けだの、帰ってこいだの、ずいぶん勝手な言いぐさだな。

――君に東北軍の指揮を執らせれば、日本軍も共産軍もいなくなるのではなかったのかね。

——あいにく、死に損ねてしまったよ。

やめておこう。言いたいことは山ほどあるが、私は私らしくあらねば。

ヴェネツィアを出港して三日目、純白のイタリア客船はひたすら地中海を南下している。往路と同じコンテ・ロッソ号かと思ったが、そっくりな姉妹船のコンテ・ヴェルデ号である。

赤い伯爵《コンテ・ロッソ》での私は、阿片の禁断症状をモルヒネ注射で制御するという、荒療治を続けていた。だから、ほとんど航海の記憶がない。

しかし緑の伯爵《コンテ・ヴェルデ》における私は、体重を三十ポンド近くも取り戻し、酔わぬ程度のワインと嗜む程度のシガレットがあれば十分だった。

デッキ・チェアに沈みこんで空を仰いだ。地中海の色を鏡に映したとしか思えぬ、雲ひとつない青空である。

私の一挙一動に気を配る護衛官が、帆布の日除けを音立てずに巻き上げると、後甲板のテラスはひといろの青に満ちた。

光。風。波。ほかには何もない。

八ヵ月前にはブリンディジの港で、軍楽と儀仗に迎えられた。そしてローマでもパリでも、私は新聞記者とセールスマンとボディガードに取り巻かれていた。

しかし次第に、私を繞《めぐ》る人々は数を減らしていった。新聞記者はのらりくらりとした答弁に飽き、フィアット戦闘機とロールス・ロイスを蔣介石《ジャンジエシイ》のみやげに買い、何人かの刺客を返り討ちに果たしているうち、どうやら私は噂通りの「花花公子《ホワホワコンツ》」とされたらしい。

だからヴェネツィアの桟橋で私を見送ったのは、ファシスタ党からはじき出された退役軍人と、下っぱの外交官だけだった。軍楽隊も儀仗隊もいなかったが、どこの軍艦から借りてきたものやら水兵がひとり、桟橋に立って栄誉礼のラッパを吹き鳴らした。それでどうにか格好はついた。

むろん不満はなかった。ブリンディジにおける歓待は面映《おもは》ゆいばかりだったが、帰国する私は健康な肉体と、そこに宿る夢とを獲得していた。周囲から期待されるよりも、失望されたほうが都合のいい場合もあるものだ。

往路との大きなちがいをもうひとつ。こみ入った私の人生が、ずいぶん単純になった。

コンテ・ヴェルデ号の最上階を借り切っているのは、私と、私の二番目の妻と、何人かの護衛官と従者たちだけである。一番目の妻と三人の子供は英国にとどまった。

おしゃべりなイタリア貴族も、ベニート・ムッソリーニの娘もいない。侍医も、政治顧問も、通訳も。おかげで私の人生は、かくも節約された。

もし帰国ののちに万死に値する罪を蒙ったとき、悪しき慣習に則って妻子まで処刑されることを、私は怖れたのだった。そうした説明はできないが、二人の妻は話し合ったのだと思う。その結果、一番目の妻は張《チャン》家の血を伝えるために子らと生きる道を選び、二番目の妻は幼子《おさなご》もろとも夫に添いとげると誓った。

たぶん、そんなところだろう。傍《はた》から見れば、私はよほど冷酷な夫であり父であろうが、それならそれでかまわない。

「小妹《シャオメイ》――」

地中海の光を満身に浴びたまま、私は妻を呼んだ。

いわゆる側妃の心がけとして万事に控えめな彼女は、しかし勘が鋭い。夫の要望を訊ねるまでもなく、キャビンの中の蓄音機からドビュッシーの弦楽が流れてきた。ほかに用事はないとわかっているのか、顔も見せず、声もかけようとはしない。

もしや妻は、私の本心にも気付いているのではなかろうか、と思った。

命をかけて帰国するのは、復権の野望などではなく、救国済民の志でもない。ひとえに、天命の守護者としての責務を全うするためである。いにしえの大清皇帝が地の底に匿《かく》した龍玉《ロンユイ》を、ふさわしき王者の手に托す使命が私にはあった。

まことの平安は、その成就によってのみ訪れると信ずるからである。天に抗って砕け散った父の勇気を私は持ち合わせず、また父の突然の死は、その秘密を改めて確信させた。

私は天命の伝達者としての責務を果たさねばならない。その王者が中国の外にいるはずはなく、また、いてもならなかった。だから私は亡命貴族に甘んじてはならず、祖国のどこかにいるその人物を、探し出さねばならなかった。

ふいに、青空が黝《くろず》んだような気がして、私はサングラスの中の瞼をきつくとざした。

やつはちがう。やつであるはずがない。

李春雷《リイチュンレイ》は声を荒らげて否定した。国民政府に合流するのは、祖国統一のための正しい方法だが、蔣介石《ジャンジエシイ》はけっして王者の器ではない。龍玉を渡してはならない、と。

「那個人《ナアガレン》、不好《プーハオ》、不好」

もともと口数の少い彼が言葉を重ねて拒むのは、よほどのことだろうと思った。

「漢卿《ハンチン》、おまえはくたびれているんだ。だが、これぱかりは急いじゃならねえ。もしやつが龍玉を持つにふさわしい男なら、おやじさんがとっくに譲っていなさる。白虎《パイフー》張《チャン》の人を見る目はたしかだった」

根拠はそれだけなのだが、なるほどと思いこそすれ、私も李春雷も、そのころは蔣介石と面識がなかった。

一九二八年十二月二十九日、すなわち父が日本軍の謀略によって命を落としてから半年あまりののち、私は東三省の易幟《えきし》を断行した。父が大元帥を務めた北京政府の五色旗を巻いて、国民政府の青天白日旗を一斉に掲げたのである。

一斉に、というのは官民こぞってという意味だった。秘密裏に生産され配布された新しい国旗が、役所の楼上や軍隊の営門や、商店の軒先や長屋の戸口に至るまで、東北全土において一斉に翻ったのである。

易幟は日本との訣別だった。同時に国土の四分の一を支配する東北軍は、紛うかたなく中華民国の一部であると、内外に宣言したのだった。

日本の諜報機関は、この重大事をまったく予知できなかった。それくらい、彼らにとっては寝耳に水の話だったのだろう。なぜなら、東北軍の戦力は国民革命軍に劣ってはおらず、なおかつ軍閥を糾合《きゅうごう》した国民革命軍よりも、東北軍のほうがずっと求心力があるのはたしかだったからである。つまり、張学良《チャンシュエリャン》が蔣介石の軍門に降るはずはないと、日本軍も日本政府も考えていた。

しかし、けっして奇策ではない。」父も私も、東北の独立などは考えたためしがなかった。東北は中国の国土であり、私たちは中国人だからである。ならば国家統一の早道を探るのは道理であって、場合によっては大が小に服《まつろ》うこともふしぎではない。日本人はそんな簡単な理に気付かなかった。

父の死後、龍玉《ロンユイ》の存在は私と李春雷《リイチュンレイ》だけの秘密になった。張景恵《チャンチンホイ》を初めとする馬賊以来の子分たちも、新世代の参謀や役人たちも知らなかった。

私がまだ幼いころ、父と李春雷が遠駆けに出て発見したらしいが、詳しい顚末は聞かされていない。

たしかに私は、疲れ果てていた。張氏帥府の大青楼の、私しか立ち入ることのできぬ地下室に蔵《しま》われている龍玉の重みに耐えかねて。一日も早く、誰かに渡してしまいたかった。その重みといったら、私が父から相続した強大な軍隊や、莫大な財産や、大勢の母や弟妹たちの比ではなかった。

二代目の東北王《トンペイワン》となっても、中華皇帝になる資格はない。しかも天命の具体は私が持っている。一体全体、世界のどこにこんな苦労があるだろうか。あのころの私は、そうした精神的負担に圧《お》し潰《つぶ》されていた。

だから、易幟を断行したのちは蔣介石《ジャンジエシイ》に渡してしまおうと思っていた。しかし唯一の相談相手である李春雷は、それこそ眉を逆立てて反対した。「那個人《ナアガレン》、不好《プーハオ》」と。かつて一度だけ孫文《スンウエン》と会ったことがある。革命の父と呼ばれる孫中山《チョンシャン》である。大いに感銘を受けた私は、龍玉を托すべき人物は彼にちがいないと思った。だが驚いたことに、私がそう思ったとたん、まるで天が否むかのごとく彼は病死してしまった。孫文の後継者といえば、とにもかくにも北伐をなしえた蔣介石ということになるのだが、確信は何もなかった。私はただ、龍玉の重みに苦しんでいただけだった。

いや、恐怖心だったのかもしれない。関東軍は龍玉を強奪しようとして、父を殺したのではないかという疑いが、頭から離れなかった。

日本の天皇は常に神器とともに行動するという。ならば関東軍が、噂に聞く龍玉は張作霖《チャンツオリン》のお召し列車に乗っていると考えたとしても、ふしぎではあるまい。

李春雷は、疲れ果てた私を督励したのだった。急いではならない、と。

龍玉を托すべき人物として、私がもうひとり胸にとどめていたのは、廃帝溥儀《プーイー》である。そもそも中華皇帝の証《あかし》である龍玉を、大清の宣統帝《シュアントンディー》がなぜ持っていなかったのかは知らない。しかし、その喪失によって国が乱れたのであれば、彼の手元に戻すことが最も理に適っており、大義であるとも思えた。

おそらく父も、同じことを考えていた。天津《テイエンジン》において溥儀《プーイー》と会見したのは、その人となりを確かめるつもりだったのだろう。だから謁見を乞うのではなく、使者を立てて溥儀を呼び寄せた。遺臣たちが付きまとっていたのでは、親しく対話ができぬと考えたからである。そして廃帝溥儀は、側妃ひとりを伴って父と会った。

不好《プーハオ》。これはちがう、と私は思った。たぶん、父も。

中華皇帝たる者は、たとえどれほど不遇な立場にあろうが、何ぴとたりとも脅かせぬ威厳と気品を持っていなければなるまい。だが、溥儀にはそれらしいものがかけらもなかった。

おどおどとして落ち着かず、まるで断頭台に引き出された罪人のようだった。そして何よりも、一見して目をそむけたくなるような凶相の持ち主だった。

いずれ弑《しい》される皇帝でも、あのような面構えはしていないだろう。殺されるほうがずっとましな人生を、歩み続けねばならない顔だった。たとえば、業火に焼かれようが血の池に沈められようが、けっして死ぬことを許されぬ亡者の顔。そしてその境遇を、嘆くことすらできぬ不幸の標本。

もはや語り合うまでもなく、出会ったその瞬間に父の夢は潰《つい》えてしまったはずだ。けっして顔色には表わさなかったが、あの日から父はしばしば塞ぎこむようになり、持ち前の決断力も鈍くなった。

古い子分たちが酒の肴にしたように、まさか父は耄碌したわけではなかった。托すべき人を見失った父は、龍玉《ロンユィ》を胸に抱いて中原をさまよい始めたのだった。このつらい役目ばかりは、倅に引き継がせまいとして。

「なあ、漢卿《ハンチン》。おまえはまだ若い。おやじさんと同じだけの時間をかければ、そのうち向こうから姿を現わすさ」

李春雷《リイチュンレイ》はそう言って私の翻意を促した。やはり蔣介石《ジャンジエシイ》は、龍玉にふさわしい人物ではなかった。偉大な指導者であり軍人であることにちがいはないのだが。


デッキ・チェアから背を起こして新聞を開いた。

地中海のただなかを行く客船に、何日分かの英字新聞と天津版の「大公報」が届くというのは、ちょっとした奇跡である。

その種明かしは、ベニート・ムッソリーニの心配りだった。つまり、ブリンディジの軍港から時速三十ノットの快速駆逐艦が追いすがってきて、私のために英文と中国文の新聞を配達してくれたのだ。

もっとも、フィアットの一個編隊をお買い上げ下さった客へのサーヴィスとしては、お安いご用というところだろうが。

アメリカ人のように指を弾いて妻を呼んだ。じきに淑《しと》やかな影が活字を被った。

「小妹《シャオメイ》――」

「この記事をどう思うね」

第一の妻は政治情勢に興味を示さなかったが、二番目の妻は香港生まれのせいか、新聞や雑誌をよく読んでおり、しばしば私の話し相手にもなった。

「大公報」には満洲国の執政となった溥儀《プーイー》の写真が掲げられ、来年の三月一日を以て帝政に移行する旨の記事が報じられていた。

「とんだ茶番だわ」

続く言葉は多すぎて、その先は溜息にしかならなかった。妻が隣りのデッキ・チェアに腰を下ろすと、ボーイが待ち受けていたように冷えたシャンパンを運んできた。

父は人々から東北王《トンペイワン》と慕われた。東三省は父の建てた「国」だった。やがて父は殺され、私は流浪した。そして殺人者どもは、あろうことか廃帝溥儀を執政に迎えて、「満洲国」をでっち上げた。

新聞記事はむろん批判的だが、誰よりも文句を言いたいのは私である。妻と同様、言いたいことを整理するまで、私も太く長い溜息をつくほかはなかった。

「そもそも共和政体として建国された国を、たった二年で帝政に変えるというのはどうしたことなのだろう。移行ではなく、逆行ではないのかね」

サハラ砂漠から吹き寄せてくる南風《シロッコ》は、真冬だというのに熱かった。アフリカの陸地はまだ見えない。

「そう、逆行です。彼以外の誰にとっても」

天津租界《テイエンジン》でいくども見かけた「彼」の顔を、私はありありと思い出した。ダンス・ホールで、賭博場で、あるいは行きつけのレストランで、彼は百ヤード先からでもはっきりそうとわかった。

骸骨のように痩せて背が高く、顔色は青黒く、薄闇の中でもサングラスをはずさなかった。人間ではない、凶々《まがまが》しい何ものかに思えた。そしてそのかたわらには、美しい二人の妻が常に寄り添っていた。もっとも、彼女らに「妻」という言い方はそぐわない。皇后と側妃である。

自分たちが外国人の好奇心の的になっているとは思わず、彼らはいつも超然としていた。まるで天津租界が紫禁城《ヅチンチヨン》の一部分であるかのように。

「なるほど。彼にとってのみ、逆行ではないと。先朝の復辟と考えているならば、悲願達成ということになる」

実に茶番劇である。どれほどの天才でも、また駆け出しの脚本家でも、こんなストーリーは思いつくまい。思いついたところでとうてい書く気にはなれまい。また、書いたところで誰も演じてはくれまい。

「一歩まちがえば、あなたが彼の立場にあったかもしれないわ」

「不《プー》。不可能有《プーコオナンヨウ》」

即座に答えた。ありえない。

軍事顧問の土肥原大佐から、非公式の打診があったことは事実である。だが、私は聞く耳を持たなかった。ありえない。迷いもしない。考えるまでもなかった。

なぜなら、私は中国人だからである。祖国から独立して自分の国を建てようなど、どうして考えられようか。

「でも、彼は話に乗ったわ」

その理由は口にしづらい。私はシャンパンを飲み干してから、コンテ・ヴェルデ号の航跡に目を向けた。

「彼はもともと中国人ではない。愛新覚羅《アイシンギヨロ》は外国人の姓だ」

光緒皇帝の御代に生まれた私の中には、清王朝に対する抜きがたい尊崇の念があった。だからこそ父も私も溥儀《プーイー》に期待し、龍玉《ロンユイ》は譲れぬにしてもせめて東北に迎えて、面倒を見ようとまで思っていた。

だが、彼が日本に担ぎ出されたと聞いたとき、私は確信したのだ。中国人の私は祖国を瓜分《かぶん》することなどできないが、もともと彼らは満洲に起こって長城を越えた征服者なのだから、故地に拠って復辟をなすこともできるのだろう、と。

そう、実は日本人やイギリス人と同じ、外国人だったのである。その治世が三百年も続くうちにすべての中国人が、尊崇の念を抱くほど馴致《じゅんち》されてしまっただけだった。

満洲王朝の呪縛から解き放たれぬ妻は、私の説明の意味がわからなかったらしい。

「小妹《シャオメイ》。君の名前を訊ねよう」

「あら、今さら何でしょうね」

「さあ、美しい名を」

私が掌《て》を差し延べると、妻はいくらか羞いながら「趙一荻《チャオイーティー》」と呟いた。

「好《ハオ》。美しい名だ。では、君が愛する夫の名は」

「張学良《チャンシュエリャン》。すてきなお名前です」

「愛新覚羅溥儀が同じ中国人の名だとは思えない。ロイド・ジョージやドヒハラ・ケンジと同じではないのかね」

妻は光溢れる空を眩ゆげに仰ぎ、たちまち呪縛から解かれたようにほほえんだ。

帝政を施行するにしても、「清」の国号は日本が許すまい。いずれ何かの理由をつけて併吞《へいどん》するとき支障となるから。

たぶん、「満洲帝国」。あるいは「満蒙帝国」。もともとは民族名であり、正式な地名ではない「満洲」は、まこと都合がいい。

新聞に掲載された礼服姿の溥儀《プーイー》の写真は、実物よりずいぶんましだった。よほど修整を施したのであろうか、少くとも凶相には見えなかった。

日本人は吉凶など信じないのだろうか。それとも、信じるがゆえにあえて凶相の皇帝を戴くのだろうか。

茶番劇を演ずるにしても、舞台が広すぎる。


一九二八年十二月二十九日の易幟断行には、大いなる意味があった。

東三省が国民政府に服《まつろ》い、中国統一が成ったのである。私と蔣介石《ジャンジエシイ》との連衡は、つまりそういうことだった。

むろん、多年にわたる日本との腐れ縁も、同時に清算しなければならなかった。まさか裏切りとは言わせない。日本は父を殺したのだから。

また、関東軍がいかほどのものであろうが、歴史的な駐兵権に基く外国の軍隊に過ぎず、私の政治行動に干渉する権利はなかった。

十二月二十九日という日付は、新暦を採用している日本人にとっては歳末であり、しかも土曜日だった。すなわち、役所は御用納めを終えており、軍隊もおよそ半数は休暇に入っていた。一方、旧暦に則って暮らす中国人にとって、春節はまだ先だった。案の定、日本の奉天総領事が事情を訊きにきたのは、十二月三十一日の昼どきだった。

裏をかいたわけではない。私は私の政治を実現するために、なるべく騒動にならぬ日を選んだだけである。

そうして新暦の年も明けた一月十日の夜、私は張氏帥府の老虎庁《ラオフーティン》において、楊宇霆《ヤンユイテイン》と常蔭槐《チャンインフアイ》を処刑した。私自身が手を下し、死体は絨毯《じゆうたん》にくるんで家族に引き渡した。

二人はともに親日家で、易幟には強く反対していた。のみならず、楊は東三省兵工廠の責任者であり、常は鉄道経営の実力者として、大いに私腹を肥やしているのは明らかだった。

父の死後、彼らの言動は私を軽んずること目に余るものがあった。それを見かねて、張作相《チャンツオシャン》があるとき私に忠告をした。

「なあ、漢卿《ハンチン》。あんたが満洲の総攬把《ツォンランパ》ならば、生意気な子分を放っておく手はねえぞ」

会議の終了後であったと思う。大青楼の廊下で、通りすがりに囁きかけた「白猫《パイマオ》」のその一言で私は目覚めた。

父から相続した財産のうち、最も価値あるものを私は忘れていた。「満洲の総攬把」という権威である。あらゆる称号が父に似合わなかったのは、その正体が「張作《チャンヅォ》霖《リン》総攬把」だったからで、父の財産と権威のすべてを相続した私も、「張学良《チャンシュエリャン》総攬把」でなければならなかった。

馬賊は法に拠らず礼に則って行動する。親分と子分も、兄弟分も、実の親兄弟より固い絆で結ばれている。その関係をたがえた者は粛清されなければならない。

そのころ、張作相《チャンツォシャン》らの古株の将軍たちは、「旧派」などと呼ばれてすっかり影が薄くなっていた。かわって擡頭していたのは、日本の陸軍士官学校や、国内の軍官学校を卒業した「新派」である。いかに百戦練磨の馬賊出身であろうと、ろくに読み書きもできぬのでは、近代兵学を修めた後進たちに見くびられても仕方あるまい。

日本の士官学校を出た楊宇霆《ヤンユイティン》は、父の参謀長にまで登りつめ、奉天法政学堂出身の常蔭槐《チャンインファイ》は鉄道行政の専門家であり、当時は黒龍江省長の大任にあたっていた。

「漢卿。やるんなら今しかねえぞ。土肥原の糞ったれはおまえのかわりに、鄰葛《リングア》を担ぐつもりだ。やられる前にやっちまえ」

李春雷《リイチュンレイ》ははっきりそう言った。「白猫」と「紅巾《ホンジン》」の間に、何か申し合わせがあったのかどうかは知らない。だが、一介の満洲馬賊であった父を、北京の大元帥にまで押し上げた彼らの進言には千鈞《せんきん》の重みがあった。

「俺が片付けるのは簡単だが、おまえがやってこそ値打ちがある。恨みを忘れたわけじゃあるまい」

忘れたわけではないが、楊宇霆に対する私の憎しみは、口に出すこともできなかった。

私の恩師である郭松齢《グオソンリン》は、楊宇霆の政敵でもあった。だからあのやむにやまれぬ兵諫ののちに、楊は父に讒言《ざんげん》をして、物も言わせずに郭松齢とその妻を処刑してしまった。

常蔭槐はさらに怪しい。北京政権時代に交通部総長代理であった彼は、爆破された列車に同乗しながら、なぜか天津《ティエンジン》駅で先行する別の列車に乗り換えていた。その列車は皇姑屯《ホアングートン》のクロス地点を難なく通過して囮《おとり》の役目を果たさず、その後にやってきた父の乗る列車が爆破された。そうした客観的事実から類推して、常蔭槐は父の死に関与していると私は睨んでいた。

率直に言うのなら、私にとって常《チャン》は父の仇であり、楊《ヤン》は師の仇であった。ただし、それらは個人的な問題であるから、彼らの罪状には当たらない。

あくまでその罪は、「大遼東共和国建設陰謀」すなわち私を弑して新たなる親日政権を樹立せんとする、クーデター計画であった。

「少帥《シャオシュアイ》、いったい何の真似だ」

拳銃とサーベルを取り上げられた楊宇霆《ユイティン》は、ほとんど腰を抜かして、老虎庁《ラオフーティン》の名の謂《いわ》れである虎の剝製にすがりついた。まるで、今は亡き白虎張《パイフーチャン》の恩情にすがるかのように。

「鄰葛《リングア》。私を少帥と呼ぶのは、今や君だけだということになぜ気付かない」

私はソファからようやく腰を上げて、楊宇霆に歩み寄った。彼の両腕は私に忠実な警察庁長官と、護衛隊長に捻じ上げられた。

老虎庁は大青楼の一階北側にある大会議室で、窓の外には雪が舞っていた。

「あなたは誤解している。話し合おう」

常蔭槐《インファイ》の背広の腕は、李春雷《リイチュンレイ》と第一旅団長が摑んでいた。

「瀚香《ハンシャン》。誤解は何もない。私は易幟に反対する者を許さない。東北は中国の一部であり、中国はひとつでなければならないからだ」

拳銃を抜いても、すぐには引金を引かなかった。私は雪の夜の黙《しじま》にしばらく耳を澄まして、父の魂に許しを乞うた。

二人のクーデター計画には確証がなかった。その段階ではまだ、私の憎悪と想像の産物に過ぎなかった。

それでも、私は彼らをみずからの手で処刑しなければならなかった。総攬把《ツオンランパ》の権威を貶《おとし》めず、ひいては大東北軍の統帥権を確立するために。

楊宇霆は、撃てるものなら撃ってみろとでも言わんばかりに軍服の胸をせり出し、常蔭槐は子供のように泣きわめいた。

私は半身に構え、狙い定めるのではなく刀を揮うようにして引金を引いた。幼いころから李春雷に教えこまれた、満洲馬賊の投げ撃ちは体が覚えていた。

二発の銃弾は寸分も狙いたがわず、それぞれの額を撃ち抜いた。

「好打《ハオダー》！」

声に振り返ると、いつの間にそうしていたやら、雪の降りしきるアーチ窓に背を預け綿入れの袍《パオ》の腕を組んで、張作相《チャンヅオシャン》が佇んでいた。

「おやじさんに生き写しだぜ。好打、たいしたものだ」

父の魂が白猫《パイマオ》の口を藉《か》りて、私をほめてくれたのだと思った。

軍人ではなく医者になりたかった私にとって、人殺しはまさか本意ではなかった。だが、おのれの意志にかかわらず世のためになさねばならぬことは、いくらでもあった。

あの晩、私はそれまで考えたためしもなかった父の苦しみを知ったように思う。

二発の銃声は今も私の耳に、殷殷《いんいん》と尾を曳いている。

地中海の陽光は西に傾いて、空の青みを奪い始めていた。今し古代の戦車が駆け渡りそうな、ティエポロの空である。

腹の上に置かれた新聞は、風に煽られてひとたまりもなく、波の彼方へと消えてしまった。私も妻も、鷗でも見送るように目を向けただけだった。

ドビュッシーは息絶えて、キャビンの円窓からは雨音に似た蓄音機の呟きが聞こえていた。

風を目で追いながら、ショールをかき合わせて妻が言った。

「皇上陛下《ホアンシャンビイシア》はお気の毒ね」

思わず苦笑した。そうした同情もありうるだろう。だが私には、お気の毒どころらなかった。

か、みずから毒杯を呷《あお》って知れ切った往生をとげる、愚かしい病人のように思えてな
「私は気の毒ではないのかね」

じっと私の顔を見つめたあと、妻は静かに顎を振った。

「少しもそうは思わないわ」

「ほう、どうしてだね。私は東北を奪われた。溥儀《プーイー》は私にかわって東北王《トンペイワン》となった」

「いいえ。あなたは東北を捨てて中国を選んだの。皇上は中国を追われて東北に流れ着いただけ。とても較べようはないわ」

目を瞑《つむ》って妻の言葉を嚙みしめた。彼女の聡明さは、私に勇気と忍耐を与えてくれる。誰の訓《おし》えにもまして。どれほどの妙薬にもまして。

「啊呀《アーヤー》！　見て、見て、漢卿《ハンチン》。エジプトよ」

身を起こして目を凝らせば、水平線上にポートサイドの望楼が見えた。

紫禁城《ヅチンチヨン》を追われた皇帝と皇后は、イギリスへの亡命を希望していたと聞いている。おそらくそれは、あの怖ろしい凶相をいくらかでも和ませることのできる、唯一の選択だったと思う。

それこそブライトンの海岸通り《バンド》にアパートメントを借りて、昼間はロイヤル・パヴ

イリオンのシノワズリに悪態をつき、夜はレジャー・ピアの賓客にでもなっていれば、そこそこの幸福は約束されたはずだった。

しかし、彼は日本のなすがままに東北へと向かった。いや、向かったのではなく、拐《かどわ》かされた。拒否した私と、私に殺された楊宇霆《ヤンユイティン》の代用品として。しかも、これは誘拐ではなく復辟なのだと、わけのわからぬ理屈をつけ、みずからに魔法をかけながら。

夕凪の水面《みなも》に白い帆が見えた。やがてその白を毀《こぼ》つかのように鷗が群れ飛んだ。ポートサイドからはスエズ運河を抜けて、紅海に入る。香港では満洲の子分たちが、上海では蔣介石《ジャンジエシイ》と国民党の錚々《そうそう》が出迎える。

天命を信託された私は、やはり死なずに祖国へと帰るのだ。


（第４巻につづく）

1933年頃の満洲とその鉄道
江　省
小興安嶺
嫩江
北安
克山
チハル
海倫
東清鉄道
黒龍江
ソビエト連邦
シベリア鉄道
ハバロフスク
松花江
ハルビン
南満洲鉄道
東清鉄道
吉林省
牡丹江
綏芬河
ウラジオストク
長白山
朝鮮
日本海
N
0
200km
地図作成＝ジェイ・マップ

オトポール
満洲里
黒龍
ハイラル
東清鉄道
モンゴル人民共和国
興安嶺
内蒙古
満洲国
遼河
四平
熱河省
遼寧省
承徳
奉天
(瀋陽)
北京
錦州
長城
京奉線
大石橋
営口
灤県
山海関
湯崗子温泉
南満洲鉄道
天津
静海県
塘沽
遼東半島
中華民国
渤海
旅順
大連

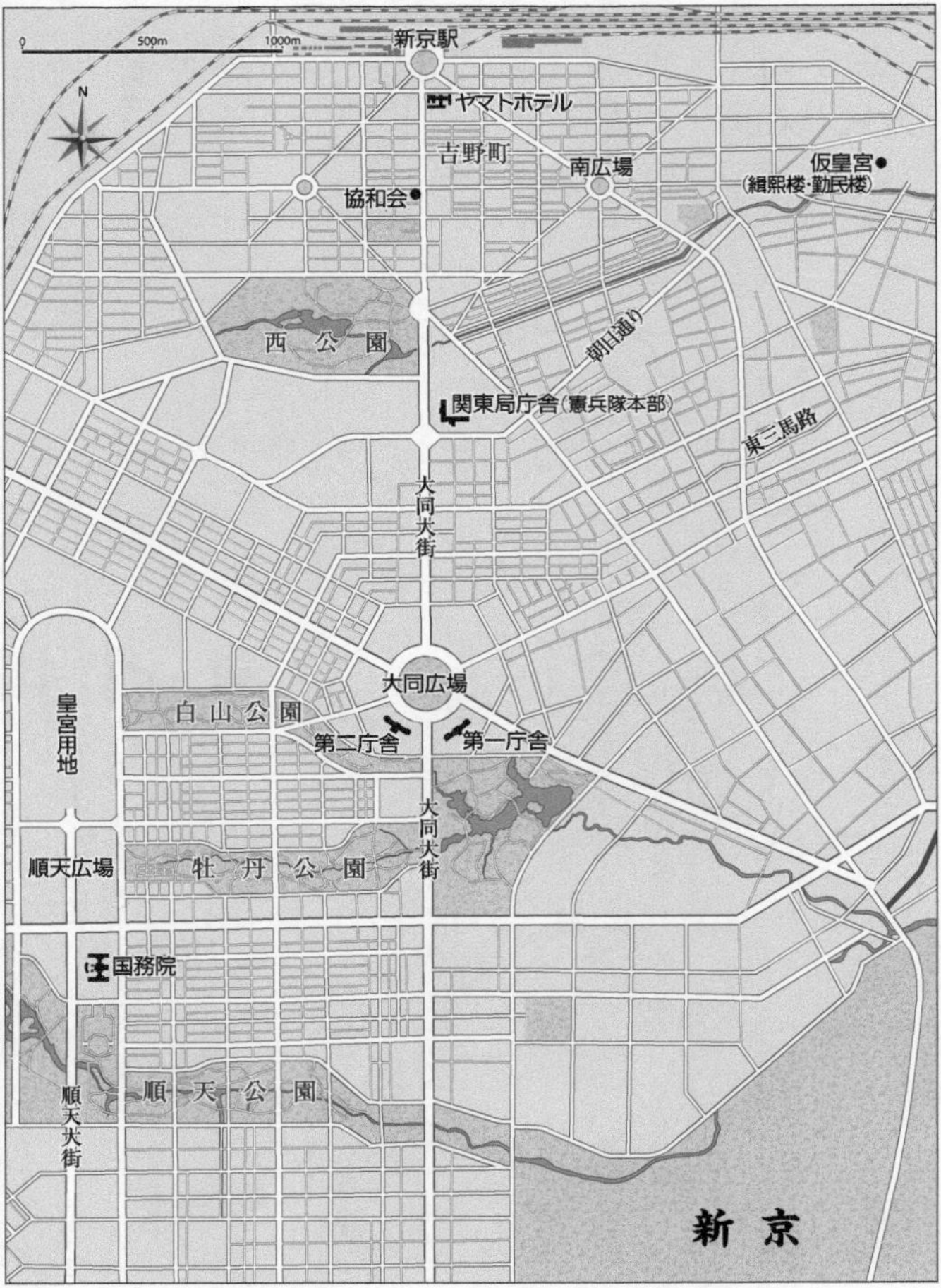

0
500m
1000m
N
新京駅
ヤマトホテル
吉野町
南広場
仮皇宮
(緝煕楼・勤民楼)
協和会
西公園
朝日通り
関東局庁舎(憲兵隊本部)
東三馬路
大同大街
大同広場
皇宮用地
白山公園
第二庁舎
第一庁舎
大同大街
順天広場
牡丹公園
国務院
順天公園
順天大街
新京

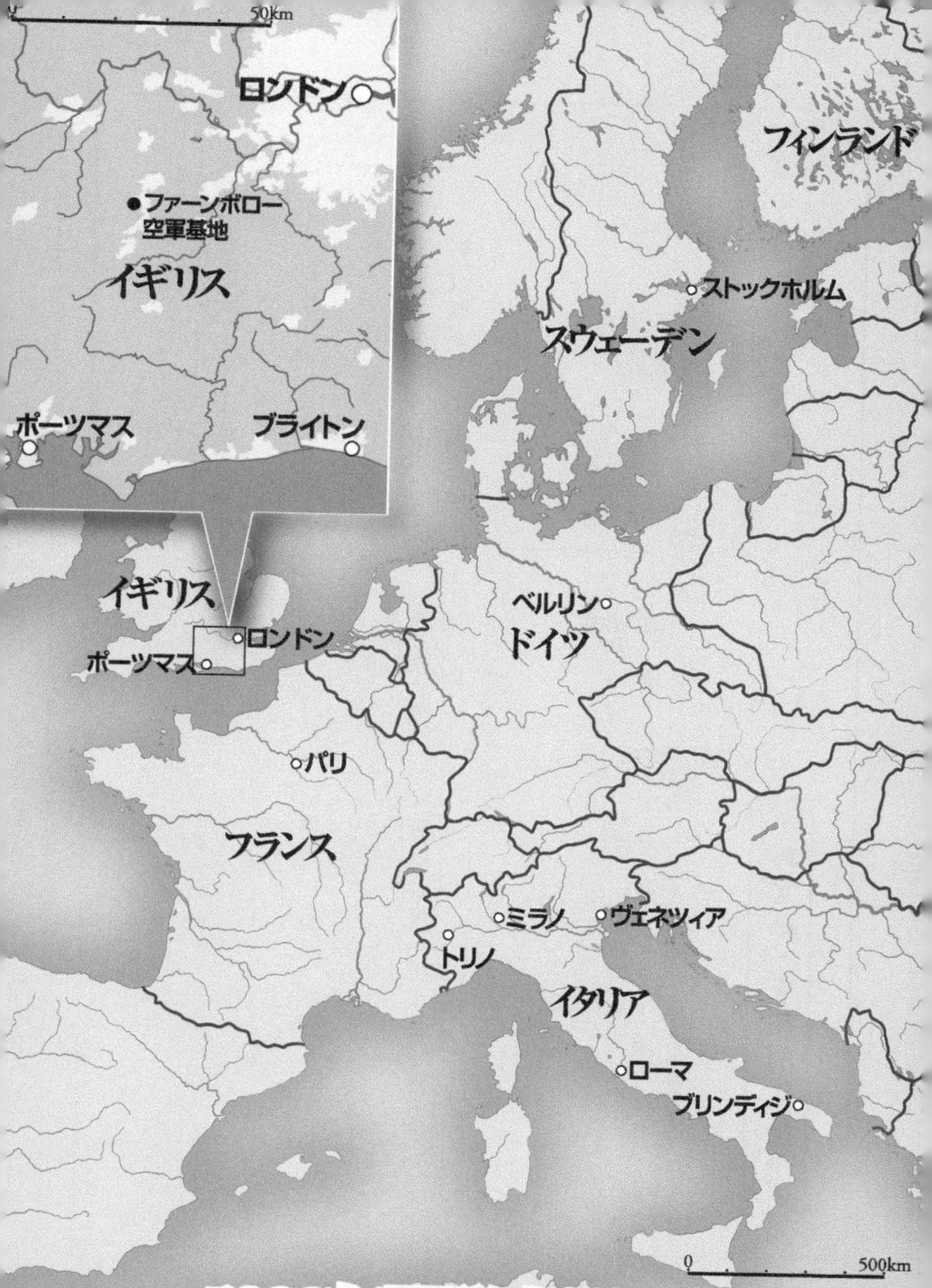

1933年張学良関連欧州地図

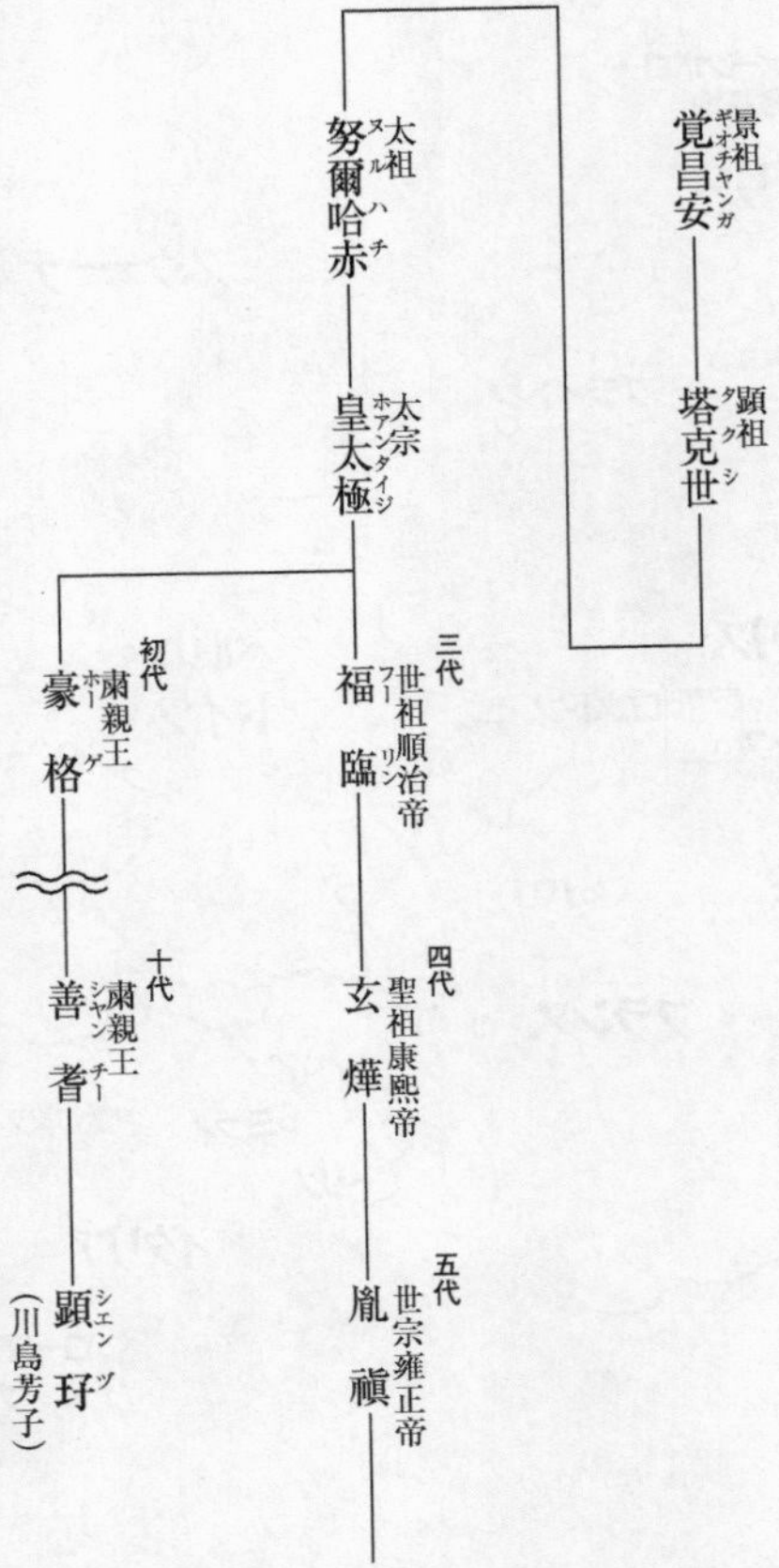

愛新覚羅《アイシンギョロ》・清朝関係略系図

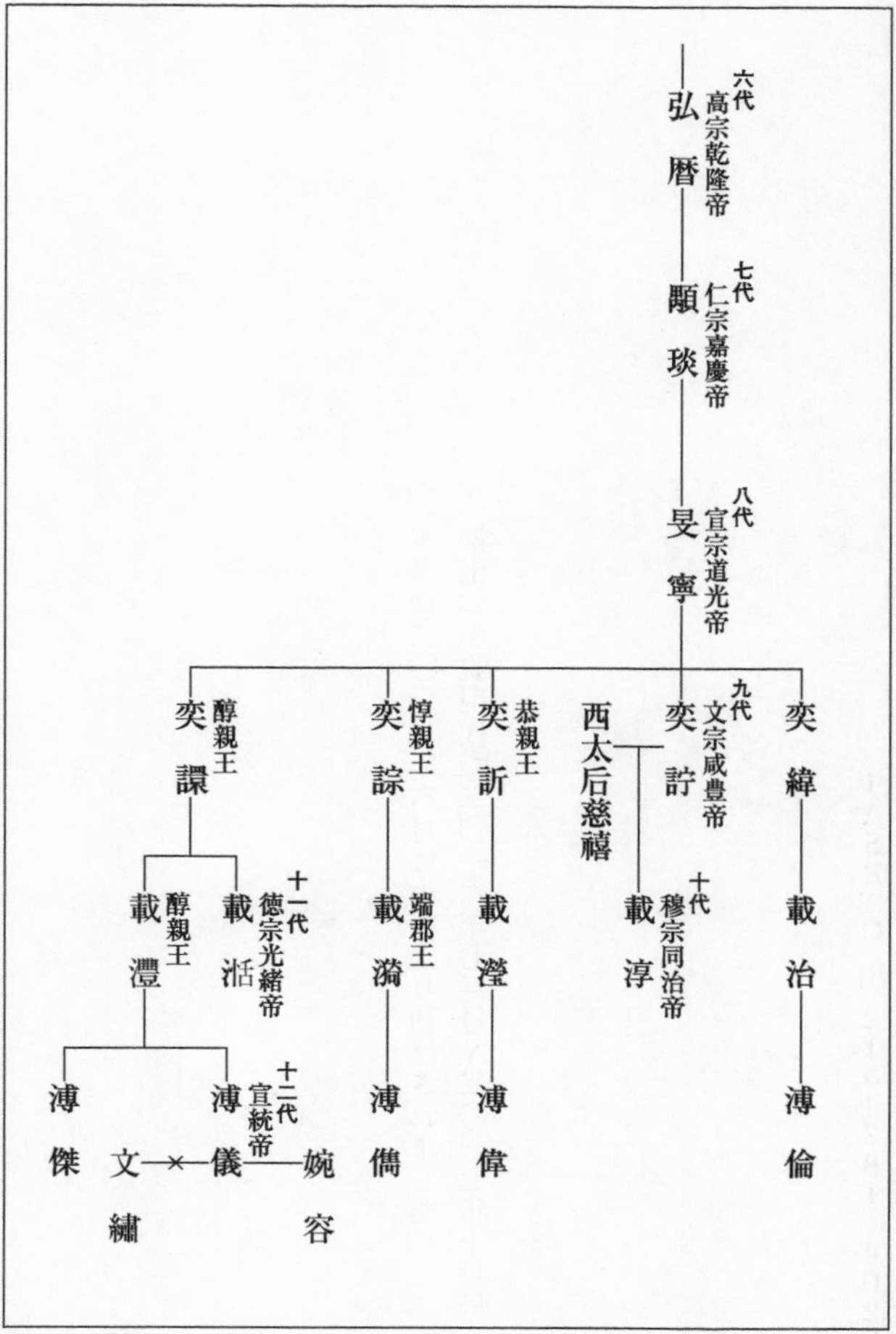

六代 高宗乾隆帝
弘暦
七代 仁宗嘉慶帝
顒琰
八代 宣宗道光帝
旻寧
奕緯
載治
溥倫
九代 文宗咸豊帝
奕詝
西太后慈禧
十代 穆宗同治帝
載淳
恭親王
奕訢
載瀅
溥偉
惇親王
奕誴
端郡王
載漪
溥儁
醇親王
奕譞
十一代 徳宗光緒帝
載湉
醇親王
載灃
十二代 宣統帝
溥儀
婉容
文繡
溥傑

本書は二〇一八年六月に小社より刊行されました。
初出「小説現代」二〇一六年七月号～二〇一七年十月号

JASRAC 出 2104281-402

|著者|浅田次郎　1951年東京都生まれ。1995年『地下鉄《メトロ》に乗って』で第16回吉川英治文学新人賞、1997年『鉄道員《ぽっぽや》』で第117回直木賞、2000年『壬生《みぶ》義士伝』で第13回柴田錬三郎賞、2006年『お腹《はら》召しませ』で第1回中央公論文芸賞と第10回司馬遼太郎賞、2008年『中原の虹』で第42回吉川英治文学賞、2010年『終わらざる夏』で第64回毎日出版文化賞、2016年『帰郷』で第43回大佛次郎賞をそれぞれ受賞。2015年紫綬褒章を受章。『蒼穹の昴』『珍妃の井戸』『中原の虹』『マンチュリアン・リポート』『天子蒙塵《てんしもうじん》』（本書）からなる「蒼穹の昴」シリーズは、累計600万部を超える大ベストセラーとなっている。2019年、同シリーズをはじめとする文学界への貢献で、第67回菊池寛賞を受賞した。その他の著書に、『日輪の遺産』『霞町物語』『歩兵の本領』『天国までの百マイル』『おもかげ』『大名倒産』『流人道中記』など多数。

天子蒙塵《てんしもうじん》　3

浅田次郎《あさだじろう》

2021年6月15日第1刷発行
2024年1月24日第2刷発行

発行者——森田浩章
発行所——株式会社　講談社
東京都文京区音羽2-12-21　〒112-8001
電話　出版（03）5395-3510
　　　販売（03）5395-5817
　　　業務（03）5395-3615

Printed in Japan

講談社文庫
定価はカバーに
表示してあります

KODANSHA

デザイン—菊地信義
本文データ制作—講談社デジタル製作
印刷———株式会社KPSプロダクツ
製本———株式会社KPSプロダクツ

ISBN978-4-06-522837-1

講談社文庫刊行の辞

二十一世紀の到来を目睫に望みながら、われわれはいま、人類史上かつて例を見ない巨大な転換期をむかえようとしている。

世界も、日本も、激動の予兆に対する期待とおののきを内に蔵して、未知の時代に歩み入ろうとしている。このときにあたり、創業の人野間清治の「ナショナル・エデュケイター」への志を現代に甦らせようと意図して、われわれはここに古今の文芸作品はいうまでもなく、ひろく人文・社会・自然の諸科学から東西の名著を網羅する、新しい綜合文庫の発刊を決意した。

激動の転換期はまた断絶の時代である。われわれは戦後二十五年間の出版文化のありかたへの深い反省をこめて、この断絶の時代にあえて人間的な持続を求めようとする。いたずらに浮薄な商業主義のあだ花を追い求めることなく、長期にわたって良書に生命をあたえようとつとめるところにしか、今後の出版文化の真の繁栄はあり得ないと信じるからである。

同時にわれわれはこの綜合文庫の刊行を通じて、人文・社会・自然の諸科学が、結局人間の学にほかならないことを立証しようと願っている。かつて知識とは、「汝自身を知る」ことにつきていた。現代社会の瑣末な情報の氾濫のなかから、力強い知識の源泉を掘り起し、技術文明のただなかに、生きた人間の姿を復活させること。それこそわれわれの切なる希求である。

われわれは権威に盲従せず、俗流に媚びることなく、渾然一体となって日本の「草の根」をかたちづくる若く新しい世代の人々に、心をこめてこの新しい綜合文庫をおくり届けたい。それは知識の泉であるとともに感受性のふるさとであり、もっとも有機的に組織され、社会に開かれた万人のための大学をめざしている。大方の支援と協力を衷心より切望してやまない。

一九七一年七月

野間省一

講談社文庫　目録

あさのあつこ　NO.6〈ナンバーシックス〉#6
あさのあつこ　NO.6〈ナンバーシックス〉#7
あさのあつこ　NO.6〈ナンバーシックス〉#8
あさのあつこ　NO.6〈ナンバーシックス〉#9
あさのあつこ　NO.6beyond〈ナンバーシックス・ビヨンド〉
あさのあつこ　待ってる〈橘屋草子〉
あさのあつこ　さいとう市立さいとう高校野球部(上)(下)
あさのあつこ　甲子園でエースしちゃいました〈さいとう市立さいとう高校野球部〉
あさのあつこ　おれが先輩?〈さいとう市立さいとう高校野球部〉
阿部夏丸　泣けない魚たち
朝倉かすみ　肝、焼ける
朝倉かすみ　好かれようとしない
朝倉かすみ　ともしびマーケット
朝倉かすみ　感応連鎖
朝倉かすみ　たそがれどきに見つけたもの
朝比奈あすか　憂鬱なハスビーン
朝比奈あすか　あの子が欲しい
天野作市　気高き昼寝
天野作市　みんなの旅行

青柳碧人　浜村渚の計算ノート
青柳碧人　浜村渚の計算ノート 2さつめ〈ふしぎの国の期末テスト〉
青柳碧人　浜村渚の計算ノート 3さつめ〈水色コンパスと恋する幾何学〉
青柳碧人　浜村渚の計算ノート 3と1/2さつめ〈ふえるま島の最終定理〉
青柳碧人　浜村渚の計算ノート 4さつめ〈方程式は歌声に乗って〉
青柳碧人　浜村渚の計算ノート 5さつめ〈鳴くよウグイス、平面上〉
青柳碧人　浜村渚の計算ノート 6さつめ〈パピルスよ、永遠に〉
青柳碧人　浜村渚の計算ノート 7さつめ〈悪魔とポタージュスープ〉
青柳碧人　浜村渚の計算ノート 8さつめ〈虚数じかけの夏みかん〉
青柳碧人　浜村渚の計算ノート 8と2分の1さつめ〈つるかめ家の一族〉
青柳碧人　浜村渚の計算ノート 9さつめ〈恋人たちの必勝法《マーチンゲール》〉
青柳碧人　浜村渚の計算ノート 10さつめ〈ラ・ラ・ラ・ラマヌジャン〉
青柳碧人　霊視刑事夕雨子《ゆうこ》1〈誰かがそこにいる〉
青柳碧人　霊視刑事夕雨子2〈雨空の鎮魂歌《レクイエム》〉
朝井まかて　花《はな》競《くら》べ〈向嶋なずな屋繁盛記〉
朝井まかて　ちゃんちゃら
朝井まかて　すかたん
朝井まかて　ぬけまいる
朝井まかて　恋歌

朝井まかて　阿《お》蘭《らん》陀《だ》西《さい》鶴《かく》
朝井まかて　藪《やぶ》医《い》　ふらここ堂
朝井まかて　福袋
朝井まかて　草々不一
歩《あゆみ》りえこ　ブラを捨て旅に出よう〈貧乏乙女《ぜろか》の"世界一周"旅行記〉
安藤祐介　営業零課接待班
安藤祐介　被取締役《とりしまられやく》新入社員
安藤祐介　おい!山田〈大翔製菓広報宣伝部〉
安藤祐介　宝くじが当たったら
安藤祐介　一〇〇〇ヘクトパスカル
安藤祐介　テノヒラ幕府株式会社
安藤祐介　本のエンドロール
青木理　絞首刑
麻見和史　石の繭〈警視庁殺人分析班〉
麻見和史　蟻《あり》の階段〈警視庁殺人分析班〉
麻見和史　水晶の鼓動〈警視庁殺人分析班〉
麻見和史　虚空の糸〈警視庁殺人分析班〉
麻見和史　聖者の凶数〈警視庁殺人分析班〉
麻見和史　女神の骨格〈警視庁殺人分析班〉

2023年12月15日現在